~~해피 엔딩~~ 말고
다행한 엔딩

해피 엔딩 말고
다행한 엔딩

황현진
소설

문학동네

차례

우산은 하나로 충분해

1

그녀는 엄마를 마중하고 싶지 않았다. 날씨가 나쁘다는 게 첫 번째 이유였다. 태풍이 올라오고 있다는 소식이 하루에 서너 번씩 꼬박꼬박 전해졌다. 기상 캐스터의 말대로라면 주말 안에 기필코 상륙할 예정이었다. 거리는 혹시 모를 수해를 대비하느라 소란했다. 가게들은 차양을 펼쳤고, 천변에는 통행금지 표지판이 세워졌다. 행인들은 우산을 지팡이 삼아 걸었다.

그녀는 집으로 가는 버스를 기다리다 말고 세일중이라는 문구에 홀려 커다란 의류 할인매장에서 사지도 않을 옷을 고르는 중이었다. 무더기로 쌓여 있는 옷들을 헤집으면서 가격표에 슬쩍 눈길을 주었다. 여름옷치고는 너무 비싸다 싶은 것들뿐이었다. 그녀는 옷 무더기 속으로 한 손을 깊게 찔러넣었다. 그녀가 찾는 것은 아주 값싼 물건이었다. 갑자기 핸드폰이 울렸다. 벨소리에 놀란 그녀가 얼른 손을 빼냈다.

엄마였다. 수화기 너머에서 엄마는 왜 이리 전화를 늦게 받냐고 타박부터 해댔다. 아마도 도착 시간을 알려주려고 전화했을 것이다. 그녀가 뭐라 뭐라 대꾸하자 잘 들리지 않는다고 소리를 빽빽 질렀다. 그녀는 가판대에서 고르던 옷을 팔뚝에 대충 걸치고, 핸드폰을 오른손에서 왼손으로 바꾸어 들었다. 매장 안의 음악 소리가 너무 컸다. 가판대에 모여 있던 사람들이 그녀가 집어든 옷들을 힐끔거렸다. 그녀는 엉겁결에 뒤돌아섰다. 또 밖이야? 엄마가 물어왔다. 또라니? 단박에 그녀의 기분이 나빠졌다. 그녀는 천장에 매달린 스피커를 피해 느릿느릿 걸음을 옮겼다.

피팅 룸으로 향했다. 커튼으로 가려진 피팅 룸은 매장 크기에 비해 부족해 보였다. 때마침 구석에 비어 있는 방이 하나 있었다. 또 밖이네. 엄마는 매번 그녀의 위치를 확인하려고 전화를 건 사람처럼 물었다. 어디야? 집이야? 밖이야? 그녀는 단 한 번도 제대로 대답한 적이 없었다. 그녀는 커튼을 여미고, 바닥에 옷가지를 내던진 후, 그 위에 털썩 주저앉았다. 음악 소리는 피팅 룸 안에서도 만만치 않게 컸다. 그녀는 한 손으로 귀를 막고 엄마를 불렀다.

엄마.

여름이 지나간 뒤에 오는 게 어떻겠냐고, 그녀는 전부터 여러 번 물었다. 엄마의 대답은 간단했다. 이번주 금요일. 그 이후로는 보러 갈 시간이 전혀 없다고, 자고로 엄마라면 딸이 어떻게 사는지 일 년에 두어 번은 봐둬야 하지 않겠느냐고 훈계조로 말했다.

시간이 없어. 곧 바빠질 거야.

그녀는 엄마의 말을 믿지 않았다. 어떻게든 엄마의 방문을 늦추고 싶을 뿐이었다. 게다가 엄마는 직업이라고 할 만한 것을 딱히 가지고 있지 않았다. 바빠질 일이 전혀 없었다.

이번주는 내가 바빠. 같이 있어주기 힘들지도 몰라.

말끝을 얼버무리며, 그녀는 엄마의 마음을 돌리려고 거짓말을 늘어놓았다. 그 와중에도 다정하게 말하려 애썼다.

차표는 끊은 거야?

벌써 끊었어. 이제는 바꾸지도 못해.

피팅 룸 밖에서 누군가가 벽을 두드렸다. 그녀는 거울에 기대어 앉은 몸을 애써 일으켰다. 구겨진 옷들을 한 손으로 그러안고 고개를 푹 숙인 채 커튼을 젖혔다. 검은 샌들이 비켜섰다. 발톱에 여러 색깔의 페디큐어를 칠한 맨발이 보였다. 새끼발톱에는 페디큐어가 칠해져 있지 않았다. 가까이 보지 않아서 확실치 않지만 새끼발톱이 아예 없는 것도 같았다.

태풍이 온다잖아.

결국 또 날씨 핑계를 댔다.

아직 안 왔어.

엄마 역시 뉴스를 보았고, 서울의 날씨를 누구보다 잘 알았다. 음악 소리가 조금 전보다 더 커진 듯했다. 그녀는 잔뜩 인상을 찌푸리며 스피커에서 먼 자리를 찾아 두리번거리다 출입구 쪽으로 발을 옮겼다. 엄마의 말은 계속 이어졌다. 알아듣기가 힘들었다. 그녀는 아무 말이나 뱉었다.

바꿔. 바꿀 수 있잖아.

출입구 쪽은 매장 안보다 훨씬 시끄러웠다. 대형 스피커 두 대가 나란히 놓인 입구에 서서 그녀는 하늘을 올려다보았다. 태풍은 아직 당도하지 않았지만 바람이 거세게 불었고, 검고 커다란 구름이 빠르게 움직였다. 엄마가 뭐라고 소리를 질렀다. 하는 수 없이 그녀는 스피커를 지나 바로 앞 버스 정류장까지 내처 걸어갔다. 노랫소리가 서서히 사그라지자 엄마의 목소리가 또렷하게 들려왔다.

말이 되니?

그녀는 자신이 못 들은 말이 무엇인지 알 수가 없었다. 그렇지만 말이 되지 않는 말이 뭐냐고, 묻기 싫었다. 자신이 놓쳐버린 말이 뭐건 간에 그것이 그녀에게는 쉽고 엄마에게는 어려운 일인 것만은 확실했다. 그런 경우는 흔해빠져서 궁금하지도 않았다. 엄마의 화를 풀어주는 일이 급선무였다. 더이상 엄마의 서울행을 만류해봤자, 괜한 의심을 사거나 마음만 상할 게 뻔했다. 그녀는 마지못해 내일 역에서 기다리겠다는 말을 꺼냈다.

한시 반이야.

엄마가 서둘러 도착 시간을 말했다.

나는 최선을 다하고 있어.

엄마의 말에 그녀는 나지막이 한숨을 내쉬었다.

나는 지나가는 아줌마가 아니란다.

그녀에겐 엄마의 말이 모두 협박처럼 들릴 뿐이었다. 악의가 있다기보다는 그저 심심해서 그러는 것 같았다.

예정대로라면 내일은 애인을 만나기로 한 날이었다. 그녀의 애인은 군인이었다. 느닷없이 휴가를 나온다고 했다. 짧은 휴가였다. 2박 3일 동안 애인은 그녀의 집에만 머무르겠다고 알려왔다. 일방적인 통보였지만 굳이 군소리를 하고 싶지는 않았다. 그녀 역시 오랫동안 애인을 기다려왔기 때문이다. 그런데 느닷없이 엄마마저 막무가내로 딸의 집에 오겠다고 알려온 것이다. 엄마는 딸에게 애인이 있는지조차 몰랐다.

같이 가시죠.

남자 세 명이 그녀의 앞을 가로막았다. 어리둥절해진 그녀는 우두커니 선 채 얼어붙었다. 남자 둘이 그녀의 양옆에 섰다. 마주보고 서 있던 남자가 손가락으로 그녀의 손에 들려 있는 옷들을 가리켰다. 그제야 상황을 파악한 그녀가 웃으며 손사래를 쳤다. 거리낄 게 전혀 없었는데, 입은 잘 떨어지지 않았다. 남자가 그녀에게서 옷을 빼앗았다.

따라오세요.

남자의 표정이 험악했다. 그녀는 순순히 남자의 뒤를 따라갔다. 옆을 지키고 있던 두 남자가 그녀에게 바짝 몸을 붙여왔다. 도난 경보기가 울렸는지 잠시 기억을 되돌려봤지만 그녀는 어떤 경고음도 듣지 못했다. 조금 귀찮은 일이 생겼을 뿐이라고, 그녀는 스스로를 다독였다. 별일 아니야. 오해는 늘 일어나는 일에 불과해. 무엇보다 그녀는 자신이 그런 짓을 저지를 만한 사람으로 보이지 않는다는 사실을 매우 잘 알았다. 어떤 누명이라도 벗어날 방법은 있을 거라고 믿었기 때문에 너무 열심히 자신을 변호하고 싶지도 않았다. 자칫 자기연민이나 자기과시에 빠져 있는 사람처럼 보이기 십상일 테니까.

예상과 달리 그들은 그녀의 말을 믿지 않았다.

전화를 받느라고 그랬어요. 엄마 때문이에요.

그들은 그녀의 말을 귀기울여 듣지도 않았다.

보실래요?

그녀는 핸드폰의 최근 통화 목록을 그들에게 보였다. 목록에는 엄마라는 단어 대신 김두이라는 이름뿐이었다. 그녀는 핸드폰을 흔들며 김두이가 우리 엄마예요, 우리 엄마 맞아요, 다급하게 말했다. 그러거나 말거나 그들은 그녀를 좁은 사무실로 데려가 CCTV 영상을 반복해서 보여주었다.

흑백 화면 속 그녀는 영락없는 도둑이었다. 주위를 살피며 북적이는 쇼핑객들 사이를 유유자적 헤집고 나갔다. 흑백이라 그런지 엄마와 통화중인 그녀의 모습은 주변 사람들의 눈치를 불안하게 살피는 것처럼 보였다. 그녀는 그런 자신의 모습이 생경해서 화면에 더욱 가까이 다가가 들여다보았다. '훔치다 적발시 20배 보상'. 그들은 출입구 옆쪽과 계산대 뒤쪽에도 붙어 있는 경고문을 그녀의 눈앞에 들이밀었다.

제가 그런 사람으로 보이세요?

그녀가 물었지만 아무도 대답하지 않았다.

말이 되는 소리를 하세요.

그녀의 목소리가 커졌지만 남자 직원은 능숙한 손놀림으로 계산기를 두드리며 그녀가 들고 있던 옷들의 값을 더했다. 그녀는 찬찬히 남자 직원을 살펴보았다. 그녀보다 서너 살 어려 보였다.

다 해서 이십삼만팔천원이고.

그는 입 밖으로 소리 내어 계산했다.

곱하기 이십을 하면.

그녀는 계산대 위에 쌓인 옷들을 쳐다보았다. 전부 헌옷 같았다.

몇 살이에요?

그녀의 목소리에 날이 섰다.

총 사백칠십육만원. 사백칠십육만원 내고 가시면 돼요.

그녀는 어이가 없어서 코웃음을 치며 물었다.

제가 그만한 돈이 있는 사람으로 보여요?

그러니 훔쳤겠죠.

남자 직원이 당연한 걸 왜 묻느냐는 듯이 심드렁하게 대꾸했다.

돈 없어요.

그녀가 어깨를 으쓱거리며 두 눈을 치켜떴다.

카드 됩니다.

제 카드 한도가 얼만지 아세요?

말꼬리가 저절로 올라갔다.

그럼 지금 경찰 부를까요?

그녀는 잠시 입을 다물고 어찌하면 좋을지 고민했다. 엄마를 생각했고, 뒤이어 애인을 떠올렸다. 월요일이 되면 어떻게든 이 상황에 대해 제대로 된 해명을 할 수 있을 것 같았다. 그녀는 지갑을 열었다. 신용카드를 건넸다.

일단 백오십만원요. 나머지는 월요일에 해결할게요.

직원이 카드를 긁었다. 그녀가 사인을 하자마자 직원이 덧붙였다.

월요일은 안 돼요. 내일 오세요.

그녀는 더이상 실랑이를 하고 싶지 않았다. 묵묵히 카드와 영수증을 되돌려받았다. 동의한다는 뜻은 아니었다. 직원이 종이 한 장을 내밀었다. 그녀는 직원이 손가락으로 가리키는 곳에 사인을 했다. 속으로는 남자 직원 또한 이 모든 일들이 그저 어떤 수순에 불과하다는 것을 알고 있고, 그녀의 결백 또한 인정하기 때문에 더더욱 그녀를 몰아붙이는 거라고 이해했다. 게다가 각서는 법적 효력이 없다는 말을 어디선가 들은 듯도 했다. 그녀는 사인한 종이를 되돌려주면서 잘생기기까지 한 남자 직원에게 조곤조곤 물었다.

나한테 이러면 보너스라도 받아요?

그녀는 곧장 은행으로 달려갔다. 통장에 남아 있던 현금을 모두 찾았다. 육십만원이 조금 안 되는 돈이었다. 갑자기 지갑이 두둑해졌다. 가방 깊숙한 곳에 지갑을 숨겼다. 백팩을 앞으로 메고 임신부처럼 가방을 감싸안고 걸었다. 집에 도착하자마자 청소를 했다. 엄마도 애인도 이 집에는 한 번도 온 적 없다는 사실이 그제야 떠올랐다. 해가 질 때까지 그녀는 애인의 전화를 기다렸다.

전화는 걸려오지 않았다. 함께 있을 수 없는 사정을 대충 이야기하고 열쇠를 숨겨둘 곳을 알려주기라도 해야 하는데 큰일이었다. 주소만 가지고 혼자서 잘 찾아올지도 의문이었다. 그러니 훔쳤겠죠. 남자 직원의 말이 머릿속에서 지워지지 않았다. 그를 설득시킬 방법을 강구해야만 했다. 그러자면 자신이 얼마나 멍청한 사람인지부터 낱낱이 설명하는 수밖에 없었다. 이게 다 엄마 때문이고, 애인 때문이었다. 그 두 사람 때문에 자신이 자꾸만 멍청해지는 것 같았다. 금요일도, 월요일도, 엄마도, 애인도, 아무도 오지 않았으면 하는 게 그녀의 솔직한 마음이었다. 그녀는 핸드폰을 만지작거리다 김두이로 저장된 번호의 이름을 엄마로 바꿨다. 그러고 나서도 한참 동안 그녀는 눅눅한 이불 위에서 버둥거리다 이불깃을 입에 물고서야 겨우 잠에 들었다.

2

딸이 금방이라도 자신을 부를 것 같아서 그녀는 누구보다 먼저 개찰구를 빠져나왔다. 바지의 먼지를 털어내는 시늉을 하며 주위를 둘러보지 않으려 애썼다. 대학을 졸업한 뒤부터 딸은 고향에 자주 내려오지 않았다. 그즈음부터 딸에게 용돈을 보내지 않았다. 딸이 그러기를 원했다. 그녀는 머지않아 딸이 용돈을 보내올 거라고 지레짐작했다. 이제 딸의 차례라고 여겼다. 하지만 딸은 그러지 않았다. 아직 그럴 만한 형편이 안 되는 것인지 아예 그럴 마음이 없는 것인지 가늠하기 힘들었다. 섭섭했지만 내색하지 않았다.

인기척이 느껴져 옆을 바라보았다. 딸이 코앞에 서 있었다. 엄마, 라는 소리를 듣고 싶었는데 딸은 잠자코 가방을 빼앗아 들었다. 원래부터 이렇게 무뚝뚝한 딸이었는지 돌이켜보았으나 잘 기억나지 않았다. 갓난아이였을 때도 딸은 또래에 비해 잘 울지 않는 편이었다. 키우기 편하겠다고 남들이 부러워했지만 솔직히 말하자면 걱정이 더 컸다.

어디 가고 싶은 데 있어?

역 앞 광장에서 딸이 물었다.

일단 집에 가자.

그녀는 지하철역 쪽으로 방향을 틀었다.

그러지 말고.

딸이 그녀의 팔꿈치를 잡았다. 그녀는 걸음을 멈추고 다음 말을 기다렸다.

오랜만에 서울 왔는데 구경 가자.

그녀는 딸을 의아하게 바라보았다. 진심인지 아닌지 확인하고 싶었다. 딸이 그녀의 팔을 흔들며 재촉했다. 그녀는 딸이 이끄는 대로 움직였다. 딸은 지하철역을 지나쳐 택시 승강장으로 그녀를 잡아끌었다. 택시에 타자마자 호텔 이름을 댔다. 그녀는 마치 어딘가로 끌려가는 기분에 사로잡혀서 허벅지 위에 올려둔 가방을 세게 끌어안았다.

목적지는 멀지 않았다. 택시비는 기본요금을 넘지 않았다. 운전사의 표정이 내내 마뜩지 않아 보이던 이유가 뒤늦게 짐작되었다. 택시에서 내리자마자 그녀의 입에서 저절로 잔소리가 튀어나왔다.

지하철을 타지, 뭣하러 택시를 탔어?

딸은 지갑에 잔돈을 넣으며 궁시렁거렸다.

그 돈이나 이 돈이나 별 차이 없어.

그녀는 딸의 계산법이 마음에 들지 않았다.

이건 돈 문제가 아니라 태도의 문제라고!

한마디 더 하려는데 딸이 방긋 웃으며 팔짱을 꼈다.

우리 오늘 호텔에서 자자. 여행 온 것처럼 말이야.

그녀는 어깨에 멘 가방끈을 더욱 조이면서 딸의 팔을 풀어냈다.

집에 가자고 했잖아.

엄마, 호텔에서 자본 적 없잖아.

왜 없어? 네 아빠랑 신혼여행 가서 잔 적 있어.

그게 언제 적 이야기야. 요즘 모텔도 그보단 나아.

그녀는 딸의 말본새가 영 버르장머리 없게 느껴졌다. 집에 남자라도 숨겨두었냐고 호되게 쏘아붙이고 싶었으나 간신히 참았다. 딸은 아랑곳하지 않고 호텔 쪽으로 빠르게 걸어갔다. 입구를 지키던 호텔 직원이 허리를 숙이며 문을 열었다. 딸은 고개를 까닥이고 프런트로 향했다. 그녀는 딸의 뒷모습을 보면서 혀를 끌끌 찼다. 남편이 아직 살아 있었다면 딸의 머리채를 붙잡고 온종일 매질을 했을 터였다. 십 년이 넘게 같이 사는 동안 그녀가 남편에게 가진 불만은 그것뿐이었다. 당신은 지나치게 보수적인 아버지야. 우리 아버지랑 뭐가 달라? 남편이 죽고 난 뒤 보수적인 부모가 되고 싶지 않다는, 보다 세련된 엄마이고 싶다는 그녀의 결의는 더욱 단단해졌다. 과부라는 소리가 무서워 근본을 운운하는 홀어미가 되고 싶지는 않았다. 그러려면 일단 이해하는 척이라도 해야 했고, 여태껏 그래왔다.

프런트의 직원이 더블 침대가 있는 방을 추천했다. 십삼만원이라고 했다. 딸은 지체 없이 트윈 룸을 달라고 했다. 십오만원이라고 했다. 참다못한 그녀가 둘의 대화에 불쑥 끼어들었다.

더블로 주세요.

딸이 지갑에서 지폐를 꺼내면서 엄마의 말을 정정했다.

아니에요, 트윈으로 주세요.

그러곤 곧장 직원에게 십오만원을 들이밀었다. 그녀가 딸의 손목을 잡아챘다.

너 왜 이러니?

편하게 자면 좋잖아.

말문이 막혔다. 좀더 편하게 자고 싶어서 나를 호텔로 데려온 건가 싶어 화가 머리끝까지 솟구쳤다. 딸의 지갑을 보아하니 사는 형편도 그리 나쁘지 않은 모양이었다. 만원짜리 지폐가 수십 장이었다. 한창때인 남편도 지갑에 그만큼의 지폐를 넣어 다닌 적이 없었다. 그렇다면 딸의 무덤덤하고 무관심한 태도가 오로지 마음의 문제였단 말인가. 억울하고 분한 마음이 걷잡을 수 없이 커졌다.

태도의 문제가 아니라 아이큐의 문제야.

그녀의 속을 읽기라도 한 것처럼 딸이 으쓱거리며 말했다. 자신의 관자놀이를 톡톡 두드리면서.

3

엄마에게 창가 침대를 내어주고 그녀는 벽에 붙은 침대 끝에 걸터앉았다. 이불에서 바스락거리는 소리가 났다. 두 손으로 이불을 쓰다듬었다. 푹신하고 부드러웠다. 한 번도 덮어본 적 없는 값비싼 이불이었다. 그녀는 곁눈질로 엄마를 살펴보았다. 엄마 역시 이런 이불을 처음 보았을 텐데, 엄마는 방 구경에는 도통 관심이 없고 고개를 돌린 채 창밖만 내다보는 중이었다.

방은 십오층에 있었다. 커다란 유리창에 거무튀튀한 하늘이 가득 비쳤다. 그녀는 황급히 몸을 일으켰다. 문득 현기증이 일었다. 이마를 짚으려다 엄마가 보고 있을지도 모른다는 생각에 얼른 두 손을 허리춤으로 옮겼다. 머리가 아픈 게 아니라 나빠지고 있는 거야. 그러니 각서에 서명을 하고 순순히 신용카드를 내어줬지.

전화벨이 울렸다. 모르는 번호였다. 그녀는 방을 나가서 전화를 받고 싶었으나 그러지 않았다. 대신 화장실에 들어갔다. 엄마의 시선이 따라왔다. 손목시계를 보니 얼추 애인이 집에 도착했을 시간이었다. 당연히 발신자가 애인인 줄로만 알았다. 변기에 앉아 목소리를 한껏 낮춰 받았다. 여보세요? 상대가 그녀의 이름을 부르며 본인이 맞는지 물었다. 그녀는 아차 싶었다. 어제 의류 매장에서 그녀를 협박하고 추궁하던 직원이었다. 여전히 성난 말투였다.

분명히 오늘 중으로 해결해야 한다고 말했을 텐데요.

엄마가 화장실 문 앞에 서 있는 것 같아서 그녀는 더욱 나지막하게 대답했다.

알아요.

그녀는 또다시 그에게 해명해야 할 필요를 느꼈다. 많은 말들이 머릿속을 스쳐지나갔지만 문밖에서 귀를 세우고 있을 엄마 때문에 아무 말도 할 수 없었다. 점점 일이 꼬여간다는 생각을 하니 더욱 억울하고 분통이 치밀었다. 전화 너머 직원은 그녀를 나무라고 비난하는 내용의 말을 줄줄 이어갔다.

삼백이십육만원이에요. 오늘 중으로……

그녀는 더 듣지 않고 전화를 끊었다. 변기의 레버를 눌러 물을 내렸다. 쭈뼛거리며 화장실 밖으로 나왔다.

봐라, 비 온다.

엄마가 고갯짓으로 창밖을 가리켰다. 굵은 빗줄기가 유리창 위에 빗금을 그었다. 엄마의 곁에 앉으려는데 핸드폰에서 알림음이 울렸다. 문자였다. '저도 직원에 불과한 사람입니다. 아무리 저를 괴롭혀봤자 소용없습니다.' 보너스를 받는다는 얘기군. 그녀의 얼굴이 심술궂게 일그러졌다. 고개를 들자 엄마와 눈이 마주쳤다.

우산부터 사야겠네.

엄마의 목소리에는 힘이라곤 전혀 실려 있지 않았다.

프런트에서 빌리면 돼.

다시 전화벨이 울렸지만 그녀는 받지 않았다. 엄마가 그녀를 아래위로 훑어보았다. 벨소리가 멈출 때까지 그녀를 아주 느긋하게 올려다보고 다시 내려다보길 반복했다.

엘리베이터를 타자마자 엄마가 물었다.

너 요즘 애인 생겼어?

단번에 아니라는 대답이 튀어나왔다.

근데 왜 전화를 몰래 받아?

그녀는 화가 났다. '몰래'라는 말 때문이었다.

몰래 받은 거 아니야.

아니긴 뭐가 아니야.

엄마는 벽 거울에 얼굴을 가까이 대고 눈 밑을 스윽 닦아냈다. 엄마는 다 이해해, 그런 표정이었다.

애인은 그녀보다 나이가 어렸다. 아직 상병이었다. 2박 3일의 휴가는 일종의 유예기간 같은 거였다. 애인은 야외훈련중에 병장을 구타했다. 야전 텐트를 설치하는데 꾸물거리는 모습에 짜증이 났다는 거였다. 애인은 병장을 텐트 안으로 끌고 들어가 발길질을 했다. 다른 소대원들이 그를 뜯어말렸지만 그는 멈추지 않았다. 코피가 날 때까지 주먹을 내갈겼다. 주먹을 휘두르면서 병장의 코뼈가 부러진 것을 알았지만 계속했다. 더 크게 혼쭐을 냈어야 했다고, 놀라 말을 잇지 못하는 그녀에게 애인은 대수롭지 않게 말했다.

훈련이 끝나자마자 징계위원회가 소집되었다. 징계위원회는 적

합한 처분을 내릴 때까지 일단 부대 내 안전을 위해 병사 간 격리 조치로서 그에게 짧은 휴가를 내주었다. 말이야 부대 내 안전을 위해서라고 했지만 병장의 심신 안정과 자존심 회복을 위한 처사였고, 애인은 그게 마뜩지 않아서 병장이야말로 근무태만이라고, 당장 영창에 보내야 한다고 목소리를 높였다. 애인이야말로 휴가가 끝나면 영창에 가야 할지도 모를 판국이었다. 애인은 큰소리를 치다가도 집에서 알면 큰일이라고 벌벌 떨었다. 별수없어. 네 집에 틀어박혀 있는 수밖에. 이틀 전에 애인은 그렇게 말하고 여태 깜깜무소식이었다.

엘리베이터가 칠층에서 멈췄다. 우비를 입은 중국인 관광객들이 우르르 탔다. 아버지와 아들, 어머니와 딸로 보이는 네 명이 문 앞에 나란히 섰다. 그녀와 엄마는 옆으로 물러섰다. 엘리베이터 문이 닫히자마자 어머니로 보이는 여자가 딸로 보이는 여자의 풀어헤친 머리카락을 손가락으로 빗어내리기 시작했다. 딸이 무릎을 살짝 구부리며 키를 낮췄다. 어머니가 손을 재게 놀리며 기다란 머리카락을 촘촘히 땋아내렸다. 딸이 까만 고무줄을 어깨 너머로 내밀었다. 어머니가 고무줄을 입에 물고 있다가 꽁꽁 땋은 머리카락 끝을 묶었다. 그녀는 중국인 모녀가 하는 짓이 어쩐지 궁상맞아 보여서 얼른 고개를 돌렸다.

근데 호텔에서 우산도 주니?

엄마가 한결 밝아진 목소리로 물었다. 엄마의 시선도 중국인 모녀에게 향해 있었다.

주긴 뭘 줘. 빌려주는 거지.

그녀는 여전히 퉁명스러웠다. 어린 애인 때문이었다. 그가 언제 올지 몰라서 현관문을 잠그지 않고 나온 게 영 꺼림칙했다.

너는 어쩜 그렇게 못됐니?

느닷없이 엄마가 물어왔고 그녀는 엄마를 빤히 쳐다보았다. 그것은 그녀가 엄마한테 수년 동안 던진 질문이었다. 그때마다 엄마는 네가 나를 몰라서 그딴 소리를 하는 거라고 못박았다. 엄마가 다시 거울을 들여다보았다. 고개를 이리저리 돌리며 자신의 얼굴을 매만졌다. 거울에 비친 엄마는 예전보다 퍽 마르고 피부도 꽤 거칠어 보였다. 입가가 움푹 팬 엄마의 얼굴 뒤로 흘러내린 머리카락을 귀 뒤로 넘기는 중국인 딸을 본 순간, 그녀의 입에서 생각지도 못했던 말이 툭 튀어나왔다.

지랄하네.

4

그녀는 딸이 프런트 직원과 대화하는 모습을 보고 있기가 싫었다. 자리를 옮겨 로비의 기다란 소파에 허리를 꼿꼿이 세우고 앉았다. 프런트에 몸을 기대어 선 딸의 뒷모습이 한눈에 보였다. 로비의 한쪽 벽면은 유리였다. 유리 너머로 보이는 바깥 풍경 때문인지 로비는 어두웠다. 바닥에는 로비를 드나드는 사람들의 검은 발자국이 고스란히 남아 있었다. 갑자기 서쪽 하늘이 번쩍거렸다. 번개가 날카롭게 성당의 첨탑 위로 여러 번 내리쳤다. 기상예보는 틀리지 않았다. 서울 날씨가 궂다면 네가 내려오는 게 어떠냐고 그녀는 딸에게 여러 번 말했지만, 딸은 들은 체도 하지 않았다. 잠시라도 내려와 있을 생각이 전혀 없는 게 분명했다. 딸에게 꾸준히 용돈을 보냈더라면, 그랬더라면 결코 참지 않을 순간들 중 하나였다.

로비의 한쪽 구석에서 한 여자가 대걸레로 발자국을 지우며 다가왔다. 그녀 또래처럼 보였다. 그녀는 문득 여자에게도 딸이 있는지 궁금했다. 서울에서 자식을 키우는 일과 다 자란 자식을 서울에 보내는 일이 얼마나 다른지 물어보고, 재보고, 확인하고 싶었다. 그녀는 두 손으로 소파를 짚으며 일어섰다. 여자에게 말이라도 걸어볼 참이었다. 대걸레를 든 여자가 그녀의 기척을 눈치채고 빤히 쳐다보았다.

또 딸의 벨소리가 들려왔다. 지나치다 싶을 만큼 자주 딸의 핸드폰이 울렸다. 도대체 누가 자꾸 딸에게 전화를 걸어오는 것인지 궁금해 미칠 지경이었다. 불안한 마음도 적지 않았다. 그녀는 여자를 뒤로하고 프런트 쪽으로 빠르게 걸었다. 대걸레를 들고 있던 여자가 그녀의 발자국을 남김없이 지워가며 따라왔다. 그녀는 뛰다시피 다가가 핸드폰을 들여다보는 딸의 옆에 섰다. 딸이 황급히 핸드폰을 등뒤로 숨겼다. 벨소리가 계속 울렸다. 그녀는 한쪽 귀를 긁으며 거슬리는 기색을 드러냈다.

때마침 프런트 직원이 활짝 웃으며 우산을 건넸다. 두 자루였다. 그녀는 민망해서 손사래를 쳤다.

하나면 돼요. 뭘 두 개씩이나 주고 그래요.

그녀는 기다란 우산을 슬쩍 밀쳐냈다. 벨소리가 뚝 끊어졌다. 딸이 재빨리 핸드폰의 벨소리를 진동으로 바꾸었다.

두 개 다 주세요.

딸은 핸드폰을 쥔 한 손을 바지 뒷주머니에 쑤셔넣고, 남은 한 손만 프런트 위로 길게 내밀었다. 프런트 직원이 우산의 방향을 딸에게로 틀었다. 그녀는 딸의 옷자락을 잡아끌면서 프런트 직원에게 애원하듯 말했다.

하나, 하나면 돼요.

그녀는 한 손으로 여전히 딸의 티셔츠 자락을 꽉 붙잡고 있었다. 그 바람에 딸의 가슴이 두드러졌다. 딸이 허리를 깊숙이 숙이며 그녀의 손길을 뿌리쳤다. 그녀는 딸에게서 두어 걸음 뒤로 물러섰다. 딸의 얼굴이 시뻘겠다. 딸의 헝클어지고 거친 머리칼을 보며, 그녀는 문득 딸이 불행한 처지에 놓여 있는지도 모르겠다고 생각했다.

저희 호텔에 우산 많아요.

프런트 직원이 둘의 실랑이를 말없이 지켜보다가 조심스럽게 나섰다.

많아도……

그녀는 침을 삼키고 말을 이었다.

이렇게까지 하지 않으셔도 돼요.

그때 대걸레를 밀던 여자가 가까이 다가와 딸의 어깨를 두드렸다.

아가씨, 엄마한테 태도가 그게 뭐예요?

딸이 입술을 달싹거리다가 홱 돌아섰다. 기분이 언짢아진 쪽은 오히려 그녀였다. 프런트 직원도 크게 당황한 듯했다. 그녀는 여자를 뚫어져라 쳐다보았다. 여자 역시 그녀를 마주보았다. 여자의 시선이 온순하다못해 따뜻했다. 그녀는 이내 맥이 빠졌다.

괜찮아요, 원래는 착한 애예요.

그녀가 더듬거리며 말했다. 여자는 대걸레를 오른손에서 왼손으로 옮기며 고개를 끄덕였다. 여자는 좀전보다 훨씬 기운찬 몸짓으로 대걸레를 죽죽 밀며 프런트에서 멀어졌다.

이제 혼자서 어떻게 살아갈 계획이세요? 혼자가 되어버려서 얼마나 힘드세요? 남편이 죽었을 때, 문상객들의 위로 담긴 말들 앞에서 그녀는 수시로 딸을 쳐다보았다. 우리만 남았구나. 딸은 그녀의 시선을 모른 체했다. 몇 년 후 딸이 혼자 서울에서 살아보겠다는 말을 꺼냈을 때 그녀는 묻고 싶었다. 엄마 혼자 어떻게 살라고? 하지만 혼자라거나 내버려둔다거나 떠나버린다는 말 따위를 입에 올리면서까지 딸의 결심을 뒤흔들 수는 없다고 판단했다. 그녀는 딸의 자립을 지지하고 부추기면서 딸이 스스로 깨치길 바랐다. 우리는 이미 혼자나 다를 바 없이 살아왔다는 사실을 말이다. 그녀는 마침내 입을 열었다.

혼자 있고 싶다.

딸은 순순히 엘리베이터를 잡았다. 그녀가 빈 엘리베이터에 타자마자 딸은 게걸음을 하며 시야 밖으로 비켜섰다. 아무래도 딸이야말로 혼자인 게 편한 듯했다. 뒤늦게 천둥소리가 쾅쾅 울리며 호텔 안을 뒤흔들었다.

5

엘리베이터의 문이 닫히자마자 그녀는 호텔 밖으로 뛰쳐나갔다. 프런트 직원이 쫓아와 그녀에게 우산을 내밀었다. 그녀는 잠시 망설였다. 직원이 우산 든 손을 그녀 쪽으로 더욱 길게 뻗었다. 나무 손잡이가 달린 우산은 길고 묵직했다.

가지셔도 돼요.

그녀가 붙잡을 새도 없이 직원은 부리나케 호텔 안으로 뛰어들어갔다. 펼쳐보니 둘이 쓰기에도 꽤 큰 우산이었다. 고개를 젖혀 우산의 안쪽을 살펴보았다. 새것이었다. 사백칠십육만원, 그녀가 저도 모르게 중얼거렸다. 다시 우산을 접고 지하철역을 향해 달렸다. 손에 검고 기다란 우산을 쥐고 뛰니 더 속력이 붙는 것만 같았다. 그녀는 얼른 집으로 가는 지하철에 몸을 실었다. 몸이 흠뻑 젖었지만 차라리 개운했다.

엄마가 왔어. 계속 밖에 있을 것 같아. 전화해.

그녀는 포스트잇에 짧은 메모를 휘갈겼다. 지갑에서 오만원을 꺼내 책상에 올려두었다. 어떤 문제건 그녀가 해결할 차례가 되면 늘 돈의 문제로 귀결되었다. 애인은 그녀에게 오만원짜리 문제에 불과했다. 사백칠십육만원에 비할 숫자가 아니었다. 문밖에 포스트잇을 붙이고 텅 빈 집을 나섰다. 우편함에 열쇠를 숨기려다 도로 가방에 넣었다. 벨소리가 끊임없이 울렸지만 애인에게서 걸려온 전화는 아니었다. 그녀는 짜증 섞인 한숨을 푹푹 내쉬며 핸드폰을 가방 안에 쑤셔넣고 왔던 길을 되돌아갔다.

호텔 로비에 들어서자마자 그녀는 프런트 쪽을 휘 살펴보았다. 우산을 주었던 직원은 보이지 않았다. 한낮에 근무했던 직원들은 모두 퇴근한 모양이었다. 얼추 저녁시간이었다. 그녀는 서둘러 방으로 올라갔다. 슬슬 배가 고파왔다.

방은 어두웠다. 커튼이 모두 쳐져 있었다. 베개를 모로 베고 구부정하게 누워 있는 엄마의 머리 위로 취침등만 은은한 빛을 냈다. 그녀는 형광등의 스위치를 켰다. 방안이 확 밝아졌다. 시트와

베개가 가지런하게 정돈된 자신의 침대가 제일 먼저 눈에 띄었다. 한낮에 그녀가 잠시 머물렀던 침대는 아무도 다녀간 적이 없었던 것처럼 말끔했다.

아직도 비 와?

엄마가 나른하게 물었다. 그녀는 아니라고 말하고 싶었지만 젖은 몸을 가릴 수가 없었다. 게다가 한 손에는 기다란 우산마저 쥐고 있어서 더욱 아니라고 말하지 못했다.

더 많이 와.

거봐라. 그게 말이 되니.

그제야 그녀는 어제 엄마가 통화중에 했던 말이 무엇인지 짐작할 수 있었다. '바꾸라'는 그녀의 투정을 엄마는 이번에도 진지하게 들었을 것이다. 그러나 그건 엄마와 그녀, 둘 중 어느 누구에게도 쉽지 않은 일이었다. 불가능한 일이었다. 태풍은 절대로 방향을 바꾸지 않을 것이다.

엄마, 호텔에 누워 있으니 어때?

엄마가 남은 베개를 만지작거리며 대꾸했다.

신혼여행 온 것 같아서 좋아.

엄마는 천천히 등을 돌려 그녀를 보았다. 홀딱 젖은 그녀를 보곤 뒤늦게 놀라 벌떡 일어나 앉았다. 어서 뜨거운 물로 씻으라고, 그러지 않으면 감기에 걸리기 십상이라고 호들갑을 떨며 그녀를 욕실로 몰아넣었다. 그녀는 못 이기는 척 욕실에 들어갔다. 입고 있던 옷을 벗어 변기 뚜껑 위에 모아두었다. 샤워기를 틀자 뜨거운 물이 쏟아졌다. 금세 욕실에 뿌연 김이 가득찼다. 그녀는 꼼꼼히 비누칠을 하고 얼굴을 세게 문질렀다.

물기가 가시지 않은 몸에 커다란 샤워 타월을 두르고 욕실 문을 열었을 때, 엄마의 목소리가 들렸다. 아주 강경하고 단호한 어투로 엄마는 핸드폰 너머의 사람에게 또박또박 항변하고 있었다.

우리 딸은 그런 사람이 아닙니다.

그녀는 온몸이 굳은 듯 욕실 문턱에 서서 꼼짝하지 않았다. 수건이 흘러내리지 않게 팔짱을 단단히 끼고 엄마가 하는 말에 귀를 기울였다.

착해빠진 년은 아니지만, 도둑년도 아닙니다.

엄마의 목소리가 더욱 커졌다.

하도 똑똑해서 그런 짓을 안 합니다.

그녀는 뒷걸음질치며 도로 욕실에 들어갔다. 살며시 욕실 문을 닫고, 김이 서린 거울을 지나 욕조로 향했다. 수도를 틀었다. 수도꼭지를 좌우로 움직여 흐르는 물의 온도를 손끝으로 가늠했다. 서서히 욕조에 물이 차오르기 시작했다. 여태 연락이 오지 않는 걸 보니 애인은 오지 않을 모양이었다. 그의 걱정과 달리 일이 잘 해결되었을지도 모르고, 벌써 영창에 끌려갔을지도 몰랐다. 현관문을 잠갔으니 그녀가 걱정할 일도 줄었다. 늦게 도착하더라도 만나려고 들면 방법은 많았다. 우산도 하나 받아두었으니, 엄마와 외출하기에도 별 무리가 없을 터였다. 뱃속에서 꼬르륵 소리가 크게 울렸다. 그녀는 욕조에 걸터앉은 채 엄마를 불렀다.

엄마, 엄마도 씻어.

문밖에서 웅얼거리는 소리가 들려왔고 그녀는 따뜻한 물이 가득한 욕조에 한 손을 깊숙이 넣었다가 빼냈다. 그리고 다시 한번 엄마를 불렀다.

엄마, 얼른 들어와. 여긴 따뜻해.

비밀은 한 가지

남자가 떠나고 없는 중에도 문주는 하루에 한두 번 이런 질문을 받았다. 결혼생활은 어때? 친분과 직급에 따라 존댓말을 쓰는 사람도 있고, 반말을 쓰는 사람도 있지만 결국 같은 말이었다. 그때마다 문주는 좋아요, 짧게 대답하곤 피식 웃었다. 결혼 전에도 결혼 후에도 문주의 하루는 대충 이랬다. 되도록 점심시간 전까지 출근한 뒤 곧바로 구내식당에서 점심을 먹고 빌딩 일층의 스타벅스에서 아이스 아메리카노를 마셨다.

기획과 회의, 촬영과 송출, 편집과 회의를 차근차근 해내고 나면 늦은 밤이었다. 대체로 그런 하루를 보내다보니 신혼생활에 대해 묻는 사람들은 거의 직장 동료였다. 문주가 식판을 들고, 일회용 컵을 들고, 대본을 들고 건성건성 대답할 때 더러 원도도 있었다.

항상 멀찌감치 떨어져선 헤실헤실 웃는 문주를 빤히 쳐다보았다.

누구에게랄 것 없이 문주는 좋아요라고만 대답했다. 다르게 대답하질 못했다. 다들 그럴 거라고 생각했다. 좋을 때도 있고 싫을 때도 있어요라고 말하는 게 가장 정직한 답일 텐데, 실생활을 있는 그대로 전부 말하려는 사람도 전부 들으려는 사람도 없었다. 겪었던 시간을 근거 삼아 좋아요라고 말하는 게 아니라 겪어야 할 시간을 근거 삼아 그렇게 말하는 것뿐이었다. 말하자면 문주는 비교적 낙관적인 사람이었다.

원도는 문주와 같은 케이블 방송국에서 일했지만 맡은 프로그램은 달랐다. 문주보다 네 살 아래인 원도는 방송국에 들어온 지 겨우 이 년째에 불과했다. 퇴근 후 연신내로 가는 버스를 기다리는 버스 정류장에서 원도와 문주는 부쩍 자주 마주치기 시작했다. 그즈음 원도는 출퇴근시간을 줄이기 위해 무리하게 연신내의 오피스텔을 얻어 혼자 생활하고 있었다. 부모의 만류를 뿌리치느라 부랴부랴 얻은 집이어서 뒤늦게 후회막심이었다.

원도는 문주의 결혼식에 초대받진 않았지만 사내 인트라넷을 통해 오만원의 축의금을 보냈었다. 원도는 아무래도 문주가 결혼한 지 얼마 안 됐고 연신내에 오래 살았으니 이래저래 혼자살이에 필요한 실속 있는 조언을 구할 수 있지 않을까 싶어서 문주와의 만남에 반색했다. 문주가 결혼 답례로 나누어준 라벤더 비누를 아껴 쓰던 참이기도 했다.

"선배, 집은 몇 평이에요? 전세? 월세? 정류장에서 집까지는 얼마나 걸려요?"

원도의 질문이 쏟아질 때마다 문주는 같은 질문을 되묻는 방식으로 대답을 피했다. 원도는 순순히 자기 형편을 길게 설명했다.

"선배, 제가요, 여덟 평짜리 오피스텔에 사는데, 보증금 천만원에 다달이 오십오만원을 내고 있거든요. 근데 가스비 전기세 수도세 공동 관리비까지 내고 나면 팔십만원 남짓한 돈이 남아요. 역에서 집까지 도보 십 분이라고, 신축 오피스텔이라 풀 옵션이라고, 그에 비하면 싸다고 해서 얻었는데, 보다시피 제가 출퇴근할 때 버스를 타잖아요. 그러니 역세권에 살 필요가 있는지 이제 와서 의문이 들고, 게다가 주민등록 이전을 하지 않는다는 조건도 마음에 걸리고요. 선배도 아시겠지만 제가 한 달에 백팔십만원 정도 벌거든요. 근데 주거비 교통비를 제하고 나면 기껏 팔십만원 남는데, 물론 웬만하면 구내식당을 이용하긴 하지만 밥 사 먹는 데 드는 돈도 만만치가 않거든요. 우리 부모님이 남양주에 살아요. 매달 삼십만원씩 보내거든요. 그러고 나면 수중에 남는 돈이 하나 없어요. 빵원이에요, 빵원. 어떻게든 돈을 모아야겠고, 그러려면 다시 남양주 부모님 집으로 돌아가서 돈 말고 잠을 줄이는 게 나을 것 같긴 한데, 선배, 나 진짜 거기로 돌아가기 싫거든요."

원도의 긴 푸념을 고개를 주억거리며 듣고 있다보면 얼추 문주가 내려야 할 정류장이었다. 문주는 자기 이야기는 한마디도 하지 않고 도망치듯 버스에서 내렸다. 거짓말을 이어가는 것보단 차라리 그게 나았다.

지난해 봄 문주는 오 년 동안 사귄 동갑내기와 결혼했다. 남자는 서대문구에 자리한 대학원에서 박사과정을 밟던 중이었다. 문주와 연애하는 내내 남자는 꾸준히 그 일만 했다. 일이 많아. 일할 게 있어. 사실상 공부에 가까운 짓이었지만 남자는 매번 일이라고 표현했다. 모처럼 쉬는 날인데 놀러갈까, 문주가 물으면 남자는 내가 하는 일은 주말 없는 비인권적 노동이라고, 당최 마음 편히 쉴 수 없는 게 이 일의 유일하고 압도적인 스트레스라고 단단히 일러주곤 했다.

남자가 '가상화폐의 공적 가치 창출의 가능성과 최근 동향'이라는 제목을 단 논문의 최종 심사를 앞두고 있을 무렵, 비트코인 열풍이 불었다. 남자가 문주에게 청혼한 때도 그즈음이었다. 근 십 년째 케이블 방송국의 비정규직 피디로 근무하던 문주는 흔쾌히 청혼을 승낙했다. 남자의 박사학위 졸업식이 있고 두어 달 후, 문주는 마포구의 어느 예식장에서 결혼식을 올렸다.

비정규직이긴 했지만 대학을 졸업한 직후부터 지금까지 문주는 줄곧 같은 직장에서 근무했다. 덕분에 꽤 많은 축의금이 문주의 통장으로 입금되었다. 그에 비해 남자의 하객은 같은 대학원의 선

후배들뿐이었다. 문주의 하객들보다 아주 적은 수였던지라 축의금 역시 예식 비용에 훨씬 못 미치는 액수였다. 남자는 졸업식보다 결혼식을 먼저 치렀어야 했다고 후회했지만 오래 아쉬워하지 않았다.

오백만원이 웃도는 축의금 앞에서 문주는 사직서를 내려던 마음을 접었다. 육 개월만 더, 그러곤 그만해야지. 혼자 결심하곤 아무도 모르게 대학원 입학을 준비하던 중이었다. 비트코인이 폭락했다는 뉴스로 연일 떠들썩했다. 문주에게는 대수롭지 않은 뉴스였지만 남자에게는 달랐다. 크고 작은 기업과 기관의 특강 초청을 받아 툭하면 집을 비우던 남자는 온종일 집에 들어앉아 컴퓨터 앞에서 줄담배를 피웠다.

연애 시절에도 컴퓨터 앞에서 며칠씩 밤을 새우는 그의 모습을 종종 봤던 터라 문주는 크게 신경쓰지 않았다. 되도록 삶에 간섭하지 않되 존재에 소홀하지 않는 부부관계를 죽 바랐기 때문에 그의 나태를 아주 정중한 마음으로 방관할 수 있었다. 대신 매일 빠뜨리지 않고 현관에 서서 "나 출근해" 카랑카랑한 목소리로 인사했다. 같은 해 10월 하순, 문주는 남자와 헤어졌다. 아직 혼인신고조차 하지 않은 상태라는 걸 문주는 그제야 알았다.

크리스마스를 앞둔 어느 날 문주는 원도와 함께 연신내에서 내려 술을 샀다. 술김에 문주는 처음으로 자기 집에 대해 간략하게 말했다.

"결혼 전부터 혼자 살던 집이라서 편해. 이 근방에서 유독 저렴한 전셋집이라 그냥저냥 만족해. 지은 지 오래되다보니 혼자 사는데 불편한 점이 많긴 하지. 그래도 단독주택이라 나름 매력은 있어. 혼자 살기 무서운 집인 건 맞아. 살수록 무섭다는 생각이 드는 집이야."

원도가 고개를 갸웃하며 대뜸 물었다.

"선배, 혼자 살아요? 왜요?"

아무에게도 말한 적 없는 이야기를 털어놓으면서 문주는 원도에게 신신당부했다. 비밀이야, 비밀. 나 혼자 된 거, 너만 알고 있어. 생각보다 너무 빨리 헤어지는 바람에 어쩔 수 없이 떠안게 된 비밀을 문주는 수시로 원도에게 털어놓았다. 그 남자가 나를 겁쟁이로 만들었어. 사는 게 무서워졌어. 하루가 멀다 하고 울먹이는 문주의 등을 토닥이며 원도는 호기롭게 외쳤다.

"내가 있잖아요."

해가 바뀌자 일이 좀 한가해졌다. 원도는 이따금씩 문주의 외진 단층집에 들락거리면서 문주의 자책과 두려움에 귀를 기울였다. 문주가 나날이 무서워하는 우둘투둘한 흰 벽과 밑이 썩은 문짝과 문턱 없는 바닥을 가리키며 과연 무서워할 만한 집이라며 술잔을 기울였다. 밤이 깊어지면 거실에 몸을 동그랗게 말고 누워 문주의 집을 품평했다. 창이 커서 좋아요, 천장이 높아서 추워요, 차 소리가 안 들려서 좋아요, 집이 기운 것 같아요, 매력 있어요. 그러면 문주가 산책하듯 집안을 어슬렁거리며 남자의 잘못을 고했다.

"통장잔고는 바닥인데다 혼인신고도 안 하고 살았어."

문주가 듣기에도 그 말은 처음부터 원치 않은 결혼이었다는 뜻으로 들렸다. 남자의 잘못이라기보다 문주 자신의 실수처럼 여겨졌다. 무시로 잘잘못을 따지던 속내가 한결 편해지기 시작했다. 1월 내내 원도는 취한 채로 하루이틀씩 머무르다 결국 문주의 집에서 사는 게 합리적이라는 결론에 이르렀다. 월세가 밀려서 전전긍긍하는 원도에게 함께 살자는 말을 꺼내면서 문주는 가난한 원도의 삶을 장려하듯 덧붙였다.

"같이 살면 되잖아. 아무도 모를 거야."

둘이 살기에 여덟 평은 너무 좁으니까, 원도가 그러자 문주가 대답했다.

"둘이 있으면 안 무서울 거야."

여름휴가를 하루 앞두고 문주는 정규직 전환 심사 후보에 올랐다는 소식을 통보받았다. 임의로 소집된 정규직 전환 심의위원회에서 후보 셋을 간추렸는데, 문주와 원도의 사수인 오피디 그리고 최근 신설된 해외마케팅팀의 대니얼 킴이 그 셋이라고 팀장은 전했다. 심의위원회의 구성원이기도 했던 팀장은 문주와 오피디에게 이른 축하를 건네며 설레발을 쳤다. 그의 말에 따르면 셋 중 두 명을 뽑는다는 것은 이런 의미였다. 정규직에 합당한 자격을 갖춘 사람을 엄중히 가려내는 심사가 아니라 정규직 전환 예외 사유에 해당하는 한 사람을 골라내는 것. 그러한 연유에서 대니얼 킴을 후보로 올린 의도는 분명했다. 동년배이자 경력도 엇비슷한 문주와 오피디의 정규직 전환을 사실상 확정 짓고 전환 예외 사유가 명백한 신입을 심사에서 완전하게 배제시키려는 것.

"대니얼 걔는 아무리 뜯어봐도 오래 있을 사람이 아니야. 걔는 쭉정이야, 쭉정이."

팀장은 문주와 오피디를 세워둔 채 대놓고 대니얼 킴이 심사에서 떨어질 것을 확신했다. 인사관리팀의 최종 면접이 남아 있긴 하나 형식적인 절차에 불과하지 않겠냐며 문주와 오피디를 추켜세웠다. 문주는 미루었던 대학원 입학을 아예 포기해야 될지도 몰라서 씁쓸했고, 오피디는 팀장과 몇몇 상관들의 호의가 선심처럼 여겨져서 어리둥절했다.

한껏 들뜬 팀장이 곧장 전체 회식 자리를 마련했다. 길 건너 돼지갈비 전문 식당으로 문주와 나란히 걸어가는 동안 오피디는 뒤늦게 정규직 전환 가능성을 실감했다. 이제 한시름 덜었으니 원도를 밑에서 위로 끌어올리는 일만 남았다고, 걔도 이젠 행복해져야 한다고, 문주에게 꽤 비장한 말투로 말을 걸었다. 문주는 저도 모르게 멈춰 서서 오피디를 쳐다보았다. 어쩌면 자신의 짐작보다 원도와 오피디가 각별한 사이일지도 모른다는 생각이 들었다. 아니면 문주가 아는 원도와 오피디가 아는 원도가 아주 다른 삶을 살고 있거나. 한편으로는 원도가 어떤 방식으로 문주와의 생활을 숨기고 있는지 어렴풋하게 알 것도 같았다.

식당에 도착하고 보니 팀장을 비롯한 나머지 동료들은 기다란 테이블 두 개에 둘러앉아 고기를 굽는 중이었다. 팀장은 안쪽 테이블 한가운데 앉아 두 사람을 반겼다. 오피디가 자연스레 팀장의 옆자리에 앉았다. 맞은편 자리는 하필 원도의 옆이었다. 문주는 갈팡질팡하다가 반대편 테이블의 끄트머리에 앉았다. 팀장이 문주를 소리쳐 불렀다.

원도는 잔뜩 굽은 자세로 빽빽하게 앉은 사람들의 등과 등 사이를 지나오는 문주를 지켜보았다. 핸드폰과 가방을 원래 자리에 고스란히 내버려두고 오는 모습을 보니 금방 제자리로 돌아갈 작정인 듯했다. 팀장은 문주가 자리에 앉기도 전에 박수를 쳤다. 기다란 테이블에 모여 앉은 사람들이 덩달아 박수를 치는 동안 원도는 깔고 앉았던 방석을 끄집어내 문주가 앉을 자리에 놓았다. 문주는 앉자마자 냅킨부터 찾았다. 팀장이 웃는 얼굴로 테이블 위를 함께 두리번거리며 회사를 욕하기 시작했다.

"우리 회사 엿같지?"

모여 있던 사람들 모두가 고기를 집던 젓가락을 놓고 팀장을 주시했다. 팀장은 그들과 시선을 일일이 마주치며 환하게 웃어 보였다. 내년에는 정규직 전환 기회가 많아질 거라고 호언하면서 그래도 우리 같은 곳도 없다고 자부했다. 때마침 원도가 숟가락으로 맥주병의 뚜껑을 따서 팀장에게 건넸다. 맥주병 입구에서 김이 새어나왔다. 한 손에 맥주병을 든 채 팀장이 문주에게 몸을 기울였다. 원도가 자기 잔에 있던 맥주를 남김없이 들이켠 뒤 문주에게 잔을 건넸다. 문주는 엉거주춤 일어서서 팀장이 따라주는 술을 받았다. 잔이 채워질 때까지 두 손으로 받쳐들고 기다렸다가 고개를 돌렸다. 원도와 눈이 마주쳤다. 원도가 재빠르게 시선을 피했다. 문주도 얼른 반대쪽으로 고개를 돌려 단번에 술잔을 비웠다. 테이블에 앉아 있던 사람들이 손뼉을 치며 와와 환호했다. 팀장이 벌떡 일어서서 다들 내년을 기대하라며 분위기를 돋웠다.

후식 냉면을 주문하던 참에 문주가 물었다.

"팀장님은 면접에 안 들어오시죠?"

"그러면 공정하지 않잖아."

"전부 제가 모르는 사람들이겠네요."

"그냥 다 똑같다고 생각해."

"그 사람들도 저를 모르겠죠?"

"자꾸 묻지 마. 너무 되고 싶은 티가 나잖아."

팀장이 농담조로 대꾸했다. 결혼을 하면 야망이 생기기 마련이라며 오피디의 팔꿈치를 툭 쳤다.

"아직 신혼이라 좋지?"

문주가 빈 컵을 앞으로 뻗으며 고개를 끄덕였다. 불판에서 바짝 탄 고기를 집어올려 빈 접시에 모으다 말고 원도가 문주를 힐긋 쳐다보았다. 술기운이 오른 탓인지 문주의 얼굴이 순식간에 붉어졌다. 잘못을 저지른 기분이긴 한데, 굳이 따지자면 죄책감이라곤 전혀 없이 수치심뿐인 잘못이었다. 원도가 자꾸 쳐다봐서 더더욱 그런 기분이었다.

"좋아요?"

원도가 냅킨으로 젓가락을 닦으며 물었다. 원도는 문주가 거짓말을 하고 있다는 사실을 유일하게 아는 사람이었고, 문주가 거짓말을 고수할 수밖에 없게 하는 사람이었다. 거짓말은 오로지 문주만의 잘못이지만, 비밀은 문주와 원도가 함께 지켜나가는 약속과도 같았다. 하지만 거짓말을 지키자고 비밀만 늘어나는 삶을 이어가고 싶진 않았다.

"결혼하면 정말 좋아요?"

아랑곳하지 않고 원도가 놀리듯 물었다.

"원도야, 그런 건 대놓고 물어보는 게 아니야."

오피디가 나서자 원도는 그제야 입을 다물었다.

면접 하루 전날 문주는 막걸리와 소주를 사다놓고 원도를 기다렸다. 집에서도 충분히 할 수 있는 일을 원도는 회사 컴퓨터로 처리했고, 그 바람에 늘 퇴근이 늦었다. 문주가 종종 환기를 시키느라 집안의 창문과 방문을 모조리 여는 때 빼곤 원도의 방은 굳게 닫혀 있었다. 문주는 도저히 뭐라고 간섭할 수 없어서 잠자코 내버려두었다. 자칫 이래라저래라 나섰다간 똑같은 대우를 받기 십상이었다. 원도가 제 방을 출입하는 일은 없었지만 여전히 집으로 돌아와 문주의 옆에 누웠으므로 그럭저럭 넘길 만했다.

원도와 문주는 제육볶음과 식은 잡채를 안주 삼아 각각 막걸리 한 병과 소주 한 병씩만 마시기로 했다.

"저번에 가방 없어졌다고 울고불고했던 거 기억나?"

원도가 지난 회식 때의 일을 물었다.

"사람들 보는 데서, 오피디도 있고 팀장도 있는데, 나한테."

문주는 도통 기억나지 않을뿐더러 원도의 말을 대번에 이해하기도 어려웠다. 자기보다 오피디나 팀장과 더 친한 사이 아니냐고 묻는 듯도 했고, 오피디와 팀장 앞에선 조심하자는 듯도 했다. 솔직히 이제는 들켜도 상관없다는 마음이기도 해서 문주는 말머리를 돌렸다.

"너는 앞날을 생각하면 뭐가 무서워?"

"돈 없이 사는 거."

"나는 아픈 거."

"너무 아프다가 죽을까봐 무서워?"

"상상해봐. 네가 그 전부를 봐야 한다면."

문주가 하라는 대로 원도는 곰곰 상상했다. 아픈 문주 말고 아픈 자신을 상상했다. 그런 자신의 곁에서 오들오들 떨며 무서워하는 문주를 상상했다. 그런 날이 오기를 바라지 않았지만 그런 날이 두 사람 사이에 있을 것 같지도 않았다. 하지만 그런 질문을 던지는 문주를 보니 원도 역시 묻고 싶긴 했다. 혹시 남편의 빈자리를 견딜 수 없어서 담배 냄새가 배어나오는 좁은 방으로 나를 끌어들인 건 아닌지, 나날이 사는 게 무섭다던 그 마음속에는 누군가를 보고 싶은 마음이 속속들이 깃들어 있는 게 아닌지.

원도에게 상상해보라 하고선 문주도 곰곰 생각했다. 사는 게 불안하지 않을 만큼의 돈의 액수와, 진짜 화폐의 사적 가치 창출의 가능성과 최근 동향을 숙고할 임무는 전적으로 자기 몫일 수밖에 없는 현실에 대해. 거기까지 생각하자 난데없이 어떻게든 정규직이 되고픈 마음이 간절해졌다.

"우리 이사하자."

문주는 원도의 말에 대답하지 않았다. 이 집의 모든 것을 먼저 감내하고 누렸던 사람이 있다는 것, 원도가 이제 와서 이 집에서 살기를 꺼려하는 가장 큰 이유였다.

"전에 살던 사람한테 연락 없어?"

남자의 전공서적이나 그의 이름으로 배송된 고지서를 흔들며 원도가 물을 때마다 문주의 대답은 간결했다.

"없어."

그 말이 원도에겐 피식 웃는 소리처럼 들렸다. 거짓말을 하고 난 뒤에 남는 부끄러움을 떨치려고 웃는 것 같았다. 원도가 보기에 문주는 미래에 낙관적인 사람은 아니고 시시때때로 잘 웃어버리는 사람이었다. 그런 식으로 비밀을 만들고 거짓을 꾸미는 사람이었다.

문주가 자주 웃어서 원도는 노심초사했다. 남자가 여전히 집 주변을 배회하고 있을 것만 같았다. 어느 날 갑자기 그가 들이닥칠까봐 내내 신경쓰였다. 두고 간 물건을 되찾지 않을 만큼 전에 살던 사람과 문주가 아예 무관한 사이가 되어버렸다는 걸 원도는 몰랐다. 원도의 그런 마음을 모르는 채 문주는 거듭 당부했다. 우리의 앞날을 상상해보자고, 우리의 앞날을.

마련해둔 술을 다 마시고 나서 원도가 반문했다.

"정말로 내 앞날에 관심 있어?"

면접관의 첫번째 질문은 몇 살인가요였다. 연달아 전공에 대한 두번째 질문을 던지고 나서야 면접관은 문주의 이력서를 펼쳤다. 잠시 이력서를 들여다보던 면접관이 두 손을 깍지 끼며 물었다.

"임신과 출산 계획에 대해 말해주실 수 있습니까?"

문주는 너무 절박한 마음이어서 거짓말을 할 수 없었다.

"이혼했습니다."

면접관은 당황한 듯 문주의 얼굴을 빤히 쳐다보았지만 더 캐묻지 않았다. 대신 오피디와 대니얼 킴에게만 질문을 던졌다. 심지어 오피디에게는 집이 먼 것 같으니 회사 근처로 이사하는 게 어떻겠냐고 떠보기까지 했다. 대니얼 킴에게는 지금 한 말을 영어로 다시 해보라고 여러 번 요구했다. 그 바람에 대니얼 킴은 한국어와 영어로 번갈아 같은 말을 두 번씩 했다. 면접이 거의 끝날 무렵 다른 면접관이 문주에게 물었다.

"이혼하니 어떻습니까?"

문주는 으레 그래왔듯 좋습니다라고 대답하곤 웃었다. 오피디가 길게 한숨 쉬는 소리가 들렸다.

면접이 끝나자마자 오피디가 문주의 어깨를 다정하게 두드렸다. 문주가 그를 붙잡고 말했다.

"나, 정말 행복해요."

얼굴이 홧홧해졌으나 참말이어서 부끄럽진 않았다.

"요즘 그런 말 처음 들어요."

오피디가 신기하다는 투로 대꾸했다.

소문은 삽시간에 퍼졌다. 직원들의 인적사항을 제대로 파악하지 못했다는 이유로 팀장은 인사관리팀으로부터 질타를 받았다. 인사 평가에 반영하겠다는 소리까지 들은 터라 팀장은 더욱 노발대발했다. 보다 못한 오피디가 문주의 편을 들자 팀장이 정색하며 물었다.

"두 사람 그렇고 그런 사이야?"

오피디가 손사래를 치며 뒤로 물러섰다. 문주가 한 걸음 다가가며 그동안 말 못했던 자신의 처지를 막 털어놓으려던 참이었다. 원도가 오피디 곁으로 성큼 다가와 소매를 잡아끌었다. 문주는 원도가 오피디를 데리고 멀어지는 모습을 물끄러미 바라보았다. 우리 사이까지 털어놓지는 말아달라고, 간곡하게 부탁하는 것처럼 느껴져서 문주는 돌연 섭섭했다.

남 좋은 일 하려다 인생 망하게 생겼다고, 하던 대로 또 거짓말하지 왜 이제 와서 하필 거기다 대고 그랬냐고 팀장은 연신 고함을 질렀다. 문주는 최대한 가만히 서 있으려고 노력하면서 지금 해야 할 말이 무엇일지 헤아려보았다. 생각보다 너무 빨리 헤어져서, 너무 빨리 다른 사랑을 시작해서. 그렇게 말하자니 원도와의 연애가 너무 시시하게 보일 것 같았다. 처음에는 금세 깨질 사랑을 무턱대고 축복받아서, 회사명이 적힌 흰 봉투를 다짜고짜 받아버려서 차일피일 미룬 것이었다. 하지만 이제 와서 설명하자니 자신이 했던 사랑 전부가 우습게 느껴져서 울고 싶을 지경이었다.

"여태 잘도 거짓말을 하더니, 왜 안 했어?"

팀장이 서류철을 책상 위에 후려치며 외쳤다. 문주는 한숨을 길게 내쉬며 허리를 세웠다. 정규직이 되기를 바란 적 없는데, 그토록 오래 반복해왔던 거짓말에서 마침내 벗어났는데, 이런 기분이라니. 문주는 마침내 비밀만 간직한 사람답게 말없이 돌아섰다. 빌어, 빌라고! 팀장의 고함 소리를 뒤로하고 문주는 밖으로 향했다.

출근할 때처럼 문주는 일층 스타벅스에서 아이스 아메리카노를 주문하고 음료가 나오기를 기다렸다. 누군가 문주의 등을 툭 치며 알은체를 해왔다. 뒤돌아보니 부른 배를 두 손으로 감싸안은 임신부였다. 낯익긴 했지만 누군지 몰라 우물쭈물하는 사이에 여자가 대뜸 물었다.

"나 없는 새 결혼했다면서요, 너무 좋겠어요."

그때 카페 직원이 문주의 이름을 크게 불렀다. 문주는 얼결에 그녀의 말을 따라 하듯 대답했다.

"예, 좋아요, 너무 좋았어요."

그러곤 소리 내어 웃음을 터뜨렸다. 정말로 보란듯이 정규직이 되어야겠다고 간절하게 결심하면서, 이런 걸 야망이라고 해야 하나 싶어서 한참 크게 웃었다.

내가 원했나봅니다

1

돌아앉아 있다, 엄마의 표현대로라면 나는 어김없이 돌아앉아 있다. 역방향 칸 출입구 바로 앞 자리. 오랫동안 나는 이 자리를 선호해왔다. 승객이 드문 평일에는 옆자리에 앉는 사람이 아무도 없다. 그래서 편하다. 때때로 창밖 풍경이 멀어지는 모습을 보고 있으면 울적하긴 했다. 목적지에 가까워질수록 출발지와 얼마나 멀어지는 중인지 이 자리에선 어림할 수 있기 때문이다. 나에겐 어느 방향으로 가든 집이라고 할 만한 곳이 있었다. 그런데도 그 자리에 앉으면 집으로 가는 것 같지 않고 집을 떠나는 듯했다. 그 실감마저 내가 원한 것인지, 마지못해 감내하는 것인지는 불분명했다. 불현듯 내가 고집하는 건 이 자리가 아니라 그 불분명함일지도 모른다는 생각이 들었다.

너는 늘 돌아가더라.

그건 내 인생 전반에 대한 엄마의 평이었다. 엄마의 말이 맞는 걸까. 서울에서 엄마가 있는 가산면 다부리까지 가려면 운전해서 가는 길이 제일 빨랐다. 대중교통을 이용하면 KTX를 세 시간 동안 탔다가 버스로 갈아타고 터미널까지 가서 한 시간에 한 대꼴로 운행하는 시외버스를 타야 겨우 동네 어귀였다. 내가 재학중에 전공을 바꾸었을 때, 취업하는 대신 국립대학의 대학원에 진학했을 때, 서른 살에 전공과 무관한 취업을 목표 삼아 서울로 이사하겠다고 했을 때에도 엄마는 비슷한 말을 했다.

어릴 때부터 그랬지. 비 오는 날 우산 들고 학교 가면 네가 제일 늦게 나왔어. 다른 애들이 운동장 한가운데로 막 뛰어나올 때, 넌 운동장 가장자리를 빙 둘러서 나왔어. 엄마 기다리는 건 생각도 안 하고.

보름 전, 차선배가 해고 통보를 받았다. 호영이 차선배의 언행을 문제삼는 글을 게시판에 올린 지 이 주 만이었다. 그날 나와 호영이 차선배의 해고에 일조했다는 소식도 함께 퍼져나갔다. 이미 인사팀의 권유에 떠밀려 휴가중이었던 나는 단톡방 메시지를 통해 그 사실을 알았다. 오후 느지막이 단톡방에 들어갔더니 차선배는 이미 방을 나간 뒤였다. 그의 뒤를 따라 몇몇 사람들도 방을 떠나고 없었다.

그동안 고마웠습니다. 어디서든 다시 만납시다.

차선배의 인사말과 몇 사람이 방을 나갔다는 알림만이 유일한 메시지였다. 아무도 그에 응답하지 않았다. 나와 호영이 여전히 단톡방에 남아 있어서 모두 말을 아끼는 듯했다. 순간 더이상 그 방에 있으면 안 된다는 생각이 들었지만 적어도 인사말은 남겨야 하지 않을까 갈팡질팡하던 차에 새로운 메시지가 떴다.

세상 혼자 사는 사람 많다.

음향감독이었다. 그는 곧바로 방을 나갔다. 나는 너무 놀라서 황급히 단톡방을 나왔다. 핸드폰을 침대 밑에 쑤셔넣고 온종일 집 안을 서성거렸다. 음향감독의 말이 자꾸 맴돌았다. 잇따라 엄마의 말이 겹쳐서 들려왔다.

기다리는 건 생각도 안 하고.

천안을 지날 즈음 엄마에게 전화를 걸었다. 내려가는 중이라고 하자 엄마는 반색하면서도 단박에 왜 차를 끌고 오지 않냐고 물었다. 온 김에 김치도 좀 가져가고 쌀도 실어 가고 참기름이며 들기름도 챙겨 가면 얼마나 좋으냐고 아쉬워했다. 으레 듣는 소리였다. 지난 추석에도 또 빈손으로 올라갈 거냐, 도대체 뭐를 먹고 사느냐, 뭐라도 먹고 살긴 하느냐 지레 걱정을 하더니 막상 내 얼굴을 보자마자 옆구리를 잡아 쥐면서 또 살이 올랐다고, 전혀 '미쓰' 같지 않다고 면박을 줬다. 그날 이른 저녁밥을 먹을 때까지 잔소리는 이어져서 도대체 명절 빼곤 당최 들르지 않는다고 하도 꾸짖기에 엄마, 나는 말단이잖아, 말단, 그랬더니 엄마는 의뭉스럽게 조언했다.

여자 혼자 산다는 티를 냈어야지.

엄마의 의중을 영 모르겠어서 뭣하러? 따지듯 묻자 돌아온 대답은 예상 밖이었다.

엄마가 혼자 살고 있다는 티를 내면 사람들이 너한테 좀 너그러워지지 않겠어?

혼자 사는 여자를 운운하기에 나를 두고 하는 말인 줄 알았더니 아니었다. 대학 졸업을 앞두고 논술학원에서 아르바이트를 할 때였다. 학원에 선생은 나를 포함해 모두 네 명이었는데 다들 아버지가 없었다. 게다가 다들 맏딸이었다. 엄마에게 그 이야기를 해줬더니 엄마는 믿을 수 없다는 듯 말했다.

신기하네. 내 친구들 중에 남편 없는 사람은 나뿐인데.

엄마와 달리 내 세계에서 그만한 가정사는 누구에게나 있을 법한 보통의 사정이었다. 혼자 사는 늙은 엄마, 혹은 아버지의 이른 죽음, 엄마가 툭하면 하소연하는 그 불행이 내가 속한 세계에선 결코 티낼 만한 일이 아니었다. 혼자 사는 엄마를 둔 사람은 나 말고도 많았다. 내가 살아온 바로는 혼자 사는 사람이 엄마 하나인

곳은 다부리뿐이었다. 나는 이미 거길 떠났고.

인사팀 최대리는 나와 호영을 번갈아 호출했다. 일주일에 한 번씩, 나와 호영은 최대리와 마주앉았다. 면담이라지만 사실 취조나 마찬가지였다. 항상 내가 먼저 불려가고 이틀쯤 뒤에 호영이 불려갔다. 호영은 대놓고 물었다. 뭐래? 최대리와의 면담 내용을 고스란히 호영에게 들려줄 때마다 내 불안도 커졌다. 호영은 나를 통해 미리 질문을 숙지하고, 그에 걸맞은 대답을 준비할 시간이 있었지만 내겐 그럴 기회가 없었다. 호영과 나는 한 팀인데, 돌아가는 모양새를 봐선 호영 아니면 나, 둘 중 한 사람을 골라내는 상황 같았다. 호영과 나의 말을 비교하고 대조하는 과정을 통해 그들이 얻고자 하는 건 뭘까. 그들은 어떤 사람을 바라는 걸까. 내가 어떤 사람이기를 바라는 걸까. 도대체 내가 어떻게 되기를 바라는 걸까. 나로서는 오리무중이었다.

어제 호영의 마지막 면담 날짜가 당장 내일로 잡혔다는 연락을 받고 나서부터 나는 잠시도 가만있지 못했다. 자려고 침대에 누웠다가도 벌떡벌떡 일어났다. 숨이 찼다. 갑갑했다. 창밖으로 얼굴을 내밀어봐도 숨통이 트이지 않았다. 제자리에서 뛰기도 하고 짧게 고함도 질러봤다. 찬물을 들이켜고 얼음을 깨물어봐도 전혀 나아지지 않았다.

뭐랄까, 죽을 것 같은 기분이었다.

처음부터 모든 일을 계획한 사람, 인사팀 최대리의 말에 따르면 나는 그런 사람이었다. 일부러 먼 길로 돌아가는 척하면서 실은 모든 결과를 예측하고 그에 맞춰 계획하는 사람, 그런 식으로 혼자 잘살아가는 사람, 종합하면 나는 그런 사람이었다. 혹은, 이렇다 할 야망 없이 맘 편히 혼자이고 싶어서 남들은 가지 않은 길을 에둘러 가는 사람, 그런 삶을 계획한 사람, 달리 종합하면 그런 사람일 수도 있었다. 하지만 아무리 생각해도 내가 어떤 사람에 더 가까운지 보여줄 만한 티를 내기엔 너무 늦은 듯했다.

면담이 거듭되는 동안, 나는 최대리가 말하는 그런 사람, 혼자 잘살려는 사람에 비교적 가까워져 있었다.

비난할 의도는 전혀 없어요.

최대리는 덧붙였지만 나는 이미 낙담한 상태였다. 나의 인사이동 신청은 면담이 거듭될수록 반려될 가능성이 점점 더 커 보였다.

거실을 서성거리다가 텔레비전을 켰을 땐 자정 무렵이었다. 건성으로 일기예보를 듣는데, 내일 늦은 오후 영남 지역에 그리 많지 않은 눈이 오겠다는 말이 귀에 박혔다. 확률은 사십 퍼센트에 불과하지만 기온이 떨어지니 미리 대비하는 게 좋겠다며 기상 캐스터가 지도를 가리켰다. 가산면 다부리, 그 언저리였다.

해발 오백 미터에 자리한 다부리는 눈이 잦았다. 항상 예측보다 많은 눈이 내려서 가파른 길이 순식간에 얼음장이 되곤 했다.

종종 멧돼지가 내려올 만큼 외진 곳이어서 제설차가 오기를 기대하기도 어려웠다. 산으로 겹겹이 둘러싸인 지형 때문에 쌓인 눈이 녹으려면 봄을 기다리는 수밖에 없었다. 그런 날이면 예순일곱 살, 동네에서 가장 젊은 엄마가 대빗자루를 들고 쏜살같이 집을 나섰다. 쌓인 눈이 얼기 전에 빗자루로 쓸어낼 수 있는 사람은 엄마 정도였다. 실제로 엄마에게 그만한 체력이 있을 리는 만무했다. 엄마가 대빗자루를 들고 가파른 길을 오르락내리락하는 모습이 눈에 선했다. 나는 곧장 내려가는 기차표를 예매했다. 숨쉬기가 한결 편해졌다.

2

입사 십육 년 차, 올해 초등학교 3학년이 되는 열 살짜리 딸과 입학을 앞두고 있는 여덟 살짜리 딸의 아버지. 남들이 아는 만큼 나도 차선배가 어떻게 살아왔는지 대충 알고 있다. 용인에서 키즈카페를 운영한다는 선배의 아내는 원래 유치원 교사였다고 들었다. 두 사람은 선배가 드라마팀에서 어린이 프로그램팀으로 막 옮겼을 때 촬영차 섭외한 유치원에서 처음 만났고, 이 년 동안 연애한 뒤 어느 5월에 결혼을 해서 지금까지 행복하게 살았다.

이만하면 행복한 편이지, 적어도 빚은 없으니까.

그렇게 말하는 차선배는 몹시 행복해 보였다. 매사 율동감 넘치는 아내가 음식을 식판에 담아주는 것만 빼면 이번 생은 충분히 만족스러울 지경이라고도 했다. 다만 문제의 식판 앞에 앉으면 어김없이 '소인'이 돼, 라고 했다. 소심해지는 게 아니라 정말로 사람이 작아져, 라고 했다.

이렇게 장대한 내가 우리 애들만해졌다가 숟가락만해져.

듣고 있던 사람들은 비슷한 조언을 건넸다. 그게 뭐 대단한 문제냐고, 식기를 바꾸자는 말이라도 해보라고. 나 역시 그런 말을 한 적 있었다. 선배의 대답도 늘 엇비슷했다.

견뎌야지, 견딜 거야.

선배는 고개를 저으면서 풀죽은 목소리로 읊조렸다.

어떻게 보면 식판은 아내의 과거거든.

식판 앞에서 소인이 되는 그 기분을 하루에 두 번씩이나 견디고 싶지 않아서 차선배는 절대로 구내식당을 이용하지 않았다. 점심은 주로 도시락을 시켜 먹거나 선결제를 해둔 식당에서 배달을 시켜서 먹었다. 스튜디오 촬영이 있는 저녁에는 사비를 털어 스태프들을 고깃집으로 데리고 갔다. 테이블에 불길이 솟고, 가장자리가 검게 그을린 접시들이 쌓이고, 병따개와 가위들이 돌아다니고, 청양고추와 마늘이 계속 추가되는 고깃집 테이블에서 하는 식사는 늘 스릴 있다면서 선배는 수시로 유리잔을 부딪쳤다. 더러 고기를 가위로 자르다 말고 나 커진다, 커진다 외치기도 했다.

그의 스릴 넘치는 식사는 구십 분짜리 드라마와 같아서 반드시 아홉시 전에 끝났다. 용인까지 가려면 두 시간이나 걸린다는 이유를 대며 항상 1차에서 자리를 파하는 그에게 아쉬운 소리를 하는 사람은 없었다. 가정적이고 매너 있다는 칭찬 일색이었다. 그는 택시 앞에 우르르 모여 서 있는 후배들에게 손을 흔들면서 당부했다. 다들 집에 가서 쉬어, 우리 내일도 예쁘게 만나야지, 다정한 인사를 빠뜨리지 않았다.

모두가 그를 좋아했다. 여느 피디들처럼 촬영을 무리하게 강행하는 법이 절대 없었다. 하긴 프로그램 특성상 그럴 일이 없긴 했다. 미성년자 출연자를 오래 붙잡아두었다간 당장 시말서를 써야만 했으니까. 그래도 다른 선배들과 달리 술자리에서 회비를 걷은 적도 없고, 제 기분에 취해 후배들을 이끌고 술집을 전전하지도 않았다. 그의 가장 큰 장점은 언제나 괜찮은 기분이었다. 딱히 화를 내는 일도 없고 크게 즐거워하지도 않았다. 그저 친절하고 다정하고 예의발랐다.

그의 일상도 대개 비슷했다. 촬영이 없는 날에는 두 딸과 놀아주고 아내의 일을 도왔다. 그의 인스타그램에 올라오는 건 두 딸의 사진과 키즈 카페에 놀러온 아이들의 사진이 대부분이었다. 모두가 좋아요를 눌렀다. 가끔 그 사진들에서 사람을 숟가락만하게 만든다는 식판을 떠올리는 사람도 있긴 했지만 선배의 삶을 동정할 거리는 되지 않았다. 식판 따위는 차선배의 삶에 깃든 유머에 불과했고, 그런 유머는 꽤 매력적이었다. 어쨌거나 선배의 아내는 유치원 교사 출신이었지 군인 출신은 아니어서 우리가 떠올리는 식판은 엄혹한 분위기와는 거리가 멀었다. 식판 앞에서 작아진다는 선배도 우리 상상으로는 그저 소꿉놀이에 빠진 아이의 모습에 가까웠다.

선배를 아는 사람들은 모두 그의 삶에 좋아요를 눌렀다. 키즈카페를 홍보한다는 오해를 살까봐 계정을 비공개로 전환한 뒤, 그를 폴로follow하는 사람들의 숫자는 367명에서 멈췄다. 어느 날 367명의 사람들이 모두 좋아요를 누른 게시물을 봤다. 둘째 딸의 예비소집일에 교문 앞에서 찍은 가족사진이었다. 그의 아내도, 그의 첫째 딸도, 그의 친구들도, 그의 동료와 상사와 나를 포함한 후배들까지 전부가 좋아요, 했다.

이튿날 선배에게 왜 드라마팀으로 돌아가지 않느냐고 물어봤다. 높은 시청률을 기대할 수 없는 우리 프로그램보다 드라마 쪽이 훨씬 끗발 있는 데라는 건 누구나 아는 사실이었다. 드라마팀에서 우리 팀으로 발령받았다는 건 사실상 좌천이나 매한가지인데, 선배에 대한 사람들의 호의를 떠올리면 쉽게 수긍하기가 어려웠다.

내가 원해서 온 거야. 나 애들 좋아하잖아.

거짓말.

선배는 당황했는지 내 말을 반복했다.

거짓말?

잠시 말없이 있더니 내게 물었다.

뭘 안다고 내 말이 거짓말이래?

그게 아니라요.

넌 원했어?

네?

원했냐고.

선배가 벌떡 일어서서 내 쪽으로 다가왔다. 백구십 센티미터에 달하는 그가 바투 다가서니 거의 벽과 같은 크기로 나를 압도했다. 선배의 기세에 놀란 나는 입을 다물고 그가 비켜설 때까지 발끝만 쳐다봤다. 내 정수리를 내려다보는, 나를 수직으로 관통하는 그의 시선이 생생했다. 직접 겪어보니 사람이 숟가락만해진다는 선배의 말이 아주 허풍은 아니었다. 어찌됐건 그의 경력과 본성을 의심한 모양새라서 미안했다. 나는 오해를 풀려고 자진해서 조그만 사람이 되어 고개를 한껏 깊이 끄덕였다. 내가 얼마나 작아질 수 있는지 보여주려고 최선을 다해 움츠러들었는데 나중에 생각해보니 그런 마음은 미안해서가 아니라 너무 무서워서 생겨나는 거였다. 나는 몹시 겁났다. 내가 움찔거리며 자리를 뜨려고 하자 선배가 내 정수리를 세게 내리눌렀다. 나는 뻣뻣하게 굳은 채 그의 악력에 짓눌려 있었다. 갑자기 정수리 언저리가 축축했다. 믿기 어려웠지만 차선배가 내게 침을 뱉은 거였다.

입사 직후 차선배의 권유로 사내 복지 프로그램 중 하나인 심리 상담을 받은 적이 있었다. 그즈음 선배는 내게 혼자 살아서 걱정이라며 회사에서 제공하는 복지제도를 하나하나 소개해주었다. 그 밖에도 유용한 팁을 많이 가르쳐주었다. 오피스 영어 수업이라든가, 피디들이 주로 활동하는 야구 동아리라든가, 식권을 받아주는 근처 식당 등등. 내가 이도 저도 내켜하지 않자 선배는 심리 상담 치료를 적극적으로 권했다. 그게 돈으로 치면 꽤 된다고.

상담 첫날 쫓기는 심정으로 검사지에 답을 체크했다. 내담자인 내가 조금이라도 고민하는 기색을 보이면 상담자는 곧바로 경고했다.

오래 생각하면 거짓말을 할 수 있어요.

거짓말을 하고 있다는 오해를 받지 않으려고, 나는 서둘러 답을 썼다. 서술형 검사지를 펼쳤는데 예상하지 못한 질문이 하나 있었다. 만약 내가 낯선 사람과 하룻밤을 같이 보냈다면? 순간 밤을 같이 보냈다는 말이 섹스를 의미하는 건지 확인하려다 겨우 참았다. 왠지 모르겠으나 그 질문을 보자마자 주눅이 들어서, 그런 모습을 보이는 게 촌스러운 듯해서, 나는 갑자기 위풍당당한 사람처럼 보이고 싶어졌다. 빠르게 답을 써내려갔다. 호기롭게 '내가 원했나봅니다'라고 쓰고 나니 과연 그 말이 솔직한 답이었는지 두고두고 찝찝했다.

나는 낯선 사람과의 섹스를 원한 적이 없었다. 무서운 일이잖아. 종종 호영이 그 비슷한 이야기를 할 때마다 내 반응은 늘 그러했다. 호영은 무람없이 내 성생활에 대해 묻기도 했는데, 심리검사지에서 봤던 질문들과 비슷했다. 마지막 섹스가 언제였는지, 오르가슴을 느낀 적 있는지. 그때마다 나는 쩜쩜쩜, 호영의 말버릇을 흉내내며 즉답을 피하곤 했다.

내겐 섹스가 슬픈 단어였던 걸까.

그럴 만한 일을 겪은 적도 없었는데, 그런 유의 질문들이 내게는 불운과 실패를 잘 견디는, 끝내 이겨내는 사람이냐는 질문처럼 읽혔다. 그동안 잘 몰랐지만 나는 섹스라는 단어에서 슬픈 결말을 감지하는 사람이었던 것이다. 오로지 그 단어 하나만으로도 무서워져서 나는 슬펐다.

비교적 행복한 편입니다.

내 심리상태에 대한 상담사의 평은 간결했다.

매우 둔감하신 편이세요. 그래서 일정한 행복도가 유지되고 있는 겁니다.

퇴근시간을 넘긴 탓인지 상담사의 말은 지나치게 단정적이었다. 내가 듣기만 하자 그는 마치 예언하듯 덧붙였다.

오래 지속되진 않을 거예요.

둔감이요? 행복이요?

이전설씨에겐 그게 그거죠. 꾸준한 상담이 필요할 수 있습니다.

들으면 들을수록 아귀가 맞지 않았다. 둔감이 행복감의 원인이라니, 뭔가 잘못된 것 같았다. 답답한 마음에 다음날 촬영장에서 호영을 보자마자 물었다.

만약 네가 모르는 사람이랑 모텔에 갔다면?

쩜쩜쩜.

말해봐.

카드 내역을 확인한다?

진짜?

진짜.

쩜쩜쩜.

내가 원했나보다, 그게 내 대답이었다고 했더니 호영이 큭큭 소리 내어 웃었다.

검사가 아니라 시험을 보고 왔네.

내가 잘못한 거지?

왜 그랬는지가 아니라 어떻게 할 건지를 적었어야지.

나 거짓말했나봐.

왜?

일부러 질문의 의도를 피한 것 같아.

그럼 다시 해.

뭘?

모르는 사람과 모텔 가기.

웃고 말았지만 그날부터 내가 쓴 답과 비슷한 말들을 보거나 듣기만 해도 죄다 자기기만 같았다. 너무 무서워서 어쩔 수 없이 하는 거짓말처럼 여겨졌다. 누구나 살다보면 두려운 일을 맞닥뜨릴 텐데, 내가 원해서 겪었다고 믿어버리면 굳이 나서서 해결할 일은 하나도 남지 않으니까. 오로지 견디면서 잊어버리는 일만 남으니까. 정 못 잊겠으면 그냥 잊은 척해도 되니까.

차선배에게 거짓말이라고 응수했던 건, 내가 나를 속이느라 날조했던 그 말에 대한 거부반응이었다. 선배의 말을 믿지 못해서 한 말이 아니었다. 적어도 너는 원했느냐고, 선배가 되묻기 전까지 그 말은 내가 나한테 하는 경고에 불과했다. 그때까지 나는 차선배가 좋은 사람이라는 사실에 대해선 조금도 부정하지 않았다. 내 대답이 다분히 공격적이었으니까 선배도 그렇게 반응하게 되었던 거라고 이해했다. 내가 취소한 호감은 선배가 나를 도움이 필요한 사람이라고 여기는 것에 대해서였지, 차선배가 좋은 사람이라는 사실까지 부정하고 싶지는 않았다. 하지만 뭘 안다고 내 말이 거짓말이래? 선배가 묻던 순간, 나는 또렷이 느꼈다. 선배가 내게 겁을 주고 있다고.

퇴근 무렵이 되자 분명한 환멸이 느껴졌다. 결국 집으로 돌아가는 길에 선배의 인스타그램을 뒤져 367명 모두가 좋아요를 누른 사진을 찾아냈다. 거리낌없이 좋아요를 취소했다. 단 한 번의 취소만으로 모든 좋아요가 취소되는 기분이었다. 다음날 심리 상담 프로그램도 취소했다. 뿌듯했다. 좋아요를 취소한 게 티가 날 거라곤 전혀 생각 못했다. 최대리가 면담 때마다 끈질기게 물어봤던 이 모든 사달의 시작, 그건 어쩌면 그때 그 대화였을지도 모른다. 자기가 원했다는 선배의 대답과 거짓말이라는 나의 응수, 그리고 잇따른 질문.

넌 원했어?

이젠 내가 침을 뱉을 차례라고 생각했다.

3

지금쯤 호영은 한창 최대리와 면담중일 터였다. 그동안 최대리와 나눴던 대화들이 뒤죽박죽 떠올랐다. 처음 그와 대면했을 때 나는 퍽 긴장한 상태였다. 사내 게시판 담당자였던 그가 이번 일로 시말서를 썼다는 얘기를 듣기도 했고, 이제 겨우 입사 이 년 차인 내가 그동안 인사팀 사람을 만날 일은 전혀 없었던 탓에 우왕좌왕했다. 사실 최대리는 내겐 처음 보는 사람이나 마찬가지였는데 그는 면담 내내 우린 같은 소속이잖아요, 라는 말을 수시로 꺼내면서 가슴팍에 달린 사원증을 가리켰다. 그가 강조하는 '우리'라는 말에 안심하지 않으려고 나는 계속 대답을 미뤘다. 가만히 들어보면 그가 속한 '우리'에 나는 있다 없다 했다.

맘고생 많았죠? 검지로 테이블을 톡톡 두드리면서 물어놓곤 근데 말이에요, 처음부터 저쪽으로 가고 싶어서 일부러 이쪽으로 입사한 거 아니에요? 이쪽 팀은 경쟁률이 많이 낮잖아요? 눈치깨나 있는 동기처럼 속삭였다. 대학에서도 그랬던 것 같은데? 전과? 이것저것 떠보듯 물어보면서 이미 이해하고 있고 전부 공감한다는 제스처를 취했지만, 나는 생면부지의 최대리가 우리라고 말할 때마다 뭔가 단단히 틀어지고 있다는 의심을 하지 않을 수 없었다. 나는 테이블 위에 깍지 낀 두 손을 올려놓고 있었는데, 최대리는 말해봐요, 정말로 괜찮아요, 나긋나긋하게 말하면서 자꾸 내 쪽으로 손을 뻗었다.

적어도 바랄 수는 있지 않을까요.

내가 두 손을 허벅지 사이로 숨기면서 물었을 때 최대리는 박장대소하며 맞받아쳤다.

바라기만 한 건 아니었잖아요.

면담이 거의 끝나갈 무렵 최대리는 나를 신통한 연출이라고 추켜세웠다. 엄지를 들어 보이면서 신통방통 신통방통, 놀리듯 감탄하더니 돌연 나직한 목소리로 물었다.

근데 박호영씨는 정말 아니에요?

그건 차선배가 툭하면 묻던 말과 크게 다르지 않았다. 호영이 재 남자 좋아하지? 차선배는 호영과 입사 동기인 내게 속삭이듯 묻곤 했다. 나는 그때마다 아니라고 했다가 한번은 잘 모르겠다고 대답했다. 그게 사실이라고 생각해서 말을 바꾼 것이었는데, 선배는 다 안다는 듯 내 정수리를 툭 건드렸다. 얼마 후 선배는 호영에게 대놓고 묻기 시작했다.

바텀?

고작 예닐곱 살에 불과한 남자 어린이 출연자들과 함께일 때 묻는 그 저의를 호영은 참지 못했다. 차선배의 대응도 점점 노골적으로 변해갔다. 호영이 남자 어린이들의 옷매무새를 만져주기라도 하면 선배는 화들짝 놀라면서 호영을 불렀다. 막상 호영이 다가오면 다정하고 친절하게 물었다.

밥은 먹었어?

최대리라고 별반 다를까. 다정하게, 차피디가 해고됐으니 우리 솔직해져요, 라고 말문을 열었을 것이고, 친절하게 손을 내밀면서 이렇게 덧붙였을 것이다.

먼저 사과부터 할게요.

그러면서 정작 미안하다고는 하지 않았겠지. 호영이 익명 제보 게시판에 처음 글을 올렸을 때 사측에서는 어떤 응답도 하지 않았다. 초조해진 호영이 조회수를 확인하려고 로그인했을 때 호영의 글은 이미 지워지고 없었다. 호영은 자신의 글이 지워진 사실을 언급하면서 두번째 게시물을 올렸다. 내가 최대리에게 그 일을 지적하자 그는 놀라워했다. 시스템은 책임을 지지 않아요. 우리가 하는 일은 시스템의 실수를 사과하는 게 아니라 적절한 인사이동 그리고 합당한 해직이에요. 그렇게 말하던 최대리였으니, 호영에게도 사과는커녕 가르치듯 알려줬겠지. 시스템 오류로 삭제되는 게시물들이 더러 있다고, 이미 이메일로 전달받은 말을 되풀이했을 것이다. 따지고 보면 내겐 하지 않아도 될 사과이긴 했지만 아무리 봐도 최대리는 여전히 차선배의 삶에 좋아요를 누르는 사람들 중 하나인 듯했다.

4

지난해 크리스마스 무렵이었다. 연말 특집을 위해 평소보다 많은 어린이 출연자들을 불러모았다. 특집은 일종의 퀴즈쇼였는데 크리스마스와 관련된 주관식 문제를 내곤 승자도 패자도 가리지 않은 채 그저 아이들의 동심 가득한 대답을 보여주는 데 의미를 두고 기획한 일회성 프로그램이었다.

슬슬 세팅이 마무리되어가고 무대 앞에서 어린이 출연자들이 엄마 손을 잡고 큐 사인을 기다리던 중이었다. 호영은 아무도 알아주지 않는 차선배와의 불화를 참다못해 연차를 붙여 긴 휴가를 얻어 쉬고 있었다. 일손이 모자라서 나는 차선배의 지시를 하나라도 놓칠까, 출연자실과 차선배 사이를 연신 뛰어다녔다.

조명감독과 음향감독이 마지막 조정을 맞춰보는 동안, 나는 차선배 옆에 서서 그의 표정을 살폈다. 그는 아메리카노를 손에 쥐고 대기중인 어린이 출연자들을 꼼꼼하게 훑었다. 아이들의 컨디션을 눈대중으로나마 살펴보는 일은 그가 촬영 전 가장 마지막에 하는 일이었다.

재들 봐봐.

차선배가 내 어깨를 툭 치며 아이들이 서 있는 쪽을 고갯짓으로 가리켰다.

누가 제일 예뻐질 것 같아?

내가 쭈뼛거리며 아이들의 얼굴을 바라보는 동안 선배는 손가락으로 맨 가장자리에 서 있는 아이를 가리켰다.

재, 재가 젤 예쁠 거야.

멜빵바지에 베레모를 쓴 아이는 엄마의 손을 아래위로 흔들면서 종알댔다. 긴장한 기색이 역력한 다른 아이들과 달리 꽤 편안해 보였다.

촬영하다 말고 울진 않겠어요.

아니, 재 엄마 봐봐. 재네 엄마가 젤 예쁘잖아.

아이가 우리의 시선을 눈치챘는지 엄마의 허리에 매달려 보채기 시작했다. 엄마가 아이를 높이 들어올리자 헐렁한 원피스가 몸에 바짝 붙었다.

기대된다, 저 아이의 미래.

차선배는 남은 커피를 마저 비우고 웅얼웅얼 물었다.

근데 넌 커서 뭐가 되고 싶어?

그날 이후 선배는 무척 관심 있다는 투로 나의 안부와 계획을 묻곤 했다. 들어보면 숫제 어린애 취급이었다. 대신 훨씬 다정해지긴 했다. 나를 챙기는 티를 확실히 냈다. 다 함께 식당으로 가다 말고 뒤에 처진 나를 불러다 옆을 내어주기도 하고, 메뉴판을 건네며 먹고 싶은 게 있는지 묻기도 하고, 다 익은 고기를 내 접시에 수북하게 올려주기도 했다. 그날 촬영을 마치고 송년회를 겸한 술자리에 가서도 선배는 나를 수시로 불렀다. 전설아, 맛있어? 전설아, 재밌어? 묻더니 술자리가 한창 무르익을 무렵 벌떡 일어서서 선포하듯 말했다.

오늘부터 이전설은 나를 아버지라고 부르기로 한다.

모두가 박수를 치고 환호성을 내질렀다.

이제부터 네가 우리 팀 막이다.

선배가 가득찬 술잔을 들면서 덧붙였다.

내가 잘 키워줄게.

선배는 단숨에 술을 비우고 빈 잔을 내게 주었다. 넘치도록 술을 따르고선 한 손에 술병을 쥔 채로 주문했다.

아버지라 불러봐.

내가 손사래를 치자 선배는 젓가락으로 내 잔을 툭 내리쳤다.

아버지, 해봐.

모두 입을 다물고 일제히 나를 쳐다봤다.

따라 해봐.

선배.

아.

아.

버.

……

버.

버.

지.

……

지.

……

지.

지이.

다들 거나하게 취해서 내게 축하한다며 술잔을 비우라고 하고, 또 술을 가득 따라주고 건배를 제의한 뒤 다시 비우라고 하고, 그러길 반복하면서 한마디씩 했다.

좋겠다.

잘됐다.

성공하겠네.

차선배는 그런 나를 흐뭇하게 바라보며 물었다.

너도 좋아요, 할 거지?

동석한 모두가 한목소리로 외쳤다.

좋아요!

그 말을 듣자마자 나는 무서웠다. 소름 끼치게 무서웠다.

차선배가 택시를 타자마자 호영에게 전화를 걸었다. 호영은 차선배에게 단단히 화가 나 있었다. 툭하면 게이냐고 묻더니 이젠 자기를 소아성애자로 몰고 가고 있다고, 그따위로 생각하는 거 보면 차선배야말로 소아성애자가 틀림없다고 목소리를 키웠다. 나는 그의 화에 동조하며 방금 전 있었던 일을 낱낱이 들려주었다.

네 얼굴에 침을 뱉어놓고 아버지?

얼굴 아니고 머리.

호영은 더욱 노발대발했다. 나는 화를 내주는 호영이 고맙기도 하고, 더는 참기 어렵기도 해서 사내 게시판에 글을 올리면 어떻겠냐고 물었다. 익명이 보장되는 일종의 신문고 제도여서, 그만한 경고만으로도 차선배의 무례함을 바로잡을 수 있을 거라 믿었다. 징벌을 바랐다기보다는 차선배가 그 누구도 아닌 자신을 조심하며 살기를 바랐다. 말이 끝나기 무섭게 호영이 먼저 해버리겠다고 큰소리를 쳤다. 나는 호영을 응원하면서 약속했다.

너 다음에 내가 할게.

호영은 곧장 대답하지 않다가 조심스레 물었다.

너 울어?

하지만 해고라니, 전혀 예상하지 못한 결과라서 나는 당황했고, 호영은 자책했다. 차선배가 한 말들이 과연 이만한 대가를 치를 만한 일이었는지, 뒤늦게 혼란스럽다고 했다. 그에겐 자식이 있어. 호영은 자신의 행동이 차선배의 두 딸에게 미칠 영향을 예측하고 최악의 경우를 상상하면서 괴로워했다. 내가 걔네들의 미래를 건드린 것 같아. 나 역시 호영과 다를 바 없는 처지여서 호영이 울음을 멈출 때까지, 우는 모습 보여서 미안하다고 할 때까지 핸드폰에 가만히 귀를 대고만 있었다.

하지만 반강제로 휴가를 내고 새로 온 피디를 중심으로 팀이 개편되는 상황을 지켜보니, 우리는 우리의 미래까지 건드린 셈이었다. 아무리 차선배가 해고되었다지만 원래 팀으로 돌아가서 버틸 자신이 없었다. 고민 끝에 팀 이동을 신청하자고 먼저 말을 꺼낸 사람도 나였다. 무기력에 빠진 호영을 간신히 설득해 드라마팀으로 이동을 청원하자마자 최대리와의 면담이 시작됐다. 그저께 나와의 마지막 면담에서 최대리는 말했다.

이런 선례를 남기면 회사 비전에 좋지 않아요.

나는 신경질적으로 반문했다.

차선배는요? 그런 선례는요?

최대리는 망설임 없이 대꾸했다.

좋은 거죠. 우리 기업의 윤리적 실천을 보여줬잖아요.

그의 말을 듣자마자 구내식당의 식판이 눈앞에 떠올랐다. 넉넉한 양과 다채로운 반찬들 사이에 언제나 끼어 있던 중국산 김치, 중국에서 먹으면 국내산이다 농담하면서 물컹거리며 짓이겨지는 배춧잎을 억지로 삼킬 때, 퇴식구에서 숟가락 젓가락은 따로 내놓으라고 외치던 조리사 아주머니가 다가오는 나를 기다리면서 뚫어져라 수저만 쳐다볼 때, 옆구리를 잡힌 채 전혀 '미쓰' 같지 않다는 소리를 들을 때, 아버지를 잃은 나에게 자칭 아버지라는 사람이 잘 키워주겠다는 말을 했을 때, 돌이켜보니 전부 비슷한 기분이었다.

쩜쩜쩜.

또는

내가 원했나봅니다, 싶은 기분.

5

다부리의 산은 너무 높다. 그래서 동네가 너무 밑에 있는 것 같다. 눈이 내리면 꼭 누가 쏟아붓는 것처럼 빽빽해서 하늘이 보이질 않았다. 도로는 산길을 다져 만든 탓에 구불구불하고 경사가 가팔라서 죄다 오르막 아니면 내리막이었다. 버스 정류장에 내리면 동네는 저 아래에 있고 겹겹이 둘러싸인 산들은 코앞에 있다. 파고들듯 동네에 들어서면 편의시설이라곤 아예 없다. 온통 집이다. 이순복, 박옥이, 오원도, 강양구, 서순근…… 문패 대신 담벼락에 이름을 써둔 집이 수두룩했다. 지난번에는 오후 늦게 동네 산책에 나섰다가 개 짖는 소리를 듣고 밖으로 나온 동네 할머니에게 크게 혼쭐이 났다. 너무 늦게 돌아다닌다고 소리를 질러대는 통에 그대로 집으로 돌아갔었다. 딱 그 시간이었다. 나는 미끄러지다시피 산등성이를 지그재그로 내려갔다. 벌써 몇몇 개들이 짖기 시작했다.

동네 어귀에 다다랐을 즈음 엄마가 보였다. 검은색 패딩점퍼를 입고 대빗자루에 기대선 모습이었다. 점퍼는 원래 내 것이었다. 엄마에겐 너무 긴 옷이었다. 작년 이맘때 아침에 일어나보니 눈이 소복했었다. 엄마가 다급하게 나를 깨워서는 눈이 얼기 전에 쓸어내야 한다고 억지로 잡아끌었다. 엄마는 대빗자루를, 나는 대형 쓰레받기를 들고 마을 초입 오르막에서부터 쌓인 눈을 길가로 쓸어냈다. 내가 툴툴거릴 때마다 엄마는 내게 그 패딩 참 따뜻하겠다, 라며 탐을 냈다. 이 동네에서 이런 옷은 좀 위험하지 않을까? 물었더니 엄마는 왜, 라고 되물었다. 멧돼지처럼 보이잖아. 내가 걱정하는 기색을 내비치자 엄마는 깔깔 웃어젖혔다.

사람들이 바보인 줄 아니, 아무나 쏴버리게.

내가 집에 왔다가 가면 엄마는 한동안 내 옷을 입고 다녔다. 내가 사준 옷은 옷장에 걸어두고 내가 두고 간 옷만 한철 내내 입었다. 유방암 수술을 받은 뒤부터 그랬다. 한쪽 가슴을 절제한 후로는 잠버릇이 바뀌어서 자다가 벽을 쿵쿵 찼다. 처음엔 꿈이라도 꾸나보다, 대수롭지 않아했지만 매일 밤 같은 꿈을 꾸지 않는 이상 불가능한 몸부림이었다.

엄마의 세계에서 이만한 불행은 흔치 않은 거니까. 엄마는 얼마나 무서울까.

엄마가 매일 밤 하루도 빠짐없이 발길질하는 이유를 나는 그 때문이라 짐작했다. 엄마는 죽음으로 가는 길을 겪었고 그 길에서 돌아오는 대가로 가슴을 내어줬으니까. 서울로 돌아가기 전날, 엄마의 발길질을 마냥 두고만 볼 수 없어서 말을 꺼냈더니 엄마는 내가? 내가 그랬어? 도리어 되물었다. 어, 그랬어, 3박 4일 내내 밤마다 그랬어, 라고 일러주었더니 전혀 몰랐다고 했다.

어째 모를 수 있지, 기이했다. 게다가 시간도 늘 엇비슷했다. 한창 깊은 잠에 빠져 있던 새벽 세시 무렵이면 쿵쿵쿵 소리에 잠을 깼다. 벽이 얇아 내가 자는 옆방까지 흔들릴 정도였다. 게다가 사냥철이어서 그런지 꼭 총소리처럼 들렸다. 뻔히 엄마가 내는 소리인 줄 알면서도 나는 잠에서 깨어나 캄캄한 창밖을 내다보곤 했다. 밖은 불을 켜기가 무서울 정도로 아주 시커멨다. 서울과 달리 이곳의 밤은 짙은 산그늘 때문에 두꺼웠고, 일찍 불을 끈 집들은 윤곽조차 보이지 않았다. 보이는 거라곤 맞물리며 끝없이 이어지는 산의 형체뿐이었다.

엄마는 대빗자루로 땅을 찧어가며 좁은 길을 앞장섰다. 빗자루는 왜 들고 왔냐고 물었더니 빌린 거라고 했다. 나는 느릿느릿 엄마의 뒤를 따라갔다. 희끗희끗한 눈발이 날리기 시작했다. 지붕이 낮은 구옥들을 차례차례 지나면서 엄마는 동네 사람들의 근황을 알렸다.

대빗자루로 왼편 첫 집을 가리키면서, 영순 이모 병원에 입원했다, 관절이 싹 닳고 없대, 무릎에서 삐걱삐걱 소리가 났대, 그러면서 대빗자루 끝으로 내 무릎을 가리켰다. 할아버지도 따라가서 안 와. 이따 저녁에 개밥 주러 가야 하는데, 네가 가라. 응응, 나는 건성으로 대답하면서 연신 고개를 끄덕였다. 엄마는 뒤돌아보지 않고 대빗자루 끝을 우리집 쪽으로 홱 돌리더니, 옥이 할머니네 김치를 얻어왔는데 진짜 맛있어, 너도 좀 싸주랴? 했다. 나는 단박에 도리질을 하며 마다했지만 이번에도 엄마는 나를 안 봤다. 양구 할아버지는 산불 감시원 그만뒀어. 요즘 할일 없어 죽을상이야. 엄마가 혀를 차며 산꼭대기를 가리켰다. 대빗자루가 가리키는 방향으로 눈을 들었더니 산 정상은 이미 희뿌옜다. 거세진 눈발은 금세 이쪽으로 달려들 터였다.

근데 어쩐 일로 왔어?

엄마가 뒤늦게 물었다.
눈 온대서.
눈 보러 왔어?
아니, 눈 치우려고 왔어.
저녁부터 먹고.
응.

담요를 뒤집어쓰고 누워 있는데 호영에게서 문자메시지가 왔다.
나는 남기로 했어.
이제 막 인사팀 최대리와의 면담을 마친 듯했다.
신경써서 도와주겠대. 그러면서 심리 상담 받으라더라. 서비스래.
남겠다니, 호영이 그런 선택을 할 거라곤 전혀 예상하지 못한 나는 어떤 답장도 못했다. 쩜쩜쩜. 호영의 말버릇이 입안을 맴돌 뿐이었다.
너는
하고 싶은 대로 해.
다시 호영의 메시지였다. 조그맣게 소리 내어 여러 번 읽어보니 호영이 원해서 잔류를 결정한 건 아니라는 뜻 같았다. 나는 호영의 선택이 포기 같은데, 호영은 희생이라고 믿는 걸까. 누가 그렇게 믿도록 만들었을까. 이대로라면 호영과 나는 멀어질 일만 남은 셈이었다. 뒤늦게 엄마에게 오지 말고 호영을 기다렸어야 했다는 후회가 밀려들었다.

갑자기 천장에서 쿵 하고 낮은 소리가 울렸다. 눈이 제법 쌓여서 허술한 지붕이 또 기우는 듯했다. 그 말인즉 오늘 중으로 서울로 돌아갈 방도는 없다는 뜻이었다. 하는 수 없이 엄마와 옥이 할머니네 김치로 끓인 찌개에 대충 밥을 말아 먹고 빗자루를 챙겨 집을 나섰을 땐 이미 캄캄했다.

엄마는 대빗자루를 들고 버스 정류장 쪽으로 난 오르막을 성큼성큼 걸어갔다. 나도 빌린 대빗자루를 들고 따라나섰다. 뒤에서 보니 엄마의 허리가 잔뜩 굽어 있었다. 신발 밑창에 달라붙은 눈이 바짝 얼었는지 슬슬 미끄러지기 시작했다. 엄마, 조심해, 라고 했더니 너부터 조심해, 라는 말이 돌아왔다.

대빗자루를 지팡이 삼아 간신히 꼭대기에 다다랐다. 아래를 내려다보자 마을은 눈에 뒤덮여 희미한 빛이 새어나오는 집 말고는 잘 보이지 않았다. 그런데도 희고 밝았다. 엄마는 곧장 뒤돌아선 자세로 눈을 쓸기 시작했다. 엄마가 툭하면 나무라는 그 자세였다.

엄마, 엄마도 돌아섰네.

우스갯소리를 하자 엄마가 대빗자루를 짚은 손등에 턱을 괴고 말했다.

네가 날 닮았지.

불쑥 차선배의 말이 떠올랐다. 정말로 엄마는 나의 미래일까? 내 속을 읽었는지 엄마가 다시 말을 이었다.

근데도 어쩜 이렇게 다른지.

말없이 다시 비질을 시작했다. 엄마가 뒷걸음질치면서 눈을 옆으로 쳐내면 내가 한번 더 쓸어내는 식이었다. 얼마쯤 지났을까. 이마에 닿은 눈이 녹아 얼굴이 젖고, 턱 주변이 아려왔다. 속도를 내는 수밖에 없었다. 우리는 구부정하게 서서 뒷걸음질로 말없이 눈을 쓸었다. 마침내 평지에 다다랐을 때, 엄마가 쉬었다 하자고 했다. 나는 엄마 곁에 서서 길 위쪽을 올려다봤다. 엄마가 대빗자루에 기대서서 뿌듯한 얼굴로 말했다.

길 난 거 봐라.

엄마와 내가 길을 내면서 남긴 발자국이 희미하게 보였다. 저 길을 살리려면 두어 시간 후에 빗자루를 들고 같은 일을 반복해야만 한다. 나는 어쩐지 다시 숨이 막히는 듯해서 돌아섰다. 그사이 우리집만 빼곤 모두 불을 껐다. 다들 잠을 자고 있다. 그건 마치 무엇과도 닮지 않으면서 기다리는 미래 같았다.

이번에는 내가 앞장서고 엄마가 뒤를 쓸었다. 집집마다 지나며 눈을 다 쓸어내고 나니, 엄마 머리 위에 눈이 소복했다. 나는 고개를 흔들어 눈을 털어냈다. 엄마도 나를 따라 했다. 집으로 돌아가면서 흘깃 뒤를 돌아보니 그새 얼룩덜룩 눈이 쌓여 있었다. 빗자루를 마당에 세워놓자마자 호영에게 꽁꽁 언 손으로 답장을 보냈다.

네가 원했어?

그 문장을 쓰기 위해 힘들게 눈을 쓸다 온 사람처럼, 늦은 답장을 보내놓고도 나는 무섭지 않았다. 한때는 바라는 것을 함께 도모했던 우리가, 이제는 각자 살아남을 길을 찾기 위해 흩어지는 사람들로 남아야 한다는 걱정은 어느새 사라지고 없었다.

우리 더이상 남겨지는 방식으로 살지 말자.

늦은 감이 없지 않지만, 내가 지금껏 비교적 행복하게 살아왔던 건 둔감해서였다고 해두자. 하지만 행복과 둔감이 같은 상태가 아니라는 건 안다. 말하자면 나는 이제 어떤 단어라도 쉽게 입에 올릴 수 있는, 그런 사람이다. 그렇게 잘 살아가려는 사람이다. 호영의 답장이 늦는다. 견디다보면 결국 누군가를 닮게 될 뿐이라는 걸 호영은 알까. 엄마가 사다리를 오르더니 지붕의 눈을 털기 시작했다. 나는 장갑을 끼다 말고 서둘러 썼다.

기다리게 해서 미안해.

하고 싶어요

들어보세요.

이불 속에 있어요.

휴지 좀 주세요.

축축해서요.

좀 닦고 이야기를 시작할게요.

들어주세요.

나는 어릴 때부터 콧물을 달고 살았습니다. 내게 계절이란 반반입니다. 일 년의 반은 덥고, 나머지 반은 춥습니다. 더운 날에는 묽고 맑은 콧물이, 추운 날에는 진득하고 누런 콧물이 흘렀습니다. 이마 언저리가 일 년 내내 축축했습니다. 언제나 정수리에서 땀이 흘렀습니다. 엄마는 자주 물어보고 자주 쳐다봅니다.

추워?

추우면 엄마에게 꼭 말하라고 합니다. 나는 더위를 싫어하지, 추위는 싫어하지 않습니다. 춥다라는 기분, 그 느낌을 잘 모릅니다. 그런데도 엄마는 미리미리 말하라고 당부합니다. 추우면 옷을 더 껴입어야 하고 이불을 겹겹 덮고 있어야 한다고요. 그러지 않으면 병이 난다고 합니다. 추위는 물리치는 거고 더위는 견뎌내는 거라고요. 물리쳐야 한다는 마음으로 절반, 견뎌내야 한다는 마음으로 절반, 그렇게 축축하게 줄줄 땀흘리며 살았습니다.

이마를 타고 흘러내린 땀이 발목까지 적실 만큼 더울 때, 나는 곧 무지무지 아플 것 같습니다. 더워, 엄마, 더워. 엄마는 나를 도와주지 않습니다. 더우면 벗어. 그러고 맙니다. 더워서 병날 일은 없다는 게 엄마가 나를 돕지 않는 이유입니다. 벗어, 벗고 있어. 엄마가 하라는 대로 홀딱 벗고 있어도 더운 날들이 있습니다. 일 년의 반이 그렇습니다. 물리치고 싶은 더위를 견디면서, 견디고 싶은 추위를 물리치면서 엄마가 하라는 대로 살았습니다.

엄마가 나를 낳았습니다. 혼자서요. 많이 아팠다고 했습니다. 어쩌면 너도 많이 아팠을지 모르지. 엄마는 말했습니다.

아프면 어떻게 돼? 엄마에게 물어봤더니 죽지, 그랬습니다. 죽으면 어떻게 돼? 물었더니 엄마도 죽지, 그랬습니다. 왜? 라고 물었더니 사랑하니까, 그랬습니다. 그 기분은 나도 잘 압니다. 엄마가 죽으면 나도 죽을 것 같은 그 기분 말입니다. 엄마는 혼자 나를 낳았지만 나는 엄마를 혼자 죽게 하지 않을 겁니다.

아파?

엄마는 자주 물어봅니다.

내가 어떤 상태인지 말할 수 있는 방법은 없습니다. 나는 아프지 않아도 아픈 사람 같아서, 어제와 달라도 달라지지 않고 언제나 내일과 같은 상태입니다. 병신인가보다, 사람들은 나를 단번에 간파합니다. 나도 내가 그런 줄 잘 알고 있습니다. 어떻게 알게 되었는지는 기억나지 않습니다. 내가 아무 말 없이 가만히 서 있기만 해도 사람들이 나를 알듯이, 나도 그렇게 나를 알게 된 것 같습니다. 나도 내가 어떤 사람인지 잘 알고 있습니다.

괜찮아?

엄마는 자주 나를 쳐다봅니다.

수시로 나를 확인합니다. 나는 아프다지만 사실 아프지 않습니다. 아프다라는 기분, 그 기분을 못 느낍니다. 물리쳐야 한다, 겨울밤에 그 말이 떠오를 때면 나도 모르게 밤새 주먹질을 합니다. 개새끼야! 소리도 지릅니다. 잘 물리쳤는지 모르겠습니다. 아프다라는 기분, 여태껏 그걸 느껴본 적은 없었으니까 나는 꽤 잘 싸웠는지도 모르겠습니다.

좋습니다. 대체로. 내 기분은 그러합니다.

좋아요. 좋고말고요. 지금도 마찬가지입니다.

세상에는 많은 신들이 있습니다. 공부의 신, 당구의 신, 먹방의 신. 다들 사는 재주가 있습니다. 나는 아픈 재주가 있습니다. 어디 아픈 애. 그래서 병의 신, 병신이라고 부르는 모양입니다. 줄기차게 아플 수 있는 재주, 아프지 않아도 아플 수 있는 재주, 아파도 아프지 않을 수 있는 재주, 나는 그 재주로 살아갑니다. 그렇게 살아왔습니다. 좋았냐고 물으면 좋아요라고 대답할 수 있습니다.

내가 아주 어릴 때……

나에게도 아주 작았던 시절이 있었습니다. 왜냐면 나 역시 남들처럼 꾸준히 살아왔으니까요. 어느 날 갑자기 이렇게 커다랗고 뚱뚱한 채 나타난 건 아니니까요. 나는 이 점 구 킬로였습니다. 지금은 구십팔 킬로입니다. 아침에는 그렇고 밤에는 백 킬로 조금 넘습니다. 작고 어린 이 점 구 킬로의 내가 밤마다 아침마다 들락날락하는 것 같습니다.

내가 아주 어릴 때…… 엄마는 우유를 배달했습니다. 엄마의 첫번째 직업이었습니다. 엄마는 내가 잠자고 있을 때 나갔다가 점심 전에 돌아왔습니다. 그때까지 나는 잠에 빠져 있었습니다. 가끔 내가 깨어 있으면 엄마는 얼른 나를 이불 속으로 밀어넣으며 속삭였습니다.

자고 있어.

나는 그 말을 따라 하다가 다시 잠에 들곤 했습니다.
자고, 라고 말해보고
있어, 라고 말해보다가 잡니다.
자고.
그런 다음
있어.
그런 다음 한번 더
있어.

엄마가 나를 깨우면 점심 먹는 시간입니다. 싱크대 앞에서 엄마가 밥을 비비고 있습니다. 커다란 베이지색 모자를 쓰고, 양손에 흰 장갑을 끼고 있는 엄마. 참기름 냄새가 납니다. 엄마가 비빈 밥을 나눠 먹습니다. 아아아. 내가 입을 벌리면 엄마가 밥을 넣어줍니다.

엄마는 묻습니다.

밥 먹는 손 어디 갔어?

어쩌다 한 번 묻습니다.

나는 밥 먹는 손 없어요.

어쩌다 한 번 대답합니다.

점심을 먹고 나면 엄마와 함께 목욕탕 앞 사거리에서 우유를 팝니다. 요구르트도 팝니다. 야쿠르트도 팝니다. 엄마 말로는 한국이 만드는 건 야쿠르트이고, 나머지는 요구르트입니다. 달콤하지만 먹고 나면 입안이 텁텁합니다. 나는 엄마 옆에 앉아서 침을 뱉습니다. 엄마가 손을 들어올려 나를 때리는 척합니다. 저리 가. 멀리멀리 가서 해. 나는 그러고 싶지 않습니다. 저리 멀리 가고 싶지 않아서 엄마 옆에서 퉤퉤 침을 뱉습니다. 엄마가 또 때리는 시늉을 할까봐 흠칫흠칫 놀라면서도 아무데도 가지 않습니다. 퉤퉤. 엄마는 내게 하지 마, 라고는 하지 않습니다. 멀리, 멀리. 나는 그 말이 가장 무섭습니다.

알고 있어? 엄마는 그렇게 말한 적 있습니다.

알고 있어요? 얘는 아무것도 하지 않을 수 없어요. 하지 않는 걸 할 수 없다고요. 하고 싶은 거밖에 할 수 없다고요.

그 사람은 말했습니다.

당신이 하고 싶지 않은 거겠죠. 가르칠 마음이 없는 거잖아요.

엄마가 말했습니다.

나처럼 살아본 적 없는 네가 이래라저래라 할 순 없어.

어린애는 가르치는 게 맞아요. 벌써 다 큰 애처럼 하고 싶은 대로 하게 둬요? 그게 엄마예요?

그 사람은 엄마랑 똑같은 옷을 입고 있었습니다. 엄마가 아닌데 엄마라고 부를 뻔했습니다.

엄마가 요구르트를 던졌습니다. 엄마는 종종 내게 기억하라고 말합니다. 엄마가 사랑하고 있다는 걸 평생 기억하라고요. 엄마가 없어도 다 커서도 잊지 말라고 합니다. 나는 기억하지 않아도 잘 알고 있습니다. 사랑하는 기분, 사랑받는 기분. 그 기분이 내게서 사라진 적은 단 한 순간도 없습니다.

알고,

그런 다음

있어?

나는 가끔 그 말을 따라 하곤 했습니다.

있어?

초등학교 입학을 앞두고 있을 때였습니다. 나는 매일 목에 손수건을 두르고 지냈습니다. 콧물을 닦기도 하고, 땀을 닦기도 하고. 그러다보면 손수건은 금세 젖어버립니다. 냄새가 납니다. 얼른 새 것으로 갈아야 합니다. 제때 바꾸지 않으면 매듭을 풀기가 어렵습니다. 내가 자꾸 잡아당기니까 매듭이 꽉 조여버려서 바쁜 엄마를 불러야 합니다. 엄마를 부르고 엄마를 기다려야 합니다. 그 시간은 꽤 깁니다.

엄마는 이제 학교에 가야 하니 혼자 해보라고 합니다. 나는 손수건을 풀고 새 손수건을 목에 두릅니다. 양 끝자락을 손가락에 감아쥐고 묶어야 하는데 잘 되지 않습니다. 한쪽을 감으면 한쪽이 사라집니다. 할 수 없이 가장자리를 양손에 잡고 죽 당깁니다. 목이 조여옵니다. 콧물이 줄줄 흐릅니다. 땀이 줄줄 흐릅니다. 엄마가 손수건을 빼앗아갑니다. 내 등을 때립니다. 괜찮아, 괜찮아? 자꾸 묻습니다.

작아졌어요.

나는 손수건을 가리키면서 울었습니다. 나쁜 일이 일어났으니까요. 손수건이 사라지고 있으니까요. 아니라고 했습니다.

네가 커진 거야.

엄마가 말했습니다.

너는 금세 어른이 되겠다.

엄마가 손수건을 손목에 묶어줍니다.

아직은 애라서 좋다.

엄마가 내 손목을 감싸쥐고 웃습니다.

갑자기 부끄러웠습니다. 아무것도 자라지 않는데 나만 쑥쑥 자라는 것 같아서, 부끄럽고 아쉬웠습니다. 엄마도 자라주면 좋을 텐데, 손수건도 자라주면 좋을 텐데. 집도 자라나고, 냉장고도 자라나고. 다 그대로인데 나만 자꾸 커지고 있는 중이어서 나는 미안했습니다. 엄마는 항상 그대로였으니까요. 나는 살고 있는데 엄마는 그렇지 않은 것 같아서요. 쑥쑥 자라나질 않으니까요. 엄마는 그저 엄마의 몸을 조금이라도 잃지 않으려고 애써 버티는 중인 것 같았습니다. 알고 있니? 묻지 않았지만 나는 알고 있었습니다. 엄마는 좋다지만 나는 좋지 않았습니다. 곧 무지무지 아플 것 같은 기분이었습니다.

무척 미안한 마음으로 학교에 입학했습니다. 아침마다 엄마와 나는 현관문 앞에 서서 서로를 마주봅니다. 엄마는 무릎을 꿇고 앉아 나를 훑어봅니다. 좋네. 눈을 찡긋거리면서 내 엉덩이를 툭 툭 때려줍니다. 그러곤 손목에 손수건을 감아줍니다. 언제나 왼쪽 손목입니다. 집에 손수건이 아주 많은데 항상 한 장만 줍니다. 두 장을 주면 한 장을 잃어버릴까봐 하나만 줍니다. 오른팔에는 절대 묶어주질 않습니다. 오른손은 연필 잡는 손이라고, 밥 먹는 손이라고 오른 소매를 접어주기까지 합니다. 나는 영영 오른손을 잃어버리고 싶습니다.

엄마는 오른손을 싫어하는 것 같습니다. 연필 잡는 손을, 좋아하지 않는 것 같습니다. 나는 엄마의 어떤 부분만 골라 좋아하지 않는데, 엄마는 아닌 것 같습니다. 내가 젓가락을 버리고 손으로 반찬을 집으면 툭툭 때리기도 합니다. 나를 때리는 엄마의 손도 항상 오른손입니다. 오른손은 나쁜 것 같습니다.

나도 오른손이 싫어집니다. 보고 싶지가 않습니다. 안 보였으면 좋겠습니다. 그래서 숨겨두기 시작했습니다. 바지 주머니에, 팬티 속에 오른손을 넣어둡니다. 매우 괜찮습니다. 이 나쁜 것이 점점 자라고 있었습니다. 나는 오른손이 왼손만큼 커져가고 있는 것을 아무에게도 보여주고 싶지 않았습니다. 보여주지 않으려고 노력했습니다. 나는 하나 배웠습니다. 나쁜 것을 숨길 줄 알게 되었습니다.

그런데도 나는 가끔씩 그런 말을 듣곤 했습니다.

더러워.

콧물을 닦거나 콧물을 들이마시거나 코를 풀 때, 의자가 끼익 소리를 내며 뒤로 밀려날 때, 손수건을 이빨로 풀어낼 때. 그런 날이면 오른손 주먹을 꼭 쥔 채, 주머니에서 꺼내지 않습니다. 화가 났거든요. 다들 깨끗하지 않았습니다. 모두가 전부 깨끗하지 않았어요. 나는 전부를, 모두를 더러워하지 않았어요. 학교와 집, 그 사이를 이어주는 길마저도 어지러웠지만 나는 더러워하지 않았습니다. 모두가 더러웠으니까요. 한 사람에게 더럽다고 말해버리면 모두에게 더럽다고 말해야 했습니다. 나는 그렇게까지 자라고 싶진 않았습니다. 또 하나 배웠습니다. 너도 더러워, 그 말을 하지 않는 대신 화를 낼 줄 알게 되었습니다. 발로 책상을 찰 줄 알게 되었습니다. 개새끼야. 큰 소리로 욕을 할 줄 알게 되었습니다. 물리치는 법, 엄마가 내게 가르쳐준 겁니다.

승리는 6학년 1학기 내내 나의 짝이었습니다. 키가 컸습니다. 나만했습니다. 손은 나보다 컸습니다. 선생님이 이름을 부르면 왼손을 들어올렸습니다. 그마저 나와 같았습니다. 다만 승리는 피아노를 연주할 줄 알았습니다. 하루에 한두 번씩, 승리는 교실에 있는 오르간을 쳤습니다. 음악실의 피아노를 연주하기도 했습니다.

반주를 끝내고 내 옆자리로 돌아올 때마다 승리는 손가락을 뚝뚝 소리 나게 꺾곤 했습니다. 치는 맛이 없어. 그런 말을 하기도 했습니다.

승리는 내 오른쪽에 앉아 있었는데, 툭하면 사탕을 꺼내어 먹었습니다. 승리가 사탕 껍질을 벗길 때, 나도 모르게 승리의 손을 움켜잡곤 했습니다. 나눠 먹을 줄 알았거든요. 승리는 그러지 않았습니다. 내 머리를 때리고 소리를 질렀습니다. 선생님은 한숨을 쉬거나 조용히 하자 했습니다. 승리에게 하는 말이었는데 승리는 나보고 닥치라고 했습니다. 그럴 때 승리는 좀 행복해 보였습니다. 치는 맛이 없어라는 말을 하지 않았습니다. 나는 승리에게 치는 맛이 있는 건반이었습니다.

나는 좀 설레었습니다. 승리가 내던지는 사탕을 줍는 일도, 승리가 내 오른팔을 때리는 것도 너무 좋아서 노래가 흘러나왔습니다. 나는 종종 노래가 되었습니다. 승리가 연주하던 그 노래 말이에요. 나는 승리를 좋아했습니다. 좋아하면 좋은 일을 함께 하고 싶습니다. 정말로 하고 싶게 됩니다. 그렇게 좋은 것이 될 수 있습니다.

여름이었습니다. 곧 방학이라고 했습니다. 선생님은 자주 승리를 오르간 앞으로 불렀습니다. 배울 건 다 배웠다고 했습니다. 그래서 우리는 하루에도 몇 번씩 노래를 불렀습니다. 매일 노래를 배워서 좋았습니다. 나는 너무 재밌고 행복했습니다. 노래를 부르다 말고 나는 벌떡 일어나 춤을 추었습니다. 바지 속에 오른손을 집어넣은 채 왼팔을 크게 휘두르며 우아아아아 소리를 질렀습니다. 선생님이 고함을 질렀습니다.

하지 마.

나는 말했습니다.

하고 싶어요.

하지 마.

하고 싶어요.

제발.

우아아아아아아아.

엄마가 나를 데리러 왔습니다. 다음날부터 나는 학교에 안 갔습니다. 엄마는 방학이라고 했습니다. 나는 엄마와 함께 시장에 갔습니다.

퉤퉤.

애가 너무 크네요.

지나가는 아줌마가 말했습니다.

퉤퉤.

하지 마.

엄마가 말했습니다.

하고 싶어요.

제발.

다음날 엄마가 말했습니다.

혼자 있을 수 있어. 다 컸으니까.

그러고는 나를 두고 갔습니다. 나는 혼자 있었습니다. 여름이 끝날 때까지. 견디는 법, 그 또한 이미 오래전에 배워둔 겁니다.

노오란 버스를 타고 노오란 학교에 갑니다. 승리가 보고 싶어도 볼 수 없습니다. 승리를 생각합니다. 병신아. 나를 가장 많이 불러준 사람은 승리였습니다. 이제 아무도 나를 불러주지 않습니다. 나는 점점 더 커져서 엄마만큼 자랐습니다. 엄마는 더이상 우유를 팔지 않습니다. 엄마는 이제 보험을 팝니다. 가방에 내 사진을 가지고 다닙니다. 내 사진을 보여주면서 말합니다.

어떻게든 노력해야죠. 오래 살아봐야죠. 이 정도 노력은 사실 거저잖아요. 한 달에 오만구천원이잖아요. 그만 살 거 아니면 노력해야죠. 우리 아들 봐요. 이래 봬도 아주 건강해요. 하지만 모르죠, 어떻게 될지. 얘 앞으로 보험을 들 수가 없어요. 저도 마찬가지예요. 보험을 들어봤자 얘가 그 돈을 받아갈 수나 있을까요. 나는 부러워요. 그러니 망설이지 말고 자기 행복을 누리세요.

노오란 버스의 기사 아저씨는 항상 내게 말합니다. 내가 버스에 오르는 걸 지켜보고 있다가 엄지를 치켜들고 멋있네, 멋있어라고 말해줍니다. 나한테 멋있다고 말해주는 사람은 아저씨뿐입니다. 괜찮아? 추워? 아파? 아저씨는 내게 한 번도 그런 말을 하지 않았습니다. 멋있네. 덥냐? 좋아? 아저씨는 항상 다르게 말합니다.

나는 아저씨가 좋습니다. 아저씨도 나를 좋아합니다. 집에 갈 때는 운동장에 서서 내가 나오기를 기다렸다가 온몸으로 반겨줍니다. 나는 학교에서 가장 키가 큽니다. 항상 일등으로 버스 앞에 서 있습니다. 선생님과 친구들이 나올 때까지 아저씨는 나를 칭찬해줍니다. 한쪽 눈을 찡긋하면서, 엄지를 흔들어 보이면서, 잘났다라고 합니다.

나는 주머니에 오른손을 넣은 채, 아저씨 앞에서 춤을 춥니다. 왼손을 높이 들고 무릎을 굽히고 서서 좌우로 흔들흔들.

졸업 앨범을 선물받았습니다. 우편으로 날아온 졸업 앨범을 받고 내가 기뻐하자 엄마는 이것도 오만구천원짜리라고 했습니다. 작년 봄에 돈을 냈는데 올봄에야 준다고 엄마는 혀를 찼습니다. 졸업 앨범에는 내 얼굴이 없습니다. 내 이름은 있습니다. 검은 동그라미. 그게 나입니다. 승리의 얼굴은 있습니다. 나는 승리의 얼굴을 오려내었습니다. 얼마나 보고 싶었는지 모릅니다. 나는 졸업 앨범 뒷장에 실려 있는 우리들의 편지를 읽고 읽었습니다. 우리들의 편지에 나의 편지는 없습니다. 친구들이 내게 보낸 편지들만 있습니다. 친구들아, 우리 헤어져도 자주 만나자. 언제든 전화해. 승리의 편지에는 전화번호가 있습니다. 나는 승리의 전화번호를 외우고 외웁니다.

승리에게 전화를 걸었습니다.

승리?

누구야?

나야.

승리가 말을 하지 않습니다. 전화를 끊습니다.

나는 다시 전화를 걸었습니다. 전화를 받지 않습니다.

승리가 전화를 받을 때까지 나는 계속 전화를 걸었습니다.

승리가 전화를 받았습니다.

야.

응.

전화하지 마.

나는 말을 안 했습니다.

하지 마.

잠시 가만히 있다가 외쳤습니다.

할 거야.

하지 마.

할 거야.

승리가 전화를 끊었습니다.

엄마에게 말했더니 엄마도 같은 말을 했습니다.

하지 마.

나는 울면서 소리질렀습니다.

하고 싶어. 할 거야.

엄마가 내 손목에 묶여 있던 손수건을 끄르고는 얼굴을 닦아주었습니다. 눈 밑을 닦아주고 코끝에 손수건을 댑니다. 나는 힘껏 코를 풉니다. 콧물이 진득합니다. 잘 닦이질 않아서 엄마는 여러 번 코 밑을 닦아냅니다.

더러워라.

엄마가 말했습니다.

손수건을 바닥에 내던지고 새 손수건을 꺼내어 묶어주면서 말합니다.

근데, 바지 좀 입으면 안 되겠니?

나는 엄마를 발로 찹니다.

춥지?

엄마는 다르게 묻기 시작합니다.

아프지?

나는 모르겠는데 엄마는 내가 아픈 줄 아는 모양입니다. 춥지 않은데 추워 보이는가봅니다.

좋지?

엄마는 이미, 전부 다 알고 있다는 듯 묻습니다. 대답하기가 좀 쉬워져서 나는 금세 외칩니다.

아니.

승리의 전화번호가 바뀌었습니다.

없는 번호라고 합니다.

엄마는 더이상 내게 요구르트를 주지 않습니다. 야쿠르트도 안 줍니다. 대신 커피를 줍니다. 커피를 주면서 엄마는 자주 묻습니다. 몸무게를 재보라고 하고 벽에 서서 키를 재보라고도 합니다. 너무 크다. 엄마는 한숨을 쉽니다. 이제 어른이라고 합니다. 그만 클 때가 되었는데 자꾸 큰다고 걱정했습니다. 그러다가도 웃습니다. 너무 어른이라서 나는 학교에도 안 갑니다. 나는 모두와 헤어졌습니다. 전부와 멀어졌습니다.

나는 심심합니다. 엄마가 출근하고 없으면 혼자 동네를 돌아다닙니다. 목에 타월을 두르고 바지만 입고 산책을 합니다. 가끔 노오란 학교로 가는 노오란 버스를 만납니다. 아저씨가 나를 알아보고 손을 흔들어주기도 하고 말을 걸기도 합니다.

요즘도 하고 싶냐?

나는 아저씨를 자주 만나고 싶습니다. 유일하게 내게 알은체하는 사람입니다. 하얀 장갑을 낀 왼손을 내게 거침없이 보여주는 사람입니다. 일주일에 다섯 번, 나는 아저씨가 정류장에 버스를 세우고 있는 시간에 맞춰 나갑니다. 아침 여덟시 이십분. 엄마가 출근하기도 전에 나는 서둘러 달려나갑니다. 타월을 챙기고 바지를 입고 신발을 신고 그리고 또, 또, 입어야 할 것들을 생각하면서 뛰기 시작합니다.

그날은 늦잠을 잤습니다. 여덟시 십분입니다. 나는 부리나케 일어나 뛰어나갑니다. 바지. 바지. 엄마가 국자를 들고 소리를 칩니다. 나는 뒤돌아보지 않습니다. 돌아갈 생각이 전혀 없습니다. 앞으로 앞으로 쉼없이 달려야 합니다. 정류장에 도착하니 숨이 가쁩니다. 다리가 후들후들합니다. 콧물이 길게 흘러내립니다. 닦아도 닦아도 계속 흘러내립니다. 심장이 벌렁거립니다. 커피를 너무 많이 마신 것 같습니다. 갑자기 추워집니다. 사각팬티 차림입니다. 기다란 털 몇 개가 비죽 튀어나왔습니다. 땀이 줄줄 흘러내립니다. 나는 오른손을 얼른 팬티 속으로 숨기고 주위를 두리번거립니다.

노오란 버스가 보이지 않습니다. 사람들이 멀리 뛰어갑니다. 나를 쳐다봅니다. 핸드폰을 꺼내어 사진을 찍습니다. 나를 보여주고 싶지 않습니다. 보여주면 안 된다고 엄마가 말해주었습니다. 나는 길을 건너고 싶지만 사람들이 나를 향해 모여듭니다.

몇시입니까?

아무도 대답해주지 않습니다.

나는 타월을 흔듭니다. 아래위로, 좌우로 흔들면서 물어봅니다.

여덟시 이십분입니까?

군복을 입은 사람이 나를 향해 달려옵니다. 군홧발 소리가 컹컹 울립니다. 그의 뒤에 똑같은 옷을 입은 사람이 함께 달려옵니다. 그들이 나를 넘어뜨립니다. 나는 크고 무거워서 휘청거리다 다시 섭니다. 그들이 내 뒷무릎을 발로 찹니다. 나는 무릎을 꿇고 소리를 질렀습니다. 아아아아아아아. 맨살이 아스팔트 바닥에 쓸립니다. 아팠습니다. 그들이 내 등을 깔고 앉아 오른팔을 잡아당깁니다. 안 돼요. 안 돼요. 때리면 안 돼요. 나는 일어서려고 두 다리를 구릅니다. 발을 세게 차봅니다. 누가 내 발을 꾹 밟고 섭니다. 종아리를 꾹 누릅니다. 온몸에 힘이 빠져나갑니다. 아프고 춥습니다. 따갑고 무섭습니다. 콧물이 바닥에 닿고 땀이 솟구칩니다.

미쳤어.

나는 미치지 않았습니다.

더러워.

원래 이곳은 더럽습니다.

보지 마.

나도 보여주고 싶지 않았습니다.

혼자인가봐.

나는 혼자 태어나지 않았습니다. 혼자 살지도 않습니다.

듣겠다.

맞습니다. 나는 다 듣고 있습니다. 다 들려옵니다. 근데 왜 아무도 내 말에 대답해주지 않았을까요? 지금이 몇시인지, 나는 끝내 알 수 없었습니다.

몇시입니까?

몇시입니까?

엄마는 청소를 합니다. 엄마의 세번째 직업입니다. 학교에 가서

운동장을 청소합니다. 운동장을 청소하는 사람은 불행하다고 합니다. 강의실을 담당하고 싶은데, 안 된다고 했다 합니다. 화장실 청소를 하겠다고 했더니 순서가 있다고 했다 합니다. 엄마의 순서는 늘 마지막입니다. 여름엔 땡볕을 쬐면서 겨울엔 찬 바람을 맞으면서 비질을 합니다. 바람이 많이 불어서 먼지가 도망을 다닙니다. 아무리 쓸고 쓸어도 금세 먼지가 나뒹굽니다. 담배꽁초가 돌아다니고 먼 데서 꽃잎들이, 이파리들이 날아옵니다.

티가 나지 않는 일을 하고 있다고 엄마는 괴로워합니다. 아무리 정성을 들여도 나아지는 게 없다고 슬퍼합니다. 아무리 노력해도 주구장창 고개를 숙이고 사는 일이라고 나를 붙잡고 웁니다. 이제 엄마도 나처럼 콧물을 흘립니다. 바람을 맞아서 콧물이 멈추질 않는다고 합니다. 엄마도 이제 목에 손수건을 두르고 다닙니다. 내가 묶어주는 날도 많습니다. 나는 두 장씩 묶어줍니다.

나도 병신 다 됐다.

엄마는 이제 다 늙었다고 했습니다. 엄마도 이제 나처럼 아픈 재주로 살아갑니다. 살다보면 병신이 되기도 하나봅니다. 늙으면 다 아프지. 엄마 말로는 그렇습니다. 나는 그럼 늙었던 걸까요? 나는 이제 더이상 자라지 않습니다. 나는 엄마보다 훨씬 큽니다. 엄마는 나보다 많이 아픕니다. 많이 아파서 많이 웁니다. 손수건을 두 장씩 적시고도 모자랄 만큼 웁니다.

그렇지만 출근을 해야 합니다. 엄마는 양말을 두 켤레씩 신고 장갑을 두 켤레씩 끼고 현관문 앞에 섭니다. 나는 엄마의 목에 손수건을 두 장씩 묶어줍니다.

하나면 돼.

그럴 리가 없습니다.

살살 좀 묶어라. 아프다.

엄마가 우는소리를 합니다.

이러다 나를 죽이겠다.

엄마가 나를 쳐다봅니다. 내 눈을 빤히 들여다봅니다. 어깨를 쓰다듬어줍니다. 내 팬티를 쳐다봅니다. 고추가 삐져나와 있습니다. 나는 얼른 사타구니 깊숙이 오른손을 숨깁니다. 고추도 숨깁니다.

겨울입니다.

춥지?

엄마가 춥다는 얘깁니다.

아프지?

엄마가 아프다는 얘깁니다. 엄마는 거기까지 묻고 맙니다.

옷 입고 있어.

엄마가 나갑니다.

현관문 앞에 책이 떨어져 있습니다. '우리동네상가'라는 책입니다. 맛있는 책입니다. 엄마한테 보여주면 맛있는 음식이 집으로 옵니다. 나는 엄마 말대로 옷을 입고 누워 책을 읽기 시작합니다.

이승기가 다녀간 떡볶이집이 있습니다. 며칠 전에 엄마와 내가 전화를 걸었던 집입니다. 뒷장을 넘겨봅니다. 승리열쇠가 있습니다. 못 보던 집입니다. 나는 깜짝 놀랍니다. 승리네 집인가봅니다. 나는 핸드폰을 가져와 승리의 전화번호를 꾹꾹 누릅니다. 승리의 목소리가 벌써 들리는 것 같습니다.

갑자기 현관문이 열립니다. 나는 핸드폰을 들고 나가봅니다. 엄마입니다. 신호음이 크게 들려옵니다. 엄마는 커다란 비닐봉지를 손에 들고 있습니다.

전화했어?

엄마가 묻습니다.

엄마한테?

나는 고개를 쾌쾌 젓습니다.

승리.

승리?

엄마가 콧물을 닦습니다. 손끝이 시커멓습니다. 핸드폰을 뺏습니다. 방으로 들어가 이불을 폅니다. 이불 위를 가리킵니다.

앉아 있어.

나는 기가 죽어 시키는 대로 합니다. 엄마가 휴지에 코를 풉니다. 기침을 합니다.

자고 있어.

이상합니다. 나는 이미 다 잤습니다. 잠이 안 옵니다.

그럼 눈만 감고 있어.

나는 그 말을 따라 합니다.

눈만.

어려운 말처럼 들립니다.

감고.

그런 다음

있어.

감고.

웃기는 말처럼 들립니다.

있어.

있어는 내가 좋아하는 말입니다.

그러니 한번 더,

있어.

누워서 눈을 감고 있습니다. 검은 봉지에서 무언가를 꺼내는 소리가 들립니다. 맛있는 냄새는 안 납니다. 비닐봉지 소리만 계속 들립니다.

엄마.

불러봅니다.

열쇠를 사러 갈까요?

물어봅니다.

열쇠는 왜?

엄마가 묻습니다.

승리 집 가게요.

나쁜 짓인데?

왜요?

남의 집이니까.

나는 남의 집에 가면 안 되는 사람입니다. 그건 지금까지 몰랐습니다. 승리는 남인가요? 나는 남을 사랑하면 안 되는 사람입니까? 나는 평생 엄마랑 둘이어야 합니까?

엄마가 방문을 닫습니다. 나는 눈을 뜨고 엄마를 봅니다. 엄마는 청테이프를 꺼내 방문 틈새마다 붙입니다. 이빨로 테이프를 뜯어냅니다. 붙인 자리에 또 붙입니다. 엄마의 팔목에 청테이프가 여러 개입니다.

딴 데 보고 있어.

엄마가 말합니다. 나는 천장을 바라봅니다. 시커먼 얼룩들이 있습니다. 내가 김치를 던져 생긴 얼룩도 있고, 내가 아이스크림을 던져 생긴 얼룩도 있습니다. 내가 매직으로 쓴 엄마 이름도 있고, 엄마가 오려붙인 색종이도 있습니다. 엄마가 그린 해도 있고 내가 그린 달도 있습니다. 엄마가 쓴 내 이름도 있습니다. 우리집입니다. 아주 오랫동안 우리집이었습니다. 낮아지고 낮아져서 이제 내 키만한 우리집입니다.

엄마가 창문 앞에 의자를 놓고 올라서서 나를 내려다봅니다. 창의 네 모서리에 청테이프를 붙이고 붙입니다. 창문이 덜컹거립니다. 엄마가 콧물을 삼킵니다. 머리를 빗습니다. 패딩을 벗습니다.

오늘은 한번 더 자자.

엄마가 검은 봉지에 불을 붙입니다. 검은 봉지에 불이 척 달라붙습니다. 연기가 납니다. 엄마가 다가와 내 곁에 눕습니다. 내가 벌떡 일어나자 엄마가 나를 세게 끌어안고 억지로 눕힙니다. 내 등을 쓰다듬으면서 웁니다. 엄마가 많이 사랑해라고 하면서 흑흑 웁니다. 잊지 않았지? 다 커서도 엄마가 없어도, 그때까지 기억하라고 하더니 엄마는 벌써 내게 물어봅니다. 나는 아직 어립니다. 다 안 자랐습니다. 엄마도 아직 있습니다. 기억하고 있다는 걸 보여줄 때가 아닙니다. 엄마는 엄마가 한 말을 벌써 잊은 모양입니다. 우리는 함께 콧물을 흘리면서, 땀을 흘리면서, 눈물을 흘리면서 가만히 있습니다. 힘이 없습니다. 잠이 오질 않습니다. 엄마가 이불을 머리끝까지 끌어당깁니다.

아직도 하고 싶어?

발이 시리고 손이 오그라듭니다. 물속에서 물구나무를 서고 있는 기분입니다. 오줌이 마렵습니다. 자꾸 입이 벌어집니다. 나는 말하고 싶었습니다. 자고, 있고 싶습니다. 알고, 있고 싶습니다. 아니요, 있고만 싶습니다. 사랑하는 기억 말고 사랑하는 기분으로 있고 싶습니다. 잠이 멀어지고 있습니다. 내가 멀리 있습니다. 멀어지는 나를 더 멀리 물리쳐야 합니까? 멀어지는 나를 견뎌야 합니까? 내가 가장 좋아하는 말은 있어, 입니다. 있어? 라고 물어본 다음 있어, 라고 대답하는 걸 가장 좋아합니다. 엄마가 좋아하는 말은 무엇일까요. 엄마에게 묻고 싶은데 엄마가 너무 울어서 못 물어봅니다. 나는 아직 사랑하는 기분이니까요. 잊지 않을 때가 아니니까요. 벌써 기억 아니니까요. 엄마가 내 얼굴을 만져줍니다. 먼 데서 엄마의 목소리가 띄엄띄엄 들려옵니다.

엄마가.

해줄게.

키스와 바나나

우리에게는 여자와 바나나가 많아.

어제 잠들기 전에도 들었던 노래였다. 라디오에선 툭하면 같은 노래가 흘러나왔다. 지프는 해안도로를 따라 계속 북상중이었다. 영상 오십 도. 온도계의 수은주는 그 이하로도, 이상으로도 움직이질 않았다. 마을은 북쪽 끝에 있어서 브이시들의 땅과 가까웠다. 우리에게 내려진 명령은 퐁니 마을을 평정하라, 였다. 그곳은 이른바 안전 구역이었으므로 우리는 안도했다. 그들은 원래 우리 쪽 사람들이었으니까. 우리가 할 일이라곤 그저 그들의 농사를 돕고 고기를 나눠 먹는 것만으로도 충분할 거였다.

북쪽으로 갈수록 라디오의 잡음은 점점 더 커졌다. 노랫소리는 자주 끊어졌다가 다시 이어졌다. 우리에겐…… 바나나가……

퍼킹 바나나.

키스가 벌떡 일어나 소리쳤다. 좁은 짐칸 안에서 느닷없이 벌떡 일어나는 사람은 언제나 키스였다. 다른 병사들은 엄두도 내지 못하는 일이었다. 적군의 저격 대상이 될 위험이 컸다. 하지만 우리는 대개 키스의 장난에 환호했다.

아무리 더워도 한낮에는 짐칸의 덮개를 걷어낼 수 없었다. 손끝이 퉁퉁 붓는 더위를 참아야만 했다. 우리는 시뻘겋게 달아오른 얼굴을 푹 숙인 채 허벅지 위로 떨어지는 땀방울들이 만들어내는 무늬를 보며 하루를 점치곤 했다. 오늘의 운세는 하트. 하필 키스의 바지에 커다란 하트 모양이 생겨났다. 우리는 키스의 허벅지를 툭툭 건드리며 야유를 보냈다. 킬킬, 키스가 웃으면 모두가 킬킬 따라 웃었다. 키스는 유난히 땀을 많이 흘렸다. 고국의 추운 땅에서 건너온 키스에게 사시사철 덥고 습한 이곳의 기후는 고역이었다.

나와 키스는 동갑이었다. 우리는 부대원 중에서 어린 편에 속했다. 내가 키스보다 생일이 서너 달 빨랐다. 나는 가끔 키스를 위해 물고기를 잡아다 주곤 했다. 강물에 수류탄을 던져 잡은 물고기는 성한 데가 없었다. 꼬리가 떨어져나가거나 아가미가 찢어지거나 아예 두 동강이 되어 수면 위로 떠올랐다. 절반은 건져낼 것도 없을 만큼 산산조각나 있었다. 다행히 키스는 물고기를 좋아했다. 김치를 보급받은 뒤부터 키스의 식성은 나날이 좋아졌다. 키스의 얼굴은 더욱 번들거렸다. 두어 달쯤 지났을 때는 매끄럽던 턱에 거뭇거뭇한 수염이 돋아나는가 싶더니 보름 만에 빽빽한 검은 털이 키스의 턱을 뒤덮었다. 아무리 봐도 나와 스무 살 동갑내기 같지 않은 얼굴이었다. 키스의 턱수염 아래에는 항상 잿빛 땀방울이 맺혀 있었다. 키스가 갑작스레 몸을 움직일 때마다 땀방울이 이리저리 튀었다.

바나나는 우리도 많아.

다시 쭈그려앉는 키스에게 농담을 던지자 폭소가 터졌다.

웃어서 덥다.

키스가 웃다 만 얼굴로 손부채질을 하며 수통을 열었다. 그 순간 모두가 갈증을 느꼈다. 우리는 동시에 목을 뒤로 젖혀 수통의 물을 비웠다. 수통에서 비린내가 났다. 우리는 탄피 통에 넣어둔 사탕과 초콜릿을 꺼내 나눠 먹었다. 그러곤 오랫동안 서로 말이 없었다. 가끔 여전히 땀을 줄줄 흘리며 허벅지를 하트 모양으로 적시고 있는 키스를 힐긋거릴 뿐이었다. 언제쯤 키스가 다시 땀방울을 튀기며 벌떡 일어설까, 기대하면서.

키스는 우리 중대의 뛰어난 첨병이었다. 그는 바람의 방향을 알아내는 데 남다른 재주가 있었다. 지뢰나 부비트랩을 발견할 때면 그는 쪽쪽 소리 내어 엄지를 빨았다. 혼자 능글맞게 웃으면서, 우리가 킬킬거리는 모습을 지켜보면서, 키스는 축축해진 엄지를 허공에 치켜들고 바람의 결을 느꼈다. 키스 덕분에 우리는 항상 바람의 방향을 정확하게 알 수 있었다. 매캐한 연기와 미세한 파편을 용케 피할 수 있었다. 우리는 키스의 능력을 높이 샀다. 그의 철없는 돌출행동을 눈감아주는 것은 키스가 어려서라기보다 부대 내에서 가장 훌륭한 첨병이기 때문이었다.

하지만 키스가 부러 과장된 몸짓을 해가며 엄지를 빠는 모습은 늘 우스꽝스러웠다. 그 바람에 그는 자연스럽게 키스라고 불렸다. 자신의 엄지에 키스하는 첨병에 대한 이야기는 아군들의 우스갯소리로 널리 퍼졌다. 장교들은 일부러 그를 불러다가 오래 묵은 『플레이보이』를 건네주곤 했다. 키스, 이걸 가져다가 더 열심히 키스 연습에 매진하게. 상사의 어쭙잖은 농담에도 그는 언제나 손으로 키스를 날려주었다.

천국으로.

밤이 왔다. 밤의 주인은 브이시들이다. 다행히 오늘은 달이 컸다. 밝은 밤이었다. 내일은 보름달이 뜰 것이다. 우리의 밤눈도 더욱 밝아질 터였다. 트럭 뒤칸에 빽빽이 모여 앉은 우리의 머리통 위로 하얀 김이 무럭무럭 피어올랐다. 만두들, 키스가 우리를 가리키며 놀렸다. 낮 동안 뜨겁게 달궈진 우리의 정수리는 새벽녘이 되어도 식을 줄 몰랐다. 우리는 더디게 식었다.

벌써 열 시간째, 트럭은 남북으로 길게 뻗은 도로를 달리고 있었다. 길은 고르지 않았다. 지프는 연신 덜컹거렸다. 도로 곳곳에

깊게 파인 데가 많았다. 가끔 차바퀴 아래에서 무언가 짓이겨지는 소리가 들렸다. 작은 짐승의 사체이거나 죽은 자의 몸에서 떨어져 나온 팔이나 발목일 수도 있었다. 그때마다 키스는 습관처럼 낮게 중얼거리곤 했다.

천국으로.

운전병은 종종 핸들을 놓쳤다. 우리는 서로의 어깨를 밀며 한쪽으로 기울어지거나 금방이라도 밖으로 튕겨나갈 것처럼 높이 솟구쳐오르기도 했다. 하지만 용케도 길 밖으로 이탈하는 법 없이 꾸준히 달렸다. 전조등을 켜지 않고도 지프는 같은 속도로 빠르게 달렸다. 자칫 속도를 늦췄다간 언제 매복중인 적군이 튀어나올지 몰랐다. 우리는 구토를 참는 데 이미 이력이 나 있었다. 총을 쏘는 일에는 진력이 났다.

지프가 섰다. 탁 트인 바다가 펼쳐졌다. 달빛에 사방이 훤했다. 뒤따라오던 지프들도 일제히 속도를 줄였다. 소대장이 조수석에서 내렸다. 짐칸을 툭툭 치며 빨리 오줌이나 싸고 오라고 재촉했다. 그 말이 떨어지자마자 우리는 바지 지퍼를 내렸다. 우리에게 바다는 화장실이었다. 우리는 화장실로 냅다 달렸다. 앞서나가는 운전병의 뒤를 우르르 쫓아갔다. 엉덩이를 한껏 뒤로 빼고 뒤뚱거리며 뛰는 운전병의 꼴이 우스웠다. 운전병은 곧장 바지 지퍼를 내리고 오줌을 갈겼다.

해피 뉴 이어.

열의 맨 뒤에서 바지춤을 붙잡고 걸어가던 키스가 외쳤다.

퍽!

모두가 동시에 뒤돌아 소리쳤다. 우리는 미군의 말을 빨리 배웠다. 컴 온. 지저스. 헤이. 퍽. 키스 그리고 해피 뉴 이어. 새해가 한참 지난 후에도 키스는 툭하면 해피 뉴 이어라고 외쳤다. 도대체 언제까지 새해 인사를 하고 다닐 참이냐고 소대장이 물었을 때, 키스는 귀국선에 올라타는 그날까지라고 즉답했다. 소대장이 키스에게 웃으며 말했다.

1969년까지 살아 있길, 키스.

키스는 일부러 모래밭에 호를 그리며 오줌을 눴다. 몸을 좌우로 크게 흔들면서 바닷바람을 맞았다. 키스의 젖은 턱수염이 금세 말랐다. 나는 키스가 하는 짓을 모두 따라 했다. 허리를 뱅뱅 돌리며 오줌을 길게 눴다. 키스의 행동을 따라 하다보면 괜스레 신이 났다. 키스는 그런 내 행동을 반기는 눈치였다. 우리는 나란히 서서 담배를 꺼내 물었다. 지포 라이터를 꺼내 불을 붙였다. 알싸한 등유 냄새가 퍼졌다. 불꽃이 줄지어 나타났다가 찰칵 소리와 함께 사라졌다.

키스의 지포 라이터에는 고향의 주소가 새겨져 있었다. 우리는 키스의 라이터를 볼 때마다 불길한 예감에 사로잡히곤 했다. 그것은 어째 목줄이 끊어진 군번 같았다. 우리의 시선을 눈치챈 키스가 늘 하던 말을 또 꺼냈다.

나는 고아야. 전쟁고아. 돌아가려고 새긴 게 아니야. 돌아갈 수 없어서 새긴 거지. 나 대신 고향의 주소를 기억해줄 사람이 없거든.

갑자기 키스가 무릎을 꿇고 주저앉았다. 그러곤 재빨리 어깨에 메고 있던 소총을 쥐었다. 우리는 바지를 제대로 추슬러 입지도 못하고 키스를 따라 거총 자세를 취했다. 지린내가 콧속을 파고들었다. 우리는 모깃소리를 내며 서로에게 물었다.

뭐야? 브이시야?

다들 키스의 눈이 향한 곳을 노려보았다. 둥글게 휘어진 만의 끝에 사람의 형체가 서 있었다. 여자였다. 하얀 아오자이의 끝자락이 바람에 휘날리고 있었다.

귀신은 아니겠지?

브이시보단 귀신이 낫지.

갈기자.

너무 멀어.

우리를 봤을까?

보고도 남지.

왜 가만히 있지?

브이시들은 원래 그래.

계속 가만히 있을 거야?

예쁠까?

데리고 가는 건 어때?

가는 길에 버리자.

키스가 먼저 엎드려 기기 시작했다. 우리도 뒤따라 기어갔다. 나는 열의 뒤에 붙었다. 그때였다. 키스가 가던 길을 멈추고 뒤돌아보더니 자못 비장한 목소리로 말했다.

기다려. 혼자 다녀올게.

보기에도 꽤 먼 거리였다. 엄호가 필요했다. 하얀 아오자이를 입은 여자는 단순한 유인책일 수도 있었다. 우리는 열에서 좀 비켜난 채 뒤따라오던 소대장을 향해 고개를 돌렸다. 소대장은 여자가 있는 쪽을 유심히 살펴보는 체했다. 엄폐물로 삼을 만한 게 하나도 없었다. 모래밭은 휑했다. 그게 오히려 소대장을 안심시킨 눈치였다. 그는 열대우림의 빽빽한 풍경에 질릴 대로 질린 상태였다. 게다가 모래밭 아래 땅굴이 있을 리도 만무했다. 소대장이 고개를 끄덕였다. 키스가 짓궂은 표정으로 한쪽 눈을 찡긋했다.

우리는 소대장의 손짓을 따라 지프 쪽으로 조심스럽게 움직였다. 그사이 키스는 어둠에 묻혀 찾을 수 없었다. 아오자이의 치맛자락도 멀어졌다. 우리는 지프의 바퀴를 발판 삼아 짐칸에 차례대로 올랐다. 몇몇은 밖에 남아 차를 밀었다. 시동 거는 소리가 사격의 신호탄이 될 수도 있기 때문이었다. 우리는 되도록 아무 소리도 내지 않고 아오자이를 입은 여자에게로 다가가야만 했다. 차가 서서히 움직이기 시작했다. 짐칸에 오르자마자 모두 바지의 지퍼를 서둘러 올렸다.

고추를 꺼내놓고 죽을 수야 없지.

소대장이 웃자고 한 말에 아무도 웃지 않았다. 소대장은 금방 정색했다. 키스가 말했다면 다들 웃었을 것이다. 소대장은 우리가 악명 높은 단명의 길 위에 놓여 있음을 다시 한번 주지시켰다. 1번 국도의 가장 위험한 길 안쪽으로 들어선 것이다. 이미 오래전부터.

우리는 총성이 울리기를 은연중에 기대하면서 주변의 기척에 귀를 기울였다. 목표 지점에 다다랐을 즈음, 지프를 향해 뛰어오는 군홧발 소리가 들렸다. 착검! 소대장이 다급한 목소리로 외쳤다. 우리는 군화 뒤에 덧대었던 검을 총대에 끼웠다. 거총! 소대장의 명령이 곧바로 이어졌다. 우리는 빠른 손놀림으로 전방을 조준했다. 우리의 군장엔 각각 삼백 개의 실탄이 들어 있었다. 총알은 늘 넉넉했다. 우리는 뜨거워진 손으로 총의 잠금장치를 풀었다. 여차하면 난사할 작정이었다. 발소리는 아주 빠른 속도로 가까워졌다.

지프가 길 한가운데 멈춰 섰다. 고요했다. 우리는 느닷없는 열기를 느꼈다. 누구라도 이곳에 오래 있다보면 감각이 이상해지기 마련이었다. 갑작스러운 정적이 찾아올 때면 밤낮 상관없이 몸이 뜨거워졌다. 총소리가 나면 은단 향을 맡을 수 있었다. 그 반대일 때도 있었다. 느닷없이 은단 향이 난다 싶으면 총소리가 났다. 물론 놀라울 정도로 무뎌지는 감각도 있었다. 우리는 정글의 커다란 도마뱀을 보고도 놀라지 않았다. 커다란 나무 뒤에 비죽이 튀어나온 삿갓을 보면 반사적으로 총을 쏘았다. 정글도의 날카로운 칼날에 지레 겁먹지도 않았다. 무엇보다 우리는 이 전쟁이 영원히 끝나지 않을 거라는 말에도 절망하지 않았다. 우리의 달력에는 고국으로 돌아갈 날짜가 분명하게 적혀 있기 때문이었다. 복무기간이 일 년을 넘지 않는 데는 다 그만한 이유가 있는 거라고, 우리는 가끔 스스로를 조롱했다. 그러지 않으면 금세 돈 욕심이 났다. 복무연장이 쉽사리 받아들여지지 않는다는 걸 알면서도 차곡차곡 돈이 모이는 월급통장을 생각하면 돌아갈 일보다 남아 있는 일이 더 우선이지 않을까, 싶기도 했다.

지프를 향해 뛰어오는 사람은 키스였다. 우리는 안도하면서도 당황했다. 키스가 무사해서 다행이다 싶으면서도 총성 없이 마무리된 상황이 아쉬웠다. 키스는 숨 고를 새도 없이 소대장에게 상황을 보고했다.

양민이었습니다.

죽였나?

살려 보냈습니다.

브이시의 마누라일 확률은?

없습니다.

왜지?

늙은이였습니다.

너 지금 실수했어.

키스는 대답하지 않았다. 소대장은 운전병을 재촉해 속력을 높였다. 빨리 여기를 뜨는 게 상책이라고 했다. 우리는 쥐죽은듯 고개를 무릎에 박았다. 소대장은 운전병에게 연신 고함을 질러댔다. 빨리, 더, 더. 운전병은 가속페달을 연거푸 밟았다. 브이시에게 우리의 위치가 발각되기 전에 한시라도 빨리 마을에 당도해야만 했다. 금방이라도 머리 위로 총알이 날아올 것 같은 긴박감이 모두를 옥죄었다. 지프의 속력이 빨라지자 귓속이 얼얼했다. 바람소리와 흙 튀는 소리가 요란했다. 그 틈을 놓치지 않고 키스에게 물었다.

왜 안 죽였어?

전략촌 밖을 돌아다니는 민간인은 사살해도 무방하다는 지침을 우리는 서로에게 다시 상기시켰다.

한 번쯤 안 죽이고 싶었거든.

키스가 소총을 끌어안고 천진하게 대답했다. 순간 키스를 뺀 나머지 모두는 알 수 없는 시기심이 끓어올랐다.

뭣하러 싸구려 총알을 훈장이랑 바꿀 기회를 날리는 거야?

키스 옆에 앉아 있던 누군가가 물었다.

우리에게는 여자와 바나나가 많아.

키스는 노래를 부르더니 더이상 아무 말도 하지 않았다.

날이 밝아왔다. 브이시들이 잠을 잘 시간이었다. 우리는 라디오

소리를 키웠다. 돌연 잡음이 커졌다. 도저히 맞는 주파수를 찾을 수 없었다. 노래를 들으려면 누군가에게 노래를 시키는 수밖에 없었다. 하지만 아무도 노래를 부르려 하지 않았다. 소대장 눈치를 안 볼 수 없었다. 또다시 땀이 흘러내렸다. 검게 탄 얼굴이 금세 번질거렸다. 입을 열면 군내가 풍겼다. 온도계는 어느새 깨졌다. 이제 영상 사십 도인지 오십 도인지조차 알 수 없게 되었다. 우리는 군화에 침을 뱉었다. 키스가 갑자기 캐럴을 불렀다. 어떤 노래를 불러도 후렴은 항상 똑같았다. 라디오가 우리에게 제대로 가르쳐준 팝송은 하나뿐이었다.

우리에게는 여자와 바나나가 많아.

키스의 노랫소리가 조금씩 커졌다. 우리는 조수석에 앉은 소대장의 뒤통수를 흘깃거렸다. 별로 신경쓰지 않는 눈치였다. 어쩌면 잠든 것일지도 몰랐다. 우리는 키스가 노래를 부르도록 내버려두었다. 슬그머니 손뼉을 치기 시작했다. 몇몇이 노래를 따라 부르는가 싶더니 한입이 되어 목청껏 소리를 질러댔다.

해피 뉴 이어.

1번 국도는 마을 입구를 관통했다. 불에 탄 바나나 숲이 나타났다. 인가가 가깝다는 증거이기도 했다. 눈에 보이는 풍경이라곤 움푹 파인 폭탄 구덩이와 말라죽은 야자나무, 부서진 바위와 흙먼지, 낮은 모래언덕뿐이었다. 소대장이 차창을 내려 하차 준비를 하라고 소리쳤다. 우리는 일제히 입을 다물었다. 군화 끈을 다시 매고 철모를 고쳐 썼다. 상의 주머니에 지포 라이터가 잘 들어 있는지도 확인했다. 가슴에 총알을 맞고도 지포 라이터 덕분에 살아남았다는 어느 병사의 이야기가 전해지고 난 뒤부터 지포 라이터는 애인의 사진보다 소중한 부적이 되었다.

길가에 커다란 보리수나무가 혼자 서 있었다. 나무 그늘 아래 지프가 섰다. 우리는 각 소대순으로 일렬종대를 지어 섰다. 첨병조가 앞장섰다. 늘 그래왔듯이 키스가 선두에 섰다. 우리는 평소보다 긴장이 풀린 상태였다. 안전지역 안으로 들어온 탓이기도 했고, 오는 내내 노래를 불러댄 탓도 있었다.

우리는 보리수나무 그늘 아래 서서 키스의 신호를 기다렸다. 소대장은 담배를 꺼내 물었다. 항상 모자라는 담배가 소대장 주머니에선 남아돌았다. 우리는 뜨악한 시선으로 소대장이 담배에 불을 붙이는 모습을 지켜보았다. 소대장이 담뱃갑을 돌렸다. 고마운 마음은 들지 않았다.

갑자기 열의 맨 끝에서 웅성거리는 소리가 들려왔다. 다들 손가락으로 한곳을 가리켰다. 거기 커다란 뱀이 누워 있었다. 싯누런 흙바닥에 검은 뱀이 기다란 몸을 곧게 편 상태로 비늘을 번득이고 있었다.

산 거야, 죽은 거야?

소대장이 총을 겨눴다.

이미 죽은 거다.

중대장이 그를 말렸다. 그 순간 마을 쪽에서 지뢰 터지는 소리가 들렸다. 1소대의 몇몇이 소리 나는 쪽으로 뛰어갔다. 중대장이 외쳤다. 공격, 공격! 그는 얼른 지프에 올라탔다. 우리는 거총 자세로 전속력을 다해 달렸다. 우리 옆으로 중대장의 차가 빠른 속도로 지나갔다. 지프는 마을을 향해 돌진했다.

키스는 땅바닥에 얼굴을 처박고 길게 뻗어 있었다. 우리는 죽은 뱀을 보느라 제 엄지를 요란하게 빨아대는 키스를 지켜보지 못했다. 우우, 야유하며 놀리지도 못했다. 나는 키스의 주변을 붉게 적신 흙을 쳐다보다가 불현듯 그의 엄지를 봤다. 흙이 잔뜩 달라붙어 있었다. 소대장이 물었다.

죽었어, 살았어?

위생병이 키스를 뒤집어 눕혔다. 키스의 눈꺼풀이 파르르 떨리고 있었다. 폭발의 진동이 아직도 키스의 몸안을 헤집고 다니는 듯했다. 우리는 키스의 이름을 불렀다.

키스, 키스.

숨은 붙어 있습니다.

위생병의 대답에 소대장이 길게 한숨을 쉬었다.

살겠어?

위생병은 고개를 저었다.

힘들 것 같습니다.

그 대답을 들었는지 키스의 눈이 스르르 감겼다. 벌게진 눈에 가득 차올랐던 눈물이 키스의 귀 뒤로 흘러내렸다. 우리는 어금니를 깨물었다. 고개를 외로 돌리고 주먹을 꽉 쥐었다. 2소대와 4소대 대원들이 우리를 스쳐 마을 안쪽으로 먼저 진입했다. 우리는 키스를 에워쌌다. 곧이어 들것이 왔다. 잘못 보았을까. 키스는 웃고 있었다.

키스는 들것에 실려 안전지역을 떠났다. 소대장이 넋 빠진 얼굴로 서 있는 우리를 향해 정신 차리라고 소리를 질러댔다. 우리는 정수리까지 뜨거운 기운이 뻗치는 것을 느꼈다. 콧속이 매울 정도로 은단 향이 강렬하게 퍼져나가고 있다는 것도 느꼈다. 우리는 탄창을 손등으로 툭툭 치며 마을 안쪽으로 빠르게 걸어들어갔다.

이미 마을은 텅 비어 있었다. 폭발 소리에 놀란 주민들은 몸을 숨긴 채 밖의 상황을 살펴보고 있을 게 분명했다. 몇몇 개들이 꼬리를 다리 사이에 끼우고 슬금슬금 우리를 피했다. 우리는 개들을 먼저 쏘아 죽였다. 적군의 영토에서 움직이는 모든 것들을 쏘아 죽이는 게 평정이었다. 게다가 이 마을은 더이상 안전 구역이 아니었다. 자유 살상 구역이었다. 우리는 가까운 집 안으로 들어갔다. 젊은 남자가 방안에 혼자 앉아 우리를 노려보고 있었다. 그는 미군 군복을 입고 있었다.

나는 미군 소속이오.

그 말이 자랑처럼 들렸다. 우리는 그의 말이 끝나기도 전에 총을 갈겼다. 그는 숨통이 아주 끊어질 때까지 우리를 노려보던 시선을 거두지 않았다. 우리는 그의 눈알에 두어 번 총을 더 갈겼다. 옷장 안에서 예닐곱 살쯤 되어 보이는 여자아이가 웅크린 채 울고 있었다. 우리는 아이에게 사탕을 건넸다. 아이가 울면서 사탕을 받았다.

먹어.

아이는 우리가 하라는 대로 순순히 사탕을 입에 넣었다.

달지?

아이는 말을 알아들은 듯 고개를 끄덕였다. 그 순간 아이의 미간을 향해 총을 쏘았다. 아이는 옷장 밖으로 떨어졌다. 사탕이 방바닥을 데구루루 굴렀다. 우리는 군홧발로 사탕을 부서뜨렸다. 곧장 옆방으로 옮겨갔다. 이불을 뒤집어쓴 젊은 여자가 바들바들 떨면서 우리를 맞았다. 여자는 우리를 보자마자 무릎을 꿇고 두 손을 비볐다. 우리는 여자에게서 이불을 뺏었다. 여자를 잡아끌어 엎드리게 했다. 치마를 들춰 총부리로 엉덩이를 쿡쿡 찔렀다. 여자는 가만히 있었다. 우리는 여자의 뒤에 총을 쏘았다. 여자는 방바닥에 얼굴을 박고 절을 하는 자세로 죽었다.

우리는 부엌으로 갔다. 짚단을 헤쳤다. 보통 그 아래 땅굴이 있었다. 우리는 미소를 지었다. 짚단 아래 얇은 판자가 나타났다. 판자를 발로 밀어내자 굴의 입구가 보였다. 총부리를 먼저 밀어넣고 당장 나오지 않으면 죽여버리겠다고 소리를 질렀다. 머리카락이 허연 노인네가 비칠거리며 굴 밖으로 기어나왔다. 그의 등에 갓난아이가 업혀 있었다. 우리는 노인에게 다시 굴 안으로 들어가라고 시켰다. 노인네는 우리 말을 잘 알아듣지 못했다. 우리는 총부리로 계속 굴 쪽을 가리켰다. 노인네가 흘러내리는 갓난아이를 앞으로 다시 안더니 좀전보다 더 비칠거리는 걸음으로 굴 안으로 기어들었다. 그는 굴 안에서 우리를 올려다보았다. 우리는 그를 향해 여러 발의 총탄을 쏘았다. 노인네는 두 팔을 버둥거렸다. 그러면 총알을 막을 수 있을 거라고 생각한 모양이었다. 그의 손바닥에 구멍이 뚫렸다. 그의 몸 구석구석을 총알이 꿰뚫고 지나갔다. 우리는 다시 판자로 굴을 덮고 짚단에 불을 붙였다. 불은 순식간에 붙었다. 우리는 뛰다시피 빠져나와 옆집으로 달려갔다.

옆집에서도 비슷한 일이 벌어졌다. 우리는 한 집 한 집 꼼꼼하게 평정했다. 불이 옮겨붙은 집은 평정이 끝났다는 표시였다. 몇 집 안 남았을 때, 우리는 그들의 귀를 자르지 않았다는 걸 깨달았다. 귀를 잘라야 훈장을 받을 수 있었다. 우리는 뒤늦게 그들의 귀를 자르기 시작했다. 죽이기 전에 자르기도 하고, 먼저 죽이고 난 뒤에 자르기도 했다. 어차피 반응은 비슷했다. 이미 죽었다고 생각한 사람의 귀를 칼로 잘라낼 때에도 죽은 이의 몸은 퍼덕거렸다. 가끔 비명을 지르는 시체도 있었다. 우리는 커다란 주머니에 잘라낸 귀들을 모았다. 부대 전체에 하사품이 전해질지도 몰랐다. 담배와 라디오. 쌀과 바나나. 시 레이션과 위스키. 파인애플과 카메라.

우리는 한 집도 빠뜨리지 않았다. 일부러 군화로 바닥을 탕탕 치며 걸었다. 누군가 키스의 이름을 불렀다.

키스.

우리는 마지막 남은 집을 향해 걸으면서 키스의 이름을 구령 삼아 외쳤다.

키스. 키스. 키스.

마을의 맨 끝에 위치한 집엔 외양간이 딸려 있었다. 우리는 외양간으로 먼저 들어갔다. 물소 세 마리가 꼬리를 흔들며 우리를 반겼다. 물소 고기는 맛이 없었다. 이 맛없는 고기들아. 우리는 이죽거리며 천천히 총을 쏘았다. 이 집이 마지막이라고 생각하니 빨리 끝내버리고 싶지 않았다. 물소들이 길게 울었다. 쓰러진 물소들을 밟으며 우리는 외양간 바닥을 대검으로 쑤셨다. 땅굴은 없었다. 쓸데없이 칼만 버린 셈이었다. 물소 똥이 칼날에 덕지덕지 묻어났다. 우리는 본격적으로 집안을 뒤지기 시작했다. 그때였다. 집 뒤에서 나뭇가지 부러지는 소리가 들렸다. 소리 나는 쪽을 향해 달려갔다. 하얀 치맛자락이 보였다. 흰색 아오자이를 입은 여자가 숲속으로 전속력을 다해 뛰어가고 있었다.

여자는 금방 잡혔다. 우리는 여자를 바로 죽일 수 있었지만 그러지 않았다. 대신 여자의 얼굴을 연거푸 주먹으로 때렸다. 여자는 비명조차 지르지 않았다. 우리는 여자를 마당 한가운데 세웠다. 하얀 아오자이의 소매는 풀물이 들어 파랬다. 치마 끝단은 흙물이 들어 누렜다. 가슴팍에는 핏물이 배었다. 터진 입술에선 계속 핏방울이 떨어져내렸다.

우리는 여자를 둘러쌌다. 총 대신 대검을 들고 서서 여자를 위협했다. 여자들은 총보다 칼을 더 무서워했다. 우리는 여자에게 옷을 벗으라고 명령했다. 여자는 피식 웃었다. 우리가 칼을 높이 치켜들자 여자는 옷을 벗었다. 아오자이는 단숨에 바닥으로 흘러내렸다. 여자는 실크 속옷을 입고 있었다. 그녀는 머리를 세차게 흔들어 기다란 머리카락이 앞쪽으로 흘러내리게 했다. 우리는 그녀의 행동을 보며 웃었다. 여자의 실크 속옷은 칼날에 찢어져 마당 구석에 처박혔다.

여자는 침묵했다. 내내 하늘을 바라봤다. 우리가 여자를 다시 일으켜세웠을 때, 여자는 더이상 자신의 몸을 가리려고 하지 않았다. 이제 여자를 죽일 일만 남아 있었다. 우리는 여자를 세워놓고 그녀의 귀를 먼저 자르고 죽일지, 죽인 다음에 귀를 자를지 잠시 의논했다. 그것은 우리의 악랄한 장난이었다. 우리는 여자의 태도가 마음에 안 들었고 어떤 식으로든 여자를 괴롭히고 싶었다.

나는 여자에게 바투 다가갔다. 그리고 키스가 그랬던 것처럼 엄지를 소리 내어 빨았다. 여자가 나를 빤히 바라보았다.

이게 뭔지 알아?

여자는 자신의 손을 뒤로 숨겼다.

네가 어디로 갈지 확인하는 거야.

나는 칼을 높이 들었다. 여자가 질끈 눈을 감았다. 키스가 바닷가에서 살려줬던 여자가 이 여자일지도 모른다고 생각하니 잠시라도 살려두고 싶지 않았다. 그때, 누군가 내 손을 힘주어 잡았다.

살려두자.

왜?

키스를 천국에 가게 해야지.

나는 그 말이 우스웠다. 하지만 그 말이 어떤 점에서 맞는다는 것도 알았다. 그녀는 키스가 훈장과 맞바꾼 천국행 티켓이었다. 설령 그녀가 바닷가에서 만난 여자가 아닐지라도 말이다. 하는 수 없이 나는 칼을 내렸다. 여자의 시선은 나를 향해 붙박여 있었다. 나는 젖은 엄지를 허공에 세워 잠시 바람의 결을 느껴보았다. 바람은 불지 않았다. 하늘로 높이 치솟아오르는 검은 연기만이 내 눈에 들어올 따름이었다. 우리는 여자를 내버려둔 채 마을을 빠져나갔다.

곧이어 미군부대가 도착했다. 그들은 여자를 들것에 실었다. 우리는 그들에게 귀가 담긴 주머니를 건넸다. 그들은 주머니를 내버렸다. 그러곤 한마디했다.

너희는 평정에 실패했어.

우리는 그들을 향해 가운뎃손가락을 치켜 보였다. 그들은 실실 웃기만 했다. 아주 재밌는 일을 구경하는 사람들처럼 그들은 우리 모두를 향해 크게 웃었다. 갑자기 우리의 머릿속에 속았다는 생각이 빠르게 지나갔다. 귀를 버리다니. 우리는 보리수나무 그늘 아래 모여 고장난 라디오를 부수며 좀처럼 사라지지 않는 화를 식혔다. 누가 우리의 뒤통수를 후려쳤는지 알 수 없어서 그랬다.

키스의 시신은 우리에게 다시 돌아왔다. 우리는 약식으로나마 키스의 장례를 치르기로 합의했다. 젖은 땅은 쉽게 파헤쳐졌고, 우리는 적들을 묻을 때보다 훨씬 깊게 구덩이를 팠다. 봉분 없이, 키스는 적의 땅에 묻혔다. 남은 것은 키스의 고향 집 주소가 새겨진 지포 라이터뿐이었다. 키스의 고향은 고국의 가장 북쪽 땅에 있었다. 우리 중 누구도 갈 수 없는 주소였다.

천국으로.

키스의 지포 라이터를 켜면서 내가 말했다.

키스가 들으면 기분 나쁠 말일까?

나는 지포 라이터의 뚜껑을 닫으며 말했다.

더이상 우리에게는 할말이 남아 있지 않았다. 그날 이후 우리는 종종 키스가 생각날 때마다 말했다. 천국에는 여자와 바나나가 많아. 우리의 농담 섞인 위로가 키스에게 전해졌을지는 알 수 없었다. 중대장은 본국으로 소환되었다. 우리는 중대장 없이 계속 북쪽으로 걸었다. 걷는 도중에 사람을 만나면 모조리 쏘아 죽였다. 이봐, 천국에는 여자와 바나나가 많아. 잘 지내라고. 우리는 시체들을 밟고 지나가며 죽은 자들에게도 농담을 건넸다. 우리는 그게 일종의 기도라고 생각했다. 물론 기도는 짧았다. 우리의 신에게 바치는 기도가 아니었으니까. 그들의 천국에도 바나나는 많을 것이었다. 그들의 신이 바나나를 만들었을 테니까. 그것만으로도 충분한 위로가 될 거라고 우리는 믿었다.

어느 날, 소령이 우리를 일렬로 세워두고 필요한 거 없느냐고 물었다. 나는 제일 먼저 손을 들고 대답했다.

다른 걸 하고 싶습니다.

소령은 웃었다. 그러곤 커다란 통을 가져오게끔 했다. 우리는 모처럼 뜨거운 물에 목욕을 했다. 커다란 통 안에서 발가벗고 묵은 때를 씻었다. 몸에서 쉼없이 모래가 쏟아져나왔다. 목욕을 마친 우리는 발가벗고 돌아다녔다. 키스가 살아 있었더라면 빨개진 바나나를 덜렁거리며 춤을 추었을 텐데. 다들 아쉬워했다. 그렇다고 내가 나서서 춤을 출 수는 없는 노릇이라고, 나는 마른 수건으로 땀을 닦으며 중얼거렸다. 저녁에 바나나가 주어졌다. 바나나는 너무 달아서 금방 질렸다. 가끔 구역질을 하면서 바나나의 껍질을 깠다.

얼마 후 우기가 찾아왔다. 우기가 끝날 즈음 우리는 다 함께 귀국선을 타고 고국으로 돌아갈 예정이었다. 전쟁이 끝나거나 말거나 상관없이 총을 버려야 할 때가 다가오고 있었다. 이제 평정은 우리의 몫이 아니었다. 무료해진 우리는 고국에서 온 편지들을 다시 꺼내어 읽었다. 연초에 북쪽에서 무장한 공비들이 내려와 총격을 벌였다는 이야기가 뒤늦게 입에 올랐다. 그러다 제대하면 뭘 하고 살지, 서로를 걱정하며 밤을 새웠다. 며칠 새 이야깃거리는 다 떨어졌고 우리는 밤마다 라디오를 찾았다. 라디오는 모두 고장 나서 단 한 번도 제대로 된 노래를 들을 수 없었다. 아무도 온종일 쏟아지는 폭우 때문이라고는 생각하지 못했다. 우리는 그저 화를 내며 빨리 새 라디오를 달라고 아무 상사에게나 졸랐다. 1969년이 되기를 기다리는 동안 우리가 한 일이라곤 오로지 그것뿐이었다. 받아내야 할 티켓들을 떠올리면서, 금세 더러워지는 몸을 수건으로 닦으면서, 우리에게는 귀와 훈장이 많아, 노래를 불렀다.

ㅊㅊㅊ

1

—묘지기를 구한다는구나.

아버지는 다짜고짜 말문을 열었다. 뭐든 마구잡이로 들이대는 식이다. 원래부터 그런 양반이었다. 온종일 동네를 들쑤시고 다니면서 온갖 참견을 일삼다가 누구든 자기 말대로 하지 않으면 코웃음을 치고 불길한 소리를 해댔다. 죽어서 후회할 거다. 그러면서 꼭 한마디 덧댔다. 너희 집 귀신은 네 편 아니다. 그 바람에 아버지는 동네에서 귀신 취급을 받았다. 보이지 않는 사람인 양, 도무지 사람 취급을 못 받았다. 언제나 죽은 자의 편에 있었던 아버지였으므로, 나는 그가 얼마 못 살 줄 알았다.

—그게 뭔데요?

—묘지기가 묘지기지, 뭐긴 뭐야.

묘라면 무덤을 말하는 건가? 나는 잠자코 아버지의 다음 말을 기다렸다. 요즘 누가 무덤을 지키고 있는단 말인가 싶어서 또 아버지의 오랜 고질병인 귀신 타령인가보다 했다.

드문드문 아버지는 전화를 걸어왔다. 내 딴에는 충분히 정을 뗐다고, 부자지간의 인연을 확 끊어냈다고 생각했는데 아버지는 아닌 듯했다. 마치 부자지간이란 자고로 이러하다는 듯 섭섭한 기색이라곤 하나 없이, 야, 이 새끼야, 윽박지르듯 불러서는 아쉬운 소리를 늘어놓곤 했다. 들어봤자였다. 내 입장에선 이미 끊어낸 인연이라 그게 뭐든 죄다 나와 상관없는 문제들이었다. 나는 듣는 둥 마는 둥 하다가 끝에 가선 알아서 하라고 짜증을 내며 전화를 끊곤 했다. 그러고 나면 이제 정말로 끝났겠지, 우리 사이가 얼마나 나쁜지 알았겠지 싶어서 내심 고소해했는데 그러거나 말거나 아버지는 일 년에 한두 번씩 내게 별 시답잖은 용건으로 전화를 걸어왔다. 하여간 더럽게도 질겼다.

지난해 이맘때에는 운전면허를 갱신할 때가 되었다면서 전화가 왔다. 나이 제한에 걸려서 삼 년마다 적성검사를 받아야 하는데, 가장 가까운 면허 시험장이 포항이라고 했다. 말이 적성검사지 사실은 치매검사라면서 노발대발했다. 야, 이 새끼야, 그깟 검사를 삼 년마다 한다는 게 뭔 소리겠냐, 나를 삼 년짜리로 본다는 거 아니겠냐, 꽥꽥 소리를 질러댔다. 저는 석 달 봅니다, 그러고 말았다.

우습게도 아버지에겐 차가 없었다. 운전면허를 갱신해봤자 몰고 다닐 이륜차 한 대도 없었다. 그게 왜 필요해요? 내가 물었을 때 아버지는 그게 내 간판이야, 간판, 이라면서 웃어댔다. 으쓱거리는 어깨가 눈에 훤했다. 포항까지 네가 나를 좀 모셔가야겠다, 아버지는 당당하게 요구했다. 자고로 간판은 지키고 살아야 하지 않겠냐면서. 나는 하던 대로 처리했다.

—알아서 하쇼.

툭하면 남의 미래에 대고 막말을 해대는 양반이라서, 사람 취급도 못 받는 말종이라서 제명대로 못 살 줄 알았던 아버지는 동네에서 가장 늙은 사람이 되었다. 내가 이렇게 오래 살 줄 알았더라면, 그건 아버지의 말버릇이었다. 자랑처럼 들리지 않고 후회하는 기색이었다. 아버지는 쓰잘데없는 용건을 털어놓다가도 발작하듯 외치곤 했다. 씨발, 내가 마지막일 줄 알았더라면.

그래서요? 뭐요? 내가 거칠게 쏘아붙이면 아버지는 다시 말머리를 돌렸다. 내가 목소리를 높일 때마다 항상 언제 오냐? 물었다. 나는 지금껏 이십 년 가까이 거길 갈 생각이 없었다. 안 가요. 제가 거길 왜 가요. 전화를 끊고 나면 한동안 밤마다 문자가 왔다. 근본 없는 새끼.

또 근본 없는 새끼라는 말에 시달려야 할 때인가. 그럴 때마다 나는 핸드폰을 쥐고 씩씩거렸다. 아버지가 말하는 근본이 뭔지 모르겠으나, 혹 그게 아버지 자신을 가리키는 거라면 나는 충분히 기뻐할 작정이었다. 땡큐, 근본.

—요즘 뭐 먹고 사냐?

뜻밖의 질문이었다. 처음 들어본 소리 같기도 했다. 여태껏 아버지가 내 밥벌이를 걱정한 적은 결코 없었다.

—놀아요.

—잘됐다. 나는 너무 늙어서 안 된단다.

역시 나를 걱정하는 게 아니었다.

—그래서요?

네가 일만 잘하면 죽을 때까지 그 집에서 살 수는 있을 거다.

들어보니 아버지가 말하는 그 집은 만재의 집이었다.

—뭐, 그 집안 묘지에 묻힐 수는 없겠지만.

농담이랍시고 꺼낸 말이었는지 아버지가 크게 웃었다.

아버지의 말을 정리하면, 묘지기가 필요한 무덤들의 주인은 만재네 형제들이었다. 만재네 집에 살면서 만재네 무덤들을 관리해 줄 사람, 아버지는 본인 대신 아들인 나를 그 자리에 앉힐 생각이었다. 불쑥 화가 났다. 하필 아버지가 내 일자리를 마련하려 나섰단 말인가. 거기에 나를 아는 사람이 한둘이 아닐 텐데, 아니 적어도 한둘은 있을 텐데 왜 아버지가 내게 이 중요한 용건을 전하도록 내버려두었단 말인가. 내 서러운 속사정을 알고 내 불쌍한 유년기를 알고 내 지독한 외로움을 아는 사람들이 거기 있을 텐데 왜 이제 와서 아버지만이 타지에서 혼자 사는 나의 먹고살 걱정을 대신 하고 있지. 아니지, 왜 아버지가 나를 걱정하는 척하고 있지.

—동네에 젊은 사람도 없고, 노는 사람도 없고. 초빙이라도 해야지, 안 그러냐.

아버지는 내 속도 모르고 히죽히죽 말을 이었다. 일단 생각을 좀 해보겠다는 말로 전화를 끊었지만, 그때 이미 어느 정도 마음을 정한 상태였다. 어차피 버티면 버틸수록 축나는 생활을 몇 년째 이어오던 참이었다.

문제는 아버지였다. 아버지의 집은 내가 거기를 떠나올 때 주인이 바뀌었다. 지금껏 아버지는 다달이 얼마간의 돈을 내면서 그 집에서 죽 살아왔다. 아버지는 살던 집에 그대로 살고 나만 만재네 집에 산다는 조건을 걸었다. 그것만 약속해주면 돌아가겠다고 문자를 보냈다. 근본 없는 개새끼. 아버지의 답장은 빨랐다. 가소로운 마음에 큰 소리로 따라 읽었다. 근본 없는, ㅊㅊㅊ. 나도 모르게 잇새로 ㅊㅊㅊ ㅊㅊㅊ 소리를 내고 있었다.

2

내가 알기로 만재의 집은 오랫동안 비어 있었다. 그 집은 동네에서 유명했다. 사람 잡아먹는 집이라며 다들 얼씬도 하지 않았다. 오직 아버지만이 그 집을 높이 평가했다. 사람 살리는 집이라고. 사람이라고 다 같은 사람은 아니지. 아버지는 그 집 앞에서 유독 기세등등했다. 그 집이 다른 집과 다른 점이 있다면 산 아래 있다는 것뿐, 겉보기엔 여느 집과 비슷했다. 아버지는 집이란 자고로 제 주인이 따로 있다면서 만재네 집을 자기 집처럼 여기는 티를 팍팍 냈다. 보기 부끄러울 정도였다. 미안한 마음에 나는 만재에게 잘해주었다.

만재와 나는 어릴 때부터 함께 놀던 사이였다. 늘 붙어다녔다. 어릴 적에는 기다란 막대기를 하나씩 들고 동네를 샅샅이 뒤지면서 놀았다. 갖고 놀 만한 건 다 만재 차지였다. 만재네 집을 갖고 노는 아버지를 가진 내 사죄였달까. 좀 커서는 담배를 같이 피우고 술을 나눠 마셨다. 조금 더 지나서는 같은 여자와 키스를 했고, 더 커서는 함께 기차에 올랐다. 그러곤 다시 만나지 못했다.

만재와 나 그리고 응구, 우리는 한때 친했다. 응구만이 그대로 거기 남았다. 응구를 본 지도 꽤 오래였다. 내가 이혼하고 난 뒤부터 아예 연락을 끊었으니, 안 본 지 얼추 십여 년이었다. 롤러코스터 타기가 취미였던 아내는 롤러코스터보다 빠른 속도로 나를 떠났다. 아내는 임신중에도 롤러코스터를 즐겨 탔다. 유산은 바로 그 때문이라고 나는 확신했다. 달리 짐작 가는 이유가 없었다. 아내가 나를 떠난 것은 내가 그렇게 믿고, 그렇게 말하고 다녀서였다.

아내가 부른 배를 숨기고 롤러코스터를 탔어요. 그 바람에 애가 떨어졌어요. 아내는 아직도 롤러코스터를 타고, 나는 롤러코스터 근처에도 못 가요. 나만 기억하고 슬퍼하지. 나는 상처를 아주 크게 받았는데 아내는 아니야. 일부러 그랬는지도 몰라요. 처음부터 엄마가 될 생각이 없었던 거지. 나라고 아버지가 될 생각이 있었겠냐고. 그래도 나는 그렇게까지 할 만한 놈은 아니거든요.

그 말이 아내와 아내의 가족들에게 미움을 살 일이라곤 생각하지 않는다. 어느 날 갑자기 아내가 내 귀에 대고 너를 죽이고 싶다고 말하고 이혼서류를 내밀었을 때, 이 또한 아내의 롤러코스터 놀이라고 여겼을 뿐. 나는 유원지 입장권을 사준다는 심정으로 서류에 도장을 찍었다.

그즈음이었다. 무슨 연유에선지 만재와 만재의 형제들은 부자가 되었다. 그들은 합심하여 인근의 땅을 모두 사들였다. 몇 채의 집이 포클레인의 삽날에 무너져내렸다. 논과 밭은 먼 도시에서 실려온 흙으로 메워졌다. 평평하게 다져진 땅은 다시 군데군데 파헤쳐졌다. 깊은 구덩이 속에 오래전에 죽은 만재의 조상들이 묻혔다. 동네의 많은 부분이 묘지가 되었다. 만재의 집은 여전히 산 아래에 공원묘지의 관리소처럼 남아 있지만 죽 빈집이었다.

만재네 집이 동네에서 유명해진 건 오로지 담장에 난 커다란 구멍 때문이었다. 구멍은 만재가 흙담을 타고 오르던 뱀의 대가리를 찌르다가 생긴 거였다. 만재는 꼬챙이에 뱀의 대가리를 꿴 채로 담을 쑤셔댔다. 기어이 담장에 구멍이 뚫리고 나서야 만재는 그

짓을 멈추었다. 잘린 뱀의 대가리가 너덜너덜했다. 만재가 바닥에 떨어진 뱀을 주워 허공에 대고 빙빙 돌릴 때 응구는 뒷걸음질 쳤다. 병신아, 병신아. 만재와 나는 응구를 손가락질하며 마음껏 놀렸다. 응구가 도망치자 만재 역시 심드렁한 얼굴이 되어 집으로 들어갔다.

나는 만재가 가지고 놀다 버린 뱀의 사체를 아버지에게 갖다 바쳤다. 아버지는 죽은 뱀을 끓여 아픈 엄마에게 먹였다. 엄마는 잠깐 기력을 회복하는 듯 보였지만 결국 죽었다. 엄마를 땅에 묻었을 때 나는 봉분이 너무 낮아서 울었다. 엄마가 죽고 난 이듬해, 나는 고등학생이 되었다. 아버지는 자식의 대가리가 굵어졌다고 알리려 나를 데리고 다시 엄마의 무덤을 찾았다. 봉분 꼭대기에 구멍이 나 있었다. 아버지는 주변의 흙으로 구멍을 메웠다. 구멍을 통해 고기 냄새가 나면 짐승이 꼬인다고 했다. 고기라니, 엄마는 고기를 즐겨 먹지 않았다. 고기를 끓이는 일도 못 견뎌했다. 우리 가족 중에서 툭하면 고기를 찾는 사람은 아버지뿐이었다. 그해 가을 다시 엄마의 무덤에 갔더니 봉분의 반이 허물어지고 없었다. 짐승들이 고기 냄새를 맡았다고 아버지가 말했다. 나는 무덤 주위를 돌며 코를 킁킁거렸다. 아무 냄새도 나지 않았다.

3

도착하자마자 주변을 어슬렁거리며 읍내를 돌아다녔다. 여기로 말할 것 같으면 첩첩산중. 읍내라고 해봤자 오일장이 서는 장터. 장이 서지 않는 날은 텅 빈 공터. 가로수라곤 전부 감나무. 그 밖에는 딱히 먹잘 게 없는 빈곤한 땅. 차를 몰고 이십여 분은 달려야 번듯한 사 차선 도로를 만날 수 있는 외진 곳. 어느 쪽으로 내달려도 늦은 오후가 되면 산 그림자가 도로를 뒤덮는 컴컴한 사통팔달. 한번 발을 들이면 망했다 싶은 길이었다.

철물점, 다방, 편의점, 백반집, 중국집, 정육식당, 떡집, 한의원 그리고 페리카나. 버스 정류장을 겸하는 공터에 내리자마자 나는 여기가 예전과 별반 달라지지 않았음을 한눈에 알아챘다. 개중 가장 번듯한 철물점은 못 보던 가게였다. 그 옆으로 유리 통창에 전부 시트지를 바른 다방은 영업을 하는지 마는지 당최 알 길이 없었다. 편의점과 백반집은 상호가 바뀌었을 뿐 겉모습은 그대로였다. 정육식당은 가게를 늘린 듯했고 간판 없이 장사하던 떡집은 그사이 간판을 달았다. 중국집과 페리카나는 예전과 똑같았다. 절반 넘게 뜯겨나간 간판이 위태로울 정도로 나달나달했다.

지금도 기억하는 중국집 사장은 가게에서 혼자 살았는데 밤마다 오토바이를 몰고 동네를 순회했다. 멀어지는 길은 퇴근길, 돌아오는 길은 출근길이라면서 우리 동네까지 왔다 가곤 했다. 어느 날은 출근길에 죽은 고라니를 주워서는 짜장에 채 썬 고라니 고기를 넣었다. 동네 사람들이 줄을 지어 사 먹었는데 고라니 짜장을 세 그릇이나 먹은 양반이 아버지였다. 몇몇은 배앓이를 심하게 했다. 골병이 들어서 그런 거라고, 싹 쏟아내고 나면 뱃속이 아주 새것이 될 거라고, 곪은 데 하나 없이 말끔해질 거라고 호언장담하던 중국집 주인은 벌써 죽었을 것이다.

페리카나는 나와 만재 그리고 응구가 툭하면 죽치던 데였다. 오직 페리카나에서만 생맥주를 팔았다. 주방에서 종일 닭을 튀기던 이모는 계산대 앞에서 종종 우리를 놀렸다. 얼른 자라가지고 옆집 가서 고량주 마셔라. 꼭 그러겠다고 약속했는데 그러지 못했다. 나와 만재가 옆집 중국집보다 훨씬 멀리 가버린 탓이다. 아마 응구만은 이모가 하라는 대로 중국집 술을 마셨겠지. 갑자기 그동안 응구는 누구랑 놀았을까 궁금했다. 새삼 응구를 버린 기분이 들어서 뒤늦게 미안했다.

점심때라 배가 고팠다. 공터를 어슬렁거리며 중국집과 페리카나를 번갈아 바라보았다. 괜히 운동화를 신고 왔나. 앞코가 해진 나이키가 괜히 거슬렸다. 차라리 등산화를 신고 올걸, 낡아도 그러려니 했을 텐데. 와서 보니 여기를 떠날 때의 옷차림과 크게 다르지 않아서 당황스러웠다. 살길이 열려서 다행이면서도 한편으로는 아버지의 말만 듣고 일을 진행하자니 영 불안했다. 일단 아버지든 누구든 직접 만나 얘기를 나눠야 하지 싶어서 짧은 일정으로 내려오긴 했는데 젠장, 꼭 억지로 끌려온 기분이었다.

아침까지만 해도 나는 꽤 초연했다. 굳이 잘 차려입고 싶지도 않았다. 허름하고 추레하게, 있는 그대로보다 훨씬 더 비참한 행색을 아버지에게 보여주고 싶었다. 내 꼴을 보고 아버지 자신을 조금이나마 아시길 바랍니다, 속으로 이죽대면서 먼길을 왔지만 막상 정류장에 내리자 자꾸 내 모습이 눈에 띄었다. 어느 유리문에 내 모습이 비치면 흘끔흘끔 쳐다보았다. 마음에 들지 않았다. 아버지를 보고 싶지도 않았고 누구를 만나야 일이 수월하게 진행될지도 막막했다. 차라리 백반집에서 밥이나 먹고 이대로 돌아갈까 생각하던 참에 철물점 문이 열렸다. 웅구? 웅구 맞나? 웅구 맞겠는데? 여기서 저렇게 낯익은 얼굴이라면 웅구가 확실했다.

웅구로 보이는 남자는 문에 자물쇠를 걸고는 열쇠를 흔들며 버스 정류장 쪽으로 걸어갔다. 놓칠세라 그 뒤를 바짝 쫓았다. 그가 파란색 포터에 다다랐을 때, 나는 웅구, 웅구야 부르면서 뛰기 시작했다. 뒤돌아보는 표정을 보니 정말로 웅구였다. 웅구는 나를 보고도 걸음을 멈추지 않았다. 뒤를 돌아보는 얼굴이 벌겠다. 곧바로 운전석에 올라타더니 시동을 걸었다.

—웅구. 야, 이 새끼야.

내가 운전석 문을 짚고 서자 웅구는 그제야 차창 밖으로 고개를 내밀었다. 찌푸린 얼굴로 나를 한참 동안 내려보았다.

—너냐?

술냄새가 진동했다. 응구가 차에서 내리지 않아서 하는 수 없이 내가 먼저 손을 내밀었다. 열린 차창 사이로 손을 들이밀자 응구가 몸을 뒤로 쭉 뺐다. 오랜만이라는 인사가 오가고 나자 딱히 할 말이 없었다. 응구는 연신 핸들을 쓰다듬었다. 선 채로 응구에게 물었다.

—오랜만인데 페리카나 안 먹을래?

—안 되는데.

—어디 가냐?

—볼일 보러.

—무슨 볼일?

—딸을 데리러 가야 해서.

—딸이 어디 있는데?

—학교에.

—학교가 먼가?

—멀지. 안 머냐?

응구가 핸들에서 손을 떼고는 손바닥을 여러 차례 뒤집으며 냄새를 맡았다.

—나도 같이 가자.

집에 가려면 어차피 콜택시를 부르든지 지나가는 차를 얻어 타야만 했다. 응구는 대답 대신 의자를 앞당겼다. 나는 재빨리 조수석에 올라탔다. 앞 유리창에 흙먼지가 앉아 누렜다. 응구가 기어를 바꾸며 물었다.

—어떻게 왔냐?

—버스 타고 왔지.

—넌 아직 차도 없냐?

—포터는 차냐?

—차가 이거 하나뿐이겠냐.

—그럼 밥 좀 사주라.

—여긴 밥 먹을 데 없다.

—왜 없어?

—없다고 봐야지.

—밥 좀 사봐라.

—왜 왔어?

—살려고.

—여긴 살 데가 못 된다.

응구는 수시로 핸들에서 손을 뗐다. 양 손바닥을 번갈아가며 냄새를 맡았다. 버릇인 모양이었다. 없던 버릇도 생길 만큼 오래 응구를 보지 못했음이 실감났다.

—내가 운전할까?

—아니. 너는 못 살아.

—뭐라 그랬냐?

—그 집에 아직도 뱀 나온다.

응구가 차의 속도를 줄이며 물었다.

—혹시 수지가 내려온 걸 알고 온 거냐?

나는 짐짓 아무렇지 않은 척 되물었다.

—수지는 내가 내려온다는 걸 알고 왔대?

응구가 웃었다. 나도 따라 웃었다. 한참 웃었다. 언제 웃음을 멈춰야 할지 몰랐기 때문이다. 엄마의 허물어진 무덤을 목격한 그날 나는 혼자 만재네 집을 찾아갔다. 만재야. 만재야. 여러 번 만재의 이름을 불렀다. 그날따라 만재는 굼떴다. 머쓱한 얼굴로 담장 밖으로 나온 만재는 내게 고백했다. 수지를 건드렸다고. 만재는 내가 이미 다 알고서 저를 찾아온 줄로 오해하고 있었다. 나는 만재의 어깨를 두드려주었다. 만재가 씨익 웃었다. 네가 이해해줄 거라고 믿었어. 만재가 내 어깨에 팔을 둘렀다. 그리고 도로 집에 들어가 아버지의 담배를 훔쳐다 내게 통째로 주었다. 담배를 받고 나는 한참 웃었는데, 마찬가지로 언제 그만 웃어야 할지 몰라서였다.

그날 이후 수지가 만재를 또 만났는지 알 수 없었다. 궁금했지만 누구에게 물어야 답을 알 수 있을지 감이 서질 않았다. 적어도 만재에게 물어볼 일은 아니라고 생각했다. 두어 번, 어쩌면 서너 번쯤 응구가 내 주먹질을 견뎌내긴 했다. 만재가 준 담뱃갑 속에 남아 있던 담배는 총 열일곱 개비였고 나는 그중 열두 개비를 만재네 담장에 난 구멍 앞에서 피웠다. 그걸 다 피우는 데 고작 이틀밖에 걸리지 않았다. 이틀 동안 구멍만 내리 쏘아보다가 담배를 선물받고 웃었던 게 생각나서 실없이 웃기도 했다.

막대기 하나가 겨우 들락날락할 크기였던 구멍은 차츰차츰 커졌다. 나와 상관없는 일이었지만 그걸 지켜보는 일은 꽤 흥미진진했다. 만재의 아버지는 구멍을 가리켜 문이라고 했다. 그는 구멍이 점점 커지는 것을 굉장히 당연하고도 자연스러운 일로 여겼다. 내가 마지막으로 구멍을 보았을 때, 그것은 거의 갓난아기 머리통만했다. 나는 그걸 개구멍이라고 불렀다. 뭐가 들락거려도 이상할 게 없었다.

—보고 싶네, 수지.

응구는 수지가 보고 싶다는 나의 말을 단번에 이해하고 수긍했다.

—너희 둘은 보통 사이가 아니었지.

나는 응구가 웃는 것이 마음에 들었다. 아내와 결혼하고 얼마 지나지 않아 아버지에게서 수지가 가수가 되었다는 소식을 전해 들었다. 마음 맞는 사람 몇몇과 지방을 전전하며 노가다 생활을 할 때였다. 숙소의 텔레비전이나 라디오에서는 수지의 이름을 전혀 들을 수 없었다. 며칠 후, 아내에게 전화를 걸었다가 병원에 있다는 소식을 들었다. 밤새 마신 술이 깨기를 기다렸다가 늦은 오후에 아내를 찾아갔다. 아내는 누운 채로 나를 맞았다. 할 이야기가 없어 수지 이야기를 전해주었다. 이야기를 한참 하다보니 아내가 수지를 모른다는 게 생각났다. 아내는 만재도 몰랐고 응구를 본 적도 없었다. 나는 말하던 도중에 그냥 입을 다물고 말았다. 가만히 있었더니 눈물이 터졌다. 나는 아내의 배에 엎드려 한참 울었다. 아내는 내게 돈 오만원을 쥐여주고 내보냈다.

수지와 가깝게 지내던 날들을 곰곰이 돌이켜보았다. 수지의 입에서 노랫가락이 흘러나온 일이 있었던가? 그런 일은 없었다. 게다가 수지는 가수를 꿈꾼 적이 단 한 번도 없었다. 그럼에도 불구하고 수지는 전직 가수가 되어 고향으로 돌아왔다.

—수지네 집으로 가자.

응구는 잠시 생각하는 듯 보이더니 이내 그러자고 했다. 딸을 데리러 가는 길이라던 말은 거짓말 같았다. 나는 괜스레 주먹으로 내 손바닥을 내리쳤다. 응구에게 보라는 듯이, 손가락 마디마디를 소리 나게 꺾었다. 응구는 꿈쩍도 하지 않았다.

—수지는 나를 많이 좋아했어.

나는 자랑하듯 말했다.

—수지는 이제 수지라는 이름을 안 써.

응구는 심드렁했다. 나는 입을 쩝쩝거리며 수지도 부자가 되었냐고 물었다.

—만재만큼?

응구가 되물었다. 나는 손목을 돌리면서 응구를 힐긋 쳐다봤다. 수지는 유명한 사람이 되었다고, 수지의 집은 동네의 명소가 되었다고 응구는 침을 튀기며 설명했다. 전직 가수의 집이라는 소문을 듣고 외지에서 구경꾼들이 더러 찾아온다고도 했다. 누군지도 모르면서 사진을 찍으러 온다니까. 그러면서 담장에 커다란 구멍이 난 집은 이제 한물갔다고, 입을 쩝쩝거리며 말을 이었다. 나는 살짝 기분이 나빴다. 만재네 집이 이제 나의 집이라는 게 어렴풋하게나마 믿어지기 시작했다.

4

언젠가 한번 수지와 함께 만재네 집을 찾았을 때 만재는 집에 없었다. 나는 담장 밖에 서서 구멍에 팔을 넣었다 뺐다 하는 수지를 하릴없이 바라보았다.

—그러니까 원래는 이렇게 쬐끄만했다는 거지?

수지가 엄지와 검지로 아주 작은 동그라미를 만들어 보였다.

—그런데 이렇게 커졌다는 거지?

수지가 구멍에 눈을 대고 담장 안을 살펴보며 물었다.

—그렇다니까. 이 구멍 사이로 온갖 나쁜 것들이 다 드나든대잖아. 만재네는 곧 망할 거야.

동그래진 눈으로 고개를 갸우뚱거리던 수지는 구멍에 귀를 바짝 붙였다. 나는 잇새로 츠츠츠, 츠츠츠 소리를 냈다. 수지가 화들짝 놀라며 나를 흘겨보았다. 만재네 아버지가 이상해졌다는 소문이 동네에 파다하던 때였다. 담장에 난 구멍이 문이라고 떠들고 다니던 만재 아버지가 뒷주머니에 휴대용 소형 라디오를 꽂고 다니기 시작했다. 주파수가 제대로 잡혀 있지 않아서 만재 아버지의 뒷주머니에서 들려오는 소리라곤 츠츠츠, 츠츠츠 하는 전파잡음뿐이었다. 사람들은 시끄럽다고 귀를 막았다. 만재 아버지는 라디오 소리를 줄이지 않았다. 오히려 더욱 소리를 키웠다. 그는 츠츠츠 소리를 들으면서 웃고 울고 화를 냈다. 가끔씩 그럼 그렇지, 맞장구를 치기도 했다. 사람들은 만재 아버지가 미쳤다고 우스갯소리를 했다. 그 말은 사람들의 입을 타고 농담처럼 번졌다가 악담처럼 사람들의 마음속에 남았다.

담장 너머 우두커니 서 있는 만재 아버지의 뒷주머니에선 내내 츠츠츠, 츠츠츠 소리가 들려왔다. 그날 밤 수지는 나와 키스하지 않았다. 도리어 내 뺨을 때렸다. 처음이 아니었는데도 거절당했다. 그래서 나도 수지의 뺨을 때렸다. 한 대 더 때리고 싶은 걸 억지로 참고 돌아섰다. 등뒤에서 수지가 씩씩대며 나를 부르는 소리가 들렸다. 야, 이 새끼야. 욱해서 뒤돌아서자 돌이 날아왔다. 이마 한가운데를 정확하게 때렸다.

—네 대가리에 구멍났다.

수지가 놀리듯 말했다. 나는 너무 아파 펄쩍펄쩍 뛰었다. 수지는 그런 나를 두고 갔다. 내가 겨우 눈을 떴을 때 수지는 이미 저만치 멀리 가고 있었다. 나는 수지에게 무슨 일이 생기기를 바라는 마음으로 한동안 서서 중얼거렸다. 츠츠츠, 츠츠츠.

얼마 후 우리는 고등학교를 졸업했다. 수지가 가장 먼저 고향을 떠났다. 기다렸다는 듯이 만재와 나도 버스표를 예매했다. 그사이 만재 아버지는 할 줄 아는 말이라곤 츠츠츠, 츠츠츠뿐일 지경이 되었다.

5

응구가 초인종을 눌렀다. 수지의 집은 예전과 아주 딴판이었다. 문 안쪽에서 뛰어오는 발소리가 들려왔다. 나는 응구의 뒤에 섰다. 문이 열리고 수지가 나타났다. 수지라고 하니까 수지인 줄 알지, 솔직히 모르는 얼굴이었다. 수지는 문지방을 밟고 서서는 한 손으로 벽을 짚고 응구와 나를 번갈아 바라보았다. 일이 수월하게 풀릴 것 같은 예감이 들었다. 솔직히 말해서 나는 수지에게 사과를 하고 싶었다. 오래전 그녀의 뺨을 때린 일과 그녀가 떠나던 날 배웅하지 못한 일에 대해서. 그후의 일은 차차 두고 볼 일이지만 아마도 수지를 다시 사랑하며 살 수도 있지 않겠나 싶어 온갖 생각이 머릿속을 빠르게 지나갔다.

—응구야!

수지가 응구를 알아보고 반갑게 소리를 질렀다. 호들갑을 떨며 응구의 한쪽 어깨를 툭 쳤다. 응구가 휘청거리며 한쪽 팔로 벽을 짚었다. 둘의 손가락이 벽 위에서 겹쳐 있는 것이 내 눈에 띄었다. 수지의 얼굴이 내 쪽으로 향했다.

—누구?

수지가 나를 고갯짓으로 가리키며 응구에게 물었다. 응구가 내 어깨를 감싸안으며 나를 수지 앞으로 당겼다. 손아귀의 힘이 셌다. 나는 응구의 허리춤을 잡았다. 응구의 악력에 떠밀리지 않으려고 두 발에 힘을 주고 서서 응구를 내 쪽으로 거칠게 잡아당겼다. 응구의 허리가 크게 휘면서 어어어 버둥거렸다. 수지가 얼른 뒷걸음질치며 물러섰다. 나를 피하는 기색이 분명했다. 정말로 수지가 나를 못 알아본 것인지 나는 헛갈렸다. 사과는 개뿔. 나는 얼른 뒤돌아섰다. 뛰다시피 달려서 응구의 차에 올라탔다. 응구가 나의 이름을 불렀다. 아주 크고 또렷하게 내 이름을 부르는 소리가 들렸다. 나는 악을 쓰며 말했다.

—씨팔, 내 이름 말하지 마!

응구는 손등의 힘줄이 불거질 정도로 핸들을 세게 잡고 운전했다. 속력이 매우 빨랐다. 나는 차창을 내리다가 바람소리에 놀라 다시 차창을 올렸다. 너랑 수지는 보통 사이도 아니었나봐. 응구가 킥킥거렸다. 나는 그게 비웃는 소리라는 걸 알면서도 모르는 체했다. 그래서 따라 웃질 못했다.

얼마 못 가 길가에 선 노인을 보고 응구가 차를 세웠다. 노인은 매우 작았다. 종아리까지 오는 검은 장화를 신었는데 아동용 장화 같았다. 소매에 가려진 손에는 낫이 들려 있었다. 응구가 내 쪽으로 몸을 기울이며 노인에게 인사를 건넸다. 노인은 응구를 보고 차창 안으로 불쑥 손을 들이밀었다. 맞잡은 두 손이 내 눈앞에서 아래위로 여러 차례 움직였다. 응구가 고갯짓으로 나를 가리켰다.

—기억하세요?

응구가 물었다. 노인의 누런 눈이 나를 빤히 바라보았다. 노인은 내가 누구인지 단박에 알아보지 못했다. 나 역시 그가 누구인지 기억나지 않았다. 나는 어서 빨리 응구가 차를 출발시키기만을 바랐다. 응구는 내가 누구의 아들이며 언제 여기를 떠났으며 왜 돌아왔는지 길게 설명하다가 농담인 양 덧붙였다.

—옛날에 저랑도 친구였잖아요.

노인은 그제야 나의 정체를 알아챈 듯 보였지만 별다른 관심을 보이지는 않았다. 다만 이렇게 물었을 뿐이다.

—너희 둘이 아직 친구냐?

응구는 대답하지 않았다. 그저 소리 내어 웃으며 노인을 향해 어깨를 으쓱거렸다. 나는 둘의 얼굴을 번갈아 바라보았다. 둘 중 누구도 나와 눈을 맞추질 않았다. 나는 부러 눈을 크게 뜨고 어깨를 으쓱거렸다. 뭐랄까. 고향에 살려고 온 것 같지가 않고 놀러온 사람으로 대해지는 기분이 잠깐 들었는데 그게 아니라서 아주 기분이 나빴다.

낫을 흔들며 걷는 노인의 모습이 아주 보이지 않게 되었을 때, 응구에게 노인이 누구인지 물었다. 한참 후 응구가 옛날에 네가 저 할아버지한테 칼을 던졌었는데, 혼잣말을 했다. 내 기억 속에 아예 없는 일이었다.

—내가 왜 그랬는데?

—그걸 내가 어떻게 아냐. 네가 알지.

응구의 말을 들으니 기분이 찝찝했다.

—네가 괴롭히고 다닌 사람이 저 할아버지뿐이었던 것도 아니고.

말을 마친 응구가 또 손바닥 냄새를 맡았다.

—너희 엄마 이야기를 하고 다녔던 것 같기도 하고.

응구는 손을 허벅지에 비벼 닦았다. 응구의 버릇이 점점 눈에 거슬리기 시작했다.

—무슨 말?

—모르겠으면 말아라.

예전처럼 한 대 치고 싶었지만 참았다. 핸들을 잡고 있는 건 응구였으니까. 나는 고개를 돌려 노인이 사라지고 없는 사이드미러만 노려보았다. 사과할 일이 하나 더 늘었다고 생각했는데 사과받을 일이 하나쯤 생긴 것인지도 몰랐다.

6

고향을 아주 떠나는 버스에 올랐던 날, 만재와 나는 서울 터미널에서 담배를 나누어 피우고 헤어졌다. 예전에 만재가 만재 아버지의 주머니에서 훔쳐온 것과 똑같은 담배였다.

—또 아버지 담배 훔쳐왔냐?

내가 묻자 만재는 짧게 웃었다.

—네가 우리 아버지 미쳤다고 소문냈지?

만재는 나를 쳐다보지 않고 물었다. 그게 나를 용감하게 만들었다. 나는 한 단어마다 힘을 주어 말했다.

—니네 아버지는 진짜 미쳤다.

—니네 아버지는 더 미쳤다.

엄마의 무덤에 구멍이 난 후부터 아버지는 쓸데없는 걱정에 시달렸다. 참다못한 아버지는 장례식에 참석한 동네 사람들을 일일이 찾아가 물었다. 우리 마누라 죽었을 때 말이야, 관 뚜껑이 제대로 닫혀 있던가? 사람들은 아버지를 동정했다. 동정 뒤엔 비난과 조소가 반드시 뒤따랐다. 아버지는 무너진 봉분을 서둘러 다시 세웠다. 엄마의 봉분은 이전보다 훨씬 높아졌다. 그런데도 아버지는 마음을 놓지 못했다. 매일 밤마다 잠을 설쳤다. 못이 야무지게 박히지 않은 게 분명하다고 생각했다. 하지만 아버지에겐 무덤을 다시 파헤칠 용기가 없었다. 엄마의 무덤이 앞으로 얼마나 더 망가

질지 알 수 없어 아버지는 조바심을 냈다. 아예 시멘트로 덮어버릴 생각까지 했다. 다행히 엄마의 묘는 멀쩡했다. 같은 일은 두 번 다시 일어나지 않았다. 덕분에 한동안 아버지를 괴롭혔던 의문도 흐리마리 사라졌다. 마누라의 관 뚜껑이 제대로 닫혀 있었는지, 누가 못질을 했는지 묻던 버릇은 싹 사라졌다. 대신 집집마다 돌아다니며 물었다. 그 집 귀신들은 잘 있고? 뒷짐을 지고 넌지시 묻는 아버지의 모습은 꽤 의기양양했다. 시간이 흐르자 아버지는 엄마의 무덤에 아예 발길을 끊었다. 아버지의 기억에서 병으로 죽어간 엄마나 구멍이 난 무덤 따위는 이제 아주 희미해졌다.

아버지는 가끔씩 전화를 걸어와 네 엄마가 어느 해에 죽었더라, 물으며 까마득한 옛일의 순서를 궁금해했다. 네가 고등학교에 들어가기 전이냐 후냐? 꼬치꼬치 묻는 날도 몇 번 있었다. 그럼 만재 아버지가 미치기 전이냐 후냐? 묻는 말에 꼬박꼬박 대답해봤자 아버지는 일의 순서를 잘 맞추지 못했다. 순서를 잘 꿰어본들 그즈음의 일들은 앞뒤가 잘 맞지 않았다. 만재 아버지가 미쳤고 그 이전에 우리 엄마가 죽었다. 그전에는 이런 일이 있었다. 만재가 뱀을 죽이다가 담장에 구멍을 냈다. 구멍은 점점 커졌고, 만재 아버지는 그 구멍이 문이라고 했고, 내 아버지는 모든 게 그 집에 달린 것 같다며 남의 집을 탐냈다. 누가 들을까 가끔 내 옆구리를 쿡 찌르며 아버지는 속삭이듯 물었다. 너는 만재 아버지가 왜 미쳤다고 생각하냐?

터미널 앞에서 나는 만재에게 물었다.

—너는 니네 아버지가 왜 미쳤다고 생각하냐?

만재가 기다렸다는 듯 물었다.

—너는 니네 엄마가 왜 죽었다고 생각하냐?

—아파서 죽었지. 엄마 얘긴 하지 마라.

—니네 엄마는 왜 죽을 만큼 아팠을까?

만재는 말끝마다 웃었다. 나도 계속 웃었다. 친구들의 대화란 으레 실없이 웃다 말다 하는 거니까. 무엇보다 나는 혼자 있고 싶지 않았다. 구로까지 가야 했는데 혼자 찾아갈 자신이 없었다.

—넌 어디로 가냐?

내가 물었을 때 만재의 대답은 짧았다.

—엄마. 엄마가 오래.

그 순간 나는 두 번 다시 만재를 보고 싶지 않았다. 이상했다. 사람들의 말과 달리 만재 엄마는 만재를 버린 게 아니었나? 만재가 부러 나한테 말을 안 했다고 생각하니 꼭 속은 기분이었다. 예상치 못한 순간에 먼저 한 방 맞았다는 생각을 떨칠 수가 없었다. 츠츠츠, 츠츠츠. 나는 만재의 모습이 사라질 때까지 그 자리에 서서 츠츠츠, 츠츠츠, 츠츠츠 소리를 냈다. 뱀의 대가리를 짓이기던 녀석의 기다란 막대기를 떠올리면서.

만재를 다시 본 건 그로부터 삼 년 후였다. 만재 아버지의 장례식에서였다. 자식들이 아직 부자가 되기 전이었다. 그사이 담장은 허물어져서 완전히 뻥 뚫린 상태나 매한가지였다. 사인은 질식사였다. 베개에 엎드려 자던 그는 엉덩이를 누렇게 적신 채 빳빳하게 굳은 상태로 이웃에게 발견되었다. 발인하는 날, 아버지는 돌연 옛 기억이 떠오른 듯 상주에게 큰소리를 쳤다.

—관 뚜껑 잘 닫아!

7

응구는 내게 어서 집으로 가라고 채근했다. 나는 응구와 조금 더 같이 있고 싶었다.

—나도 같이 가자.

—어디를?

—네 딸이 다니는 학교에.

응구가 코웃음을 치고는 뒤늦게 변명했다.

—낯가림이 심해.

—넌 아직 그 집에 사냐?

계속 말을 이어가려고 나는 화제를 바꾸어 물었다.

—아니.

—그럼 어디 사는데?

—좀 멀어.

—어딘데?

—꽤 멀어.

대화는 더이상 이어지질 않았다. 차의 속도도 점점 느려졌다. 차는 아주 긴 다리 앞에서 멈추었다. 마을 입구였다. 웅구가 시동을 껐다. 내가 차에서 내려야만 다시 시동을 걸 심산인 듯했다. 나는 군말 없이 차에서 내렸다. 내 뒷모습에 대고 웅구가 이제야 생각났다는 듯 다급하게 물어왔다.

—너 만재랑은 연락하고 사냐?

—아니.

—그런데 여길 왔냐?

나는 고개를 끄덕였다. 웅구가 고개를 저었다. 웅구를 보내고 나는 잠시 다리의 난간에 기대섰다. 웅구가 노인에게 나를 옛 친구라고 말했던 게 영 언짢았다. 친구 사이라면 모름지기 오랜만에 만나도 어제 본 사이인 양 허물없이 서로 이해하고 도우면서 지내는 게 당연한데. 속 좁은 새끼, 꽤나 섭섭했던 모양이지. 그만큼 웅구가 나를 따르긴 했었지. 옛날에는.

나는 당장 내일이라도 웅구의 집에 찾아가볼 생각으로 가까운 문구점으로 방향을 틀었다. 옛정을 생각해 내가 먼저 웅구의 섭섭함을 풀어줄 생각이었다. 남의 집에 빈손으로 갈 순 없는 노릇이니 웅구의 딸에게 줄 장난감이라도 사두어야 했다. 근사한 삼촌처럼 선물을 건네주고 원한다면 엄지손가락으로 코 후비는 모습을 보여줄 수도 있었다. 방귀 소리를 내면서. 애들은 그런 걸 좋아한다고 들었다. 그러다 응구의 어린 딸을 하늘 높이 들어올려 롤러코스터를 태우듯 안고 달려야지. 응구의 딸이 손뼉 치며 좋아할 때까지, 소리 내어 웃을 때까지.

지나는 차를 붙잡으려고 좌우를 살피는데, 저 먼 데서 걸어오는 사람이 보였다. 한 손에 기다란 무언가를 들고 있는 모습이 영락없이 아까 마주친 그 노인이었다. 나는 노인을 향해 걷기 시작했다. 좀처럼 가까워지지 않았다. 그에게 꼭 묻고 싶은 말이 있었다. 우리 엄마에 대해서 뭐라고 떠들었냐고 묻고, 내가 묘지기로 사는 것에 대해서 어떻게 생각하는지도 묻고. 내 주머니에 뭐가 든 것 같냐고도 묻고, 내가 다시 여기 사는 것에 대해서 어떻게 생각하는지도 묻고. 여기서 묘지기로 살면 내가 죽는 걸 무서워하지 않게 되겠냐고도 묻고.

노인은 느렸다. 제자리걸음을 하는 것 같기도 했다. 좀처럼 가까워지지 않는 노인을 향해 어서 오라고, 당장 뛰어오라고 크게 손을 흔들었다. 노인이 겁을 내지 않도록 호탕하게 웃기까지 했다. 노인은 여전히 멀리 있었지만, 웃음을 멈춰야 할 때라는 게 어디 있기나 했던가. 나는 되는대로 웃을 작정이었다. ㅊㅊㅊ, ㅊㅊㅊ.

내가 태어나서 가장 먼저 배운 말

고향

할아버지는 오래 앓다가 일찍 죽었다. 그게 아버지에게 어떤 영향을 끼쳤는지 나는 모른다. 내가 태어났을 때는 이미 할아버지가 죽은 지 이십 년을 훌쩍 넘긴 뒤였다. 할머니는 한때 일본에서 살다가 스무 살이 되기 전에 고향으로 돌아왔다. 그녀가 1960년대 일본에서 무얼 하며 살았고, 왜 돌아왔는지 아무도 알지 못한다. 그게 아버지에게 어떤 상상을 불러일으켰는지 나는 알 수가 없다.

베트남 종전 협약이 맺어지던 해, 할아버지는 들것에 실려 집으로 귀환했다. 군복을 입고 있지는 않았다. 얼마 후 아버지의 동생이 줄줄이 태어났다. 그게 당시 일곱 살이었던 아버지에게 어떤 기분을 느끼게 만들었는지, 나는 알고 싶지 않다. 할아버지는 귀향한 이후 단 한 번도 반듯하게 서 있지 못했다. 그는 깨어 있을 때도 누워 있었고 잠을 잘 때도 누워 있었다. 죽을 때도 누워 있었고 죽고 나서도 누운 자세를 유지했다.

이제 꽤나 늙은 영혼이 되어버린 할아버지는 여전히 똑바로 누운 자세로 흘러다니고 있다. 서서 돌아다니는 낯선 영혼들의 등짝이나 가슴팍에 정수리를 쿡쿡 처박으면서도 아파하지 않는다. 그는 건강하다. 그게 아버지에게 삶에 대한 어떤 예감을 전했을지 나는 전혀, 궁금하지 않다.

할아버지가 죽고 할머니는 성당을 다녔다. 그곳에서 새로운 이름을 얻었다. 일본말도 한국말도 아닌 이름을 얻고, 그 이름이 적힌 성도 수첩을 지갑처럼 지니고 살았다. 그게 아버지가 할머니를 때린 이유인지 나는 장담할 수 없다. 할머니는 아들의 주먹질을 참고 견뎠다. 내심 그것을 정당하다고 여겼는지, 나로서는 도저히, 알, 길이, 없다. 한 가지 확실한 것은 할머니에게 단단한 맷집이 없었다는 사실이다.

죽여버릴 수도 있었어.

술에 취해 울던 아버지가 마당에 부엌칼을 내던지며 외친 다음 날, 할머니는 집을 나섰다. 꼭두새벽이었다. 마당 구석에 아버지가 너부러져 자고 있었다. 할머니는 아버지에게 들키지 않으려고 발끝을 세워 걸었다. 반쯤 흙에 묻혀 있던 부엌칼을 주워들어 소똥을 쌓아둔 두엄에 휙 내던졌다. 치맛자락을 겨드랑이에 끼고 부랴부랴 마당을 나섰다. 아버지는 잠결에 칼이 바람을 가르는 소리를 들었다. 그냥 바람이 부는가보다고 여겼고 흙바닥 위를 두어 번 뒹굴었다. 그것은 이불을 둘둘 감는 시늉에 불과했으나 아버지는 따듯함을 느꼈다.

그리고 아버지는 나를 낳았다고 했다. 나는 조산아였으나 덩치가 컸고 머리카락이 길었다. 아버지는 외쳤다. 네가 나를 망쳤다. 그때마다 죽은 할아버지가 내 가슴팍에 머리통을 갖다 박았다. 겨우 걸음마를 떼어 좁은 방안을 어기적거리며 돌아다니는 나를 언제나 자빠뜨렸다. 너는 남이야! 죽은 할아버지가 외치는 목소리를 수시로 들어야만 했다.

할아버지는 가벼웠고 살랑대는 바람처럼 낮게 떠돌았지만, 어쨌거나 죽은 존재여서 내겐 버거웠다. 무른 무릎이 푹푹 꺾였다. 그 바람에 나는 발달이 더디다는 소리를 들으며 자랐다. 아버지는 내 주위를 맴도는 그 희끄무레한 것이 내 그림자인 줄 알았다. 어둡다. 햇빛 가리지 마라. 허옇게 어두운 그것이 제 아버지인 줄도 모르고 우악스럽게 손사래를 쳐댔다.

잘못했습니다.

나는 말을 늦게 배워서 할 줄 아는 말이 몇 개 되지 않았다. 잘못했어요. 다신 안 그럴게요. 그 말들을 가장 먼저 배운 것은 다행스러운 일이지만 너무 늦게 빌 줄 알게 된 것은 몹시 불행한 일이었다. 그래서 나는 더 자주 빌어야 할 필요를 느꼈다. 뒤늦었다고 생각했기 때문이었는데 잘못 생각한 것이었다. 아예 때를 놓쳤다는 게 훨씬 맞는 말이었다. 이미 망친 것은 어떻게 손쓸 도리가 없었다.

내가 열 살 되던 해 아버지는 나를 데리고 고향을 떠났다. 사는 곳을 바꾸면 삶이 아주 달라질 거라고 기대했지만, 우리가 어느 낯선 도시의 단칸방에 당도했을 때 그는 지칠 대로 지쳐 있었다. 살던 대로 사는 수밖에 없었다. 이사를 하고 나서 아버지에겐 새로운 술버릇이 생겼는데 나에게 왜 자기만 따라다니느냐고, 이제 그만 떨어져나가라고 울부짖었다. 하지만 아버지의 뒤꽁무니에 엉겨붙은 것은 내가 아니었다. 아버지의 말마따나 제기랄, 어딜 가도 고향이었다.

월세

나의 유일한 소원은 다리를 쭉 펴고 누워 지내는 거였다. 나는 주로 쪼그려앉아서 지냈다. 그것은 가난하고 슬픈 사람들의 자세이다. 슬픈 사람은 자세를 바꿀 줄 모른다. 나의 자세에 관심을 기울이는 사람은 오로지 아버지였다. 아버지는 자주 내 팬티 속을 들여다보았다.

어리지도 않은 게 왜 뻔질나게 우냐.

그래서 나는, 조금도 떳떳하지 못했다. 어리지도 않은 게 울면 안 되는데 자꾸 눈물이 나니까 고개를 빳빳이 들고 다니지를 못했다. 나는 항상 고개를 숙이고 다녔다. 그것은 자신이 뭘 잘못했는지 모르는 사람들의 자세이다. 그들에게는 소원이랄 게 없다. 얼굴을 높이 쳐들면 나를 내려다보느라 더 깊게 수그린 아버지의 고개가 가장 먼저 보였다. 아버지뿐만이 아니었다. 나는 단 한 번도, 고개를 빳빳이 세운 자세로 다니는 사람을 본 적이 없다.

마침내 다 컸네, 라고 처음 인정받은 것은 내가 초경을 시작했을 때였다. 열네 살 되던 해, 초등학교 졸업식을 얼마 남겨두지 않은 겨울이었다. 때맞춰 아버지는 헐값에 중고차를 샀다. 일주일에 한 번씩 나를 태우고 다녔다. 매번 토요일이었다. 나는 항상 뒷좌석에 던져지듯 태워졌다. 맨 처음에는 안 그랬다.

그날을 또렷하게 기억한다. 아침에 아버지가 나를 불러다가 차 타고 어디 좀 가자고 했다. 아버지는 점퍼에 팔을 꿰고 있었다. 나는 무릎을 세우고 앉아서 아버지를 쳐다보았다. 아버지는 허리띠를 꽉 졸라매고 있었다. 새끼손가락에 자동차 키를 걸고 허리띠의 버클을 채우는 중이었다. 나는 무서워서 벽에 붙어 쪼그리고 앉았다. 아버지가 나를 보더니 발을 들었다. 커다란 발이었다. 발끝에

챌까봐 놀라 벌떡 일어섰다. 후다닥 방문을 열고 나가서 주황색 슬리퍼를 구겨 신었다. 나는 몸놀림이 재고 가볍지만 멀리 도망갈 수 없다. 방문을 열면 쪽문이 있고, 쪽문을 열면 새시가 있고, 새시를 열면 마당이고, 마당에는 화장실이 있다. 나는 싱크대 옆에 바짝 붙어서서 오들오들 떨었다. 주먹 쥔 두 손으로 싹싹 빌었다.

잘못했어요.

더듬으며 말했다. 아버지는 벌써 대문밖으로 나가고 없었다. 빨리 나오라고 고함을 질러댔다. 할아버지가 따라붙을까 냅다 마당을 가로지르는데, 주인집의 커다란 창문에 기다랗게 드리워진 커튼이 확 닫혔다. 주인집에는 육십대 부부가 살았다. 서른 살을 훌쩍 넘긴 아들과 함께 살았다. 아들은 다리를 절었다. 아버지는 주인집 부부에게 월세를 건넬 때마다 우스갯소리를 했다.

월세 대신 딸년을 줄까요?

중고차

짙은 잿빛의 승용차였다. 보자마자 버려진 것을 비싸게 사왔다는 느낌이 들었다. 교복부터 먼저 사줄 것이지, 그런 생각이 저절로 들었다. 뒷좌석의 문이 활짝 열려 있었다. 아버지가 눈짓으로 뒤를 가리켰다. 차 지붕 위에 검은 먼지가 소복하게 쌓여 있었다.

손끝을 갖다대니 검은 먼지가 묻어났다. 쭈뼛거리며 차에 올라탔다. 때마침 바람이 세차게 불었고 뒷문이 쾅 소리를 내며 저절로 닫혔다. 소스라치게 놀란 아버지가 담배를 떨어뜨렸다. 나는 별로 놀라지 않았다.

차창 너머를 살펴보았다. 운전석 옆에 선 아버지가 욕을 뱉으며 새 담배를 물었다. 하얀 연기가 아버지의 입 근처를 맴돌다가 사라졌다. 죽은 할아버지가 자동차 주위를 맴돌고 있었다. 바람에 떠밀려가지 않으려고 애쓰면서 열린 문을 찾아 낮게 떠다녔다. 저러다 진짜 어디 처박혀 또 죽고야 말지. 나는 몸을 웅크렸다. 차 안의 온도가 영점을 밑도는 듯했다. 휘휘 둘러보니 운전석 앞창이 뿌옜다. 밤새 내린 서리가 두껍게 내려앉아 있었다. 아버지는 담배를 연달아 세 개비나 피우고 나서야 두 손을 비비며 운전석에 앉았다.

담배 냄새가 물씬 풍겼다. 아버지는 시동을 걸고 와이퍼를 작동시켰다. 이미 단단하게 굳은 서리는 쉽사리 쓸려가지 않았다. 와이퍼가 덜그럭거리며 차창 위를 오락가락했다. 워셔액을 수차례 뿌리고 나서야 겨우 차창이 말끔해졌다. 창의 가장자리로 구정물이 길게 흘러내렸다. 할아버지가 저만치 떠밀려가다가 다시 가까워졌다. 날고 있다기보다 어떤 강력한 자력에 끌려오는 듯했다. 가끔 나는 그 자력의 원천이 아버지인지 나인지 궁금했지만, 확실히 알기는 어려웠다. 할아버지의 머리는 언제나 나를 향해 돌진했지만 그때마다 그의 두 발은 아버지를 향해 있었기 때문이다. 하지만 아버지는 아픈 줄을 몰랐다.

아버지가 거칠게 차를 출발시켰다. 금방이라도 할아버지가 앞 범퍼에 부딪힐 것만 같았다. 나는 질끈 눈을 감았다. 눈을 감았더니 비명이 터져나왔다. 아버지가 뒤를 돌아보며 조용히 하라고 소리질렀다.

씽, 재수없게.

아버지는 뭐든 한 번에 끝내는 일이 없었다. 조용히 하라는 윽박만으로 모자랐는지 기어코 욕을 했다. 나는 두 손으로 입을 막고 있다가 슬며시 뒤돌아보았다. 우리 집안은 원래부터 대대로 재수가 없지 않았냐고 할아버지에게 묻고 싶어서였다. 할아버지는 멀찌감치 떨어진 허공중에 혼자 남겨져 너울대고 있었다. 문득 긴 전쟁 기간 동안 할아버지가 어떻게 살아남았는지 알 것도 같았다. 나는 두 손을 깍지 낀 채 오도카니 앉아서 생각했다. 전쟁통에 살아남는 방법에 대해서. 할아버지가 왜 거기서 죽지 않고 집구석에서 죽었는지에 대해서.

차는 실내 낚시터에 멈추었다. 아버지는 차에서 내려 어두운 주차장의 나무 그늘 아래로 사라졌다. 다른 남자가 뒷좌석에 올라탔다. 나는 오래 맞았다. 뒷좌석에 온통 피 칠을 했다. 남자가 차에서 내리자 아버지가 그의 곁으로 다가섰다. 남자가 주머니에서 지갑을 꺼내 돈을 세었다. 나는 뒷좌석에 널브러져 있으면서도 남자의 손에 들린 지폐의 장수를 함께 세었다. 이십만원이었다.

한동안 방바닥에 누워 지냈다. 죽은 할아버지가 딱히 처박을 만한 것을 찾지 못해 누런 벽에 머리를 찧고 찧었다. 조금이라도 몸을 일으키는 시늉을 하면 할아버지는 금세 방향을 틀어 내게로 돌진했다. 인정머리라곤 조금도 없지. 나는 입술을 씹으며 할아버지를 노려보았다. 저것이 내 할아버지라니. 몸뚱이가 없어 어디 팔 데도 없고 두들겨팰 수도 없는 저것이 아버지의 아버지라니.

매미

할아버지는 하루에도 몇 번씩 무서워라, 무서워라, 중얼거렸다. 죽어서도 저리 무서운 게 있다니, 역시 죽어도 죽은 게 아니었다. 하나뿐인 작은 창을 온종일 열어두어도 온도계는 삼십오 도를 훌쩍 넘겼다. 여름이니까, 당연히 더웠다. 할아버지는 맨날 같은 말만 반복했다. 무서워라, 무서워라, 무서워 죽겠다, 앓는 소리를 했다. 나는 할아버지가 내는 소리를 듣지 않으려고 선풍기의 날개를 내 쪽으로 고정시켰다. 한참 그러고 있으면 오한이 들어서 나까지 무섭다는 생각이 들 지경이었다.

하필이면 방학이었다. 할아버지의 중얼거림을 피할 길이 없었다. 무서워라, 무서워라, 무서워 죽겠다. 그 소리는 아예 벽에서 새어나오는 것 같았다.

재수없게.

아버지 때문인지 나도 툭하면 재수없다는 말이 입에서 튀어나왔다. 할아버지는 잠시 입을 다물었지만 오래가진 않았다.

할머니를 찾았다는 연락이 왔다. 그 말은 틀렸다. 아무도 할머니를 찾지 않았으니까. 할머니도 돌아오고 싶지 않았던 것 같았다. 할머니를 돌려보내고 싶었던 누군가가 있었으나 할머니는 돌려보내기에 아주 좋은 상태가 아니었다.

아버지가 차를 몰았다. 길은 멀었다. 고속도로는 처음이었다. 적어도 나는 그랬다. 아버지는 평소보다 차를 빨리 몰았다. 나는 늘 그랬듯이 뒷좌석에 앉았다. 할아버지는 나를 쫓아오려고 요란하게 펄럭였지만 선풍기의 바람을 이겨내지 못했다. 그는 내가 앉아 있던 의자의 등받이에 철썩 들러붙은 채로 남아 있어야만 했다.

족히 네 시간은 걸리는 거리였다. 휴게소마다 화장실에 들렀다. 나 때문이었다. 너무, 자주, 오줌이 마려웠다. 참을 수가 없었다. 잠시라도 참으면 팬티에 오줌을 지렸다. 오줌을 누고 팬티를 입다가도 또 오줌이 마려웠다. 아버지는 화를 냈다. 욕을 했고 화장실에서 나오는 나를 쥐어박기도 했다. 휴게소의 입간판이 나타날 때마다 작은 소리로 아버지를 불렀다.

아버지. 아버지.

그만 좀 싸라, 이년아.

아버지가 눈을 부라리며 담배꽁초를 창밖으로 내던졌다. 변기에 앉아 오줌을 누는 동안 사타구니를 벅벅 긁었다. 일어서서 물을 내리려고 보니 변기 안이 벌겠다. 오줌이 아니라 피를 싸고 있었다. 눈앞이 아찔했다. 곧 죽겠다고 생각하니 그저 반듯하게 누워 있고 싶었다. 전혀 무섭지가 않고 다만 추웠다.

할머니가 있다는 도시에 도착했을 땐 화장실을 아홉 번이나 다녀온 뒤였다. 손톱 아래 핏물이 배었고 팬티에도 붉은 물이 들었다. 증상에 비해 아프지는 않아서 당황했다. 항구가 있는 도시였다. 기다란 굴뚝이 곳곳에 서 있었다. 희고 짙은 연기가 굴뚝에서 뿜어져 나왔다. 아버지는 이상한 말씨를 쓰는 사람들에게 여러 번 길을 물어 겨우 병원을 찾았다. 병원은 외진 곳에 있었고 허름했다.

환자복을 입은 사람들은 대개 노인이었다. 그들은 카디건이나 점퍼를 껴입고 병원 그늘에 나란히 오그리고 앉아 출입문을 드나드는 사람들을 쳐다보았다. 덥지도 않은 모양이었다. 입 밖으로 꺼내진 않았지만 그들이 한목소리로 중얼거리는 소리가 들리는 것도 같았다. 추워라, 추워라, 추워 죽겠네. 어쩌면 외딴 병원에서 치료를 받거나 요양중인 환자들의 진짜 정체는 겨울일지도 몰랐다. 아버지의 말처럼 찬 바람이 혹독하게 들어버린 것일지도 몰랐다.

아버지가 접수 창구의 여직원에게 할머니의 이름을 댔다. 여직원이 아버지와 나를 흘깃 살펴보았다. 나도 그녀를 쳐다보았다. 그녀는 바지를 입고 있었고 왼쪽 가슴에 명찰을 달고 있었다. 일부러 명찰 쪽에는 눈길을 주지 않았다. 그녀가 아버지와 나에게 사층으로 가라고 했다. 계단 바로 옆에 엘리베이터가 있었다. 허리가 잔뜩 굽은 노파가 엘리베이터 옆에 서서 매미 소리를 흉내 냈다.

맴. 맴. 맴. 매애앰.

아버지는 우그러진 담뱃갑을 한 손에 쥔 채 계단을 올랐다. 나는 짧은 치맛자락을 움켜쥐고 아버지의 뒤를 따랐다. 계단을 다 오르니 담당 간호사가 기다리고 있었다. 간호사의 안내를 받아 할머니가 있는 병실로 향했다.

몸은 대체로 건강하신 편인데 정신이 온전치 않으세요. 오늘은 보호자가 오신다고 해서 일단 자유롭게 계시도록 해놓긴 했는데……

가슴팍에 차트를 끌어안은 채 건던 간호사가 빠르게 말을 이었다.

좀 조심하셔야 할 거예요.

나는 손톱에 밴 핏물을 빨아먹으며 주위를 두리번거렸다. 맴, 맴, 맴. 나도 모르게 아래층에서 본 할머니를 따라 하고 있었다.

병실 문이 열렸다. 일인용 병실이었다. 들어가자마자 아버지가 욕을 했다. 씨팔. 할머니는 키가 작고 통통했다. 목이 늘어진 하얀 반소매 티 아래로 커다란 가슴이 출렁였다. 배 아래로는 아무것도 입고 있지 않았다. 사타구니에는 털이 없었다. 허벅지는 가늘고 무릎은 다리에 겨우 붙어 있는 것처럼 툭 튀어나와 흔들거렸다. 머리칼은 검었으나 숱이 없었다. 붉은 립스틱이 얼굴 전체에 번져 있었다. 입술이 얼굴 같았다.

커다란 입술이 히죽거리며 아버지와 나를 반겼다. 벽에도 온통 붉은 칠이었다. 입술 자국이 벽에 가득했다. 간호사가 할머니를 잡아끌어 이불로 몸을 감쌌다.

보시다시피 몸은 건강하시죠?

간호사가 헐떡이며 말했다. 침대에 할머니를 눕히고 한 팔로 할머니의 배를 꽉 눌렀다. 커다랗고 붉은 입술 같은 것이 웃기 시작했다. 할머니는 천장을 올려다보며 알아들을 수 없는 말을 반복했다. 천장은 깨끗했다. 하얀 천장에 대고 붉은 입술 같은 할머니가 성호를 그었다. 아버지는 더 머물지 않고 병원을 나섰다. 간호사가 뒤따라 나와 붙잡으려 했지만 들은 체도 안 했다.

다 봤으니 이제 됐다니까.

차가 병원을 빠져나오자마자 뭘 다 봤다는 거냐고 물었다. 아버지는 아까 그 입술보다 더 크게 웃으며 대답했다.

어떻게 죽을지.

아버지가 핸들을 꺾자마자 내 몸이 일그러졌다. 맴맴맴. 맴맴맴. 속으로 매미 소리만 쉼없이 따라 했다. 매미는 왜 여름이 다

지나가기 전에 죽고 마는지를 생각하며 아버지를 불렀다.

아버지. 아버지. 화장실이요.

돌아오는 길에는 휴게소를 열한 번 들렀다. 마지막 휴게소의 화장실에서 팬티를 버렸다. 너무 축축해져서 더 입고 있을 수가 없었다. 매미가 한철 그악스럽게 우는 이유는 발정이 나서라고 했다. 그러다 곧 죽는다고 배웠다.

십자가

절름발이는 교회에 다녔다. 유일한 외출이었다. 거의 매일 집 구석에 틀어박혀 창밖만 바라보았다. 편하게 앉아 있을 만도 한데 삐뚜름하게 서서 담배만 피워댔다. 집주인 부부는 그를 맘껏 내버려두었다. 나라도 그럴 것 같았다. 마당 귀퉁이에 있는 화장실에 달려가는 내게 그는 가끔 손을 흔들었다. 나는 절름발이가 나를 비웃고 있다고 여겼다. 더러운 창에 가려져서 표정을 알 수 없지만 그가 서 있는 자세만 보아서는 그렇게밖에 생각되지 않았다.

수요일 아침이었다. 나는 배가 아프다는 핑계로 결석했다. 정말로 배가 아프긴 했다. 새벽부터 내내 마당을 오락가락했다. 주인집의 현관은 높았다. 낮은 계단 열두 개를 밟고 올라가야 그들의 집이었다. 우리집은 계단 아래에 있었다. 얼마 전에 내린 눈이 다

녹지 않아서 계단은 미끄러웠다. 발로 차면 가장자리가 툭툭 떨어져나갈 정도로 군데군데 부서진 계단은 오른쪽이 유난히 더 망가져 있었다. 4월에 눈이 내리다니. 내가 놀라워하자 아버지는 옛날엔 흔해빠진 일이었다며 시큰둥해했다.

화장실에 다녀오는 길이었다. 절름발이가 계단을 내려오다가 나와 마주쳤다. 교회에 가는 길이었다. 가슴 한가운데를 사선으로 가른 기다란 가방끈을 만지며 내게 알은체를 했다.

우리집 보일러를 켜면 너희 집도 따뜻하지?

절름발이가 계단 중간에 서서 물었다. 그게 나랑 무슨 상관인지 따지고 싶었다. 이 새끼가 내게 집주인 행세를 할 작정인 모양이었다. 이 새끼도 자동차 뒷좌석에 타고 싶어서 이러나, 짜증이 났다. 뭐라도 팔아야 살 거 아니냐. 아버지는 뒷좌석에 앉아 교복 치마에 묻은 먼지를 터는 내게 툭하면 말했다. 고등학생이 되어 교복은 바뀌었지만 치마 길이는 똑같았다.

우리집은 한여름에도 보일러를 켜.

자랑인 듯했으나 여름마다 방안이 찜통인 이유가 주인집 때문이라는 게 확실해졌다.

안 춥니?

안 춥다.

교회 갈래?

싫은데.

거기 가면 따뜻해.

어느새 할아버지가 흘러와 절름발이의 목덜미에 머리를 박고 있었다. 절름발이의 몸이 점점 더 한쪽으로 크게 기울어갔다.

그러다 자빠지겠다.

할아버지에게 한 소리였는데 절름발이가 얼른 자세를 고쳤다. 두 손으로 왼쪽 다리를 붙잡고 엉거주춤 서서 씩 웃어 보였다. 나는 그의 다리를 뚫어져라 쳐다보았다. 누군가가 억지로 발목을 비틀어놓은 듯했다. 때가 탄 흰 운동화의 밑창이 나를 향하고 있었다. 새것처럼 깨끗했다.

교회, 왜 가는데?

궁금했다. 걷는 일이 가장 불편한 사람이 왜 평일과 주말을 가리지 않고 교회에 가는지.

알고 싶어서.

뭘?

나를 절름발이로 만드신 그분의 계획.

나는 계획이라는 말에 홀렸다. 인과응보의 다른 말처럼 들렸다. 절름발이가 앞장섰다. 이마를 두 손으로 가리고 발끝만 쳐다보면서 나는 그의 뒤를 따라 걸었다. 할아버지가 내 허벅지와 허리에 정수리를 부딪치며 따라왔다. 이젠 할아버지가 아무리 성난 기세로 달려들어도 나는 꿈쩍하지 않았다. 그 정도의 충격은 아무렇지 않았다. 진짜로 그저 바람이 불어오는 느낌에 불과할 때도 잦았다.

나는 절름발이와 함께 맨 앞자리에 나란히 앉았다. 어리둥절했다. 석유 냄새가 알싸하게 퍼진 예배당에 사람들이 군데군데 앉아 있었는데 한결같이 성경책 위에 팔꿈치를 얹고 아무에게도 들리지 않을 만큼 작은 소리로 기도를 하고 있었다. 절름발이가 내게 성경책을 펼쳐주고 주보를 꼼꼼히 읽어내려갔다. 나는 성경을 밀어내고 주위를 휘휘 둘러보았다.

정면에 걸린 십자가에 한 사람이 매달려 있었다. 한쪽 다리를 수직으로 길게 늘어뜨리고 다른 한쪽 다리는 무릎을 약간 들어올린 채였다. 두 팔을 크게 벌리고 목을 한껏 숙인 그는 깡마르고 발가벗겨져 있었다. 나는 그의 하반신이 절름발이와 닮았고, 그의 상반신이 나를 닮았다고 느꼈다. 손톱을 물어뜯으며 괜히 왔다고 후회했다. 절름발이가 친절하고 다정하게 구는 모습도 영 꺼림칙했다. 할아버지를 찾았다. 보이지 않았다. 실내가 어두워서 낮게 떠도는 할아버지를 찾기란 쉽지 않았다. 할아버지는 누군가의 그림자에도 쉽게 가려지는 영혼이어서 놓치기 십상이었다.

후줄근한 갈색 양복을 입은 남자가 강단에 섰다. 목사였다. 아버지 하나님, 이제 다시는 옛사람의 모습이 드러나지 아니하고 주님 닮은 새 형상으로 거듭나길 기원합니다. 그가 하는 말들은 지루했으나 간간이 아버지라는 단어만은 귓속에 꽂혔다. 목사는 점점 더 큰 목소리로 아버지를 외쳤다.

아버지는 내게 울지 말라고 가르쳤다. 울어야 할 일은 많았다. 아버지가 그렇게 가르치지 않았어도 나는 울지 않았을 것이다. 아버지는 내게 매번 속으로 시간을 재라고 가르쳤다. 자기가 나서서 끊으면 싸움이 되기 쉬우니 네가 알아서 해야 할 일이라고 누누이 일렀다. 하지만 그건 내가 알아서 할 일이 아니었다. 뒷좌석에서의 시간은 언제나 제멋대로 흘러갔다. 시간이 아예 멈춘 것 같을 때도 있었고 이틀이 지나가버린 것 같을 때도 있었다. 막상 시계를 보면 고작 십여 분이 지났을 뿐이었다. 아버지, 아버지는 하고 싶지 않아요? 라고 묻고 싶은 적도 있었다.

아버지, 아버지.

목사는 기도를 끝내고 성경의 어느 부분을 읽던 중이었다. 돌연 그의 목소리가 커졌다. 그는 책에서 눈을 떼고 연단 아래로 천천히 걸어나왔다. 먼 곳에서 세찬 바람이 불어오는 소리가 들려왔다. 기다란 칼이 바람을 가르는 소리였다. 할아버지였다.

너의 죄를 기억하지 아니하리라.

갑자기 허옇게 어두운 바람이 불기 시작했다. 연단을 향해 길게 뻗은 통로 위로 바람이 내달렸다. 할아버지의 정수리는 목사를 향해 전속력으로 나아갔다. 바람소리처럼 들리는 할아버지의 외침이 서늘한 바람을 일으키며 울려퍼졌다.

무서워. 무서워 죽겠다고.

식탁

할머니의 소식은 전혀 들려오지 않았다. 아버지는 할머니가 어떻게 죽을지 알았지만 언제 죽을지는 알 수 없어서 조바심을 냈다. 뜻밖에도 비보의 주인공은 작은아버지였다. 그는 사 형제의 막내였다. 본 지 오래되어서 얼굴조차 가물가물한 사람이었다. 작은아버지는 휴전선에서 그리 멀지 않은 곳에서 혼자 살았다. 아주 높은 산의 중턱에서 벌을 치며 생계를 꾸려나갔다. 작은아버지는 주정뱅이였다. 그는 큰딸의 부츠 속에 소주병을 숨겨놓고 식구들이 모두 잠든 밤이면 신발장을 뒤졌다. 식구들의 낡은 신발들 위에 양반다리를 하고 앉아 병째 술을 마셨다. 큰딸이 중학생 되던 해, 작은어머니는 아버지에게 전화를 걸어 이렇게 살 수는 없어요, 라고 말문을 뗐다. 아버지는 그 새끼는 진즉부터 자기 동생이 아니었다고, 일일이 설명할 필요도 없으니 알아서 잘살아보시라고 딱 잘라 말했다.

비보는 새벽에 전해졌다.

죽었어요.

작은어머니의 첫마디였다. 아버지는 왜냐고 묻지 않았다. 대신 어디서요, 라고 물었다.

식탁에서요.

작은어머니의 대답은 간결했다. 어쩌다가 그렇게 되었느냐고 물은 쪽은 나였다. 통화를 끝낸 아버지가 당연한 걸 왜 묻느냐는 투로, 건성으로 대답했다.

술이지.

나도 술을 마셔본 적 있다. 하굣길에 친구 두 명과 함께 놀이터에 앉아 수다를 떨었다. 한 친구가 가방에서 먹다 남은 소주병을 꺼냈다. 친구가 내게 먼저 술병을 건네주었다. 얼른 한 모금을 들이켰다. 온몸이 홧홧하게 불타올랐다. 입을 한껏 벌리고 숨을 크게 여러 번 내쉬었다. 목구멍 깊숙한 곳에서부터 뜨거운 김이 뿜어져나왔다. 손부채질을 하며 겨우 열기를 식혔다. 집으로 가는 길에 내내 입을 벌리고 걸었다.

집 앞 슈퍼에서 소주 한 병을 샀다. 뒷좌석에서 주운 동전들을 주워 모은 돈으로 산 거였다. 검은 봉지에 둘둘 말아 책가방에 쑤셔넣고 집으로 향했다. 어쩐지 책가방이 한결 가벼워진 기분이었다. 도착해서 술병을 꺼냈는데 마땅히 숨길 만한 곳을 찾지 못해 신발장에 넣어두었다. 부츠가 없어서 아버지의 고무장화에 숨겼다. 몇 년째 신지 않는 것이었다.

한 달에 한 병씩 술을 샀다. 취하지도 않았고 처음에 그랬던 것처럼 속이 뜨거워지지도 않았다. 그래도 꾸준히 마셨다.

장례식은 도시의 이름을 딴 시립병원에서 치러졌다. 우리가 도착하자마자 염습이 시작되었다. 딴에는 아버지가 형제 중 맏이라고 기다린 모양이었다. 모처럼 한자리에 모인 아버지의 친척과 형제들이 유리벽 앞에 나란히 서서 염하는 모습을 지켜보았다. 작은아버지의 시신은 좁고 기다란 침대 위에 반듯이 올려져 있었다. 하얀 반소매 티셔츠와 무릎까지 내려오는 검은 반바지 차림이었다. 죽을 때 입고 있던 옷 그대로였다. 티셔츠는 검붉은 핏자국으로 범벅이 되어 있었다.

옷이 왜 저렇습니까?

아버지의 사촌 형제라는 사람이 작은어머니에게 물었다.

피를 토했어요. 간이 다 녹아버렸대요.

나는 발끝을 세우고 고개를 요리조리 비틀었다. 키 큰 어른들 틈새에 억지로 고개를 들이밀었다. 오랜만에 본 작은아버지는 할머니를 빼다 박은 모습이었다. 할머니보다 훨씬 검고 말랐지만 이목구비나 체형이 할머니를 연상시키는 데가 많았다. 마스크를 쓰고 흰 장갑을 낀 직원이 가위로 티셔츠를 갈랐다. 나도 모르게 앞에 서 있는 어른의 어깨를 밀었다. 어른은 황당한 기색을 감추지 못했지만 내게 자리를 내주었다. 나는 더욱 유리벽 앞으로 가까이 다가섰다. 아버지가 내 뒷덜미를 낚아챘다.

나가 있어.

나는 쫓겨나다시피 염습실 문 밖으로 떠밀렸다. 죽음도 교육이라며 제 자식들과 나를 염습실 안으로 데려갔던 작은어머니조차 언제 그랬느냐는 듯 못 본 체했다. 이 죽음은 나를 전혀 교육시키지 못했다.

어른

할아버지를 발견한 것은 화장터에서였다. 장의 버스를 타고 화장터의 주차장에 도착했을 때, 가장 먼저 눈에 띈 것은 하늘 높이 솟구친 거대한 굴뚝이었다. 굴뚝 근처에 할아버지가 떠돌고 있었다. 어떻게 왔는지 짐작조차 할 수 없었다. 바람이 데려왔다고밖에 달리 생각할 도리가 없었다. 아니면 아버지와 내가 강력하게 그를 끌어당겼는지도 몰랐다. 나는 쭈뼛거리며 어른들의 뒤를 따라 화장장 안쪽으로 발을 옮겼다. 작은아버지의 어린 자식들이 앞장섰다. 작은어머니는 검은 상복 때문에 유난히 더워하며 연신 손수건으로 이마를 훔쳐냈다.

간소한 영결식이 이어졌다. 차례대로 절을 하고 나서 관 주위에 모두가 둘러서서 묵념을 했다. 간이 녹아 없어진 시체가 그 속에 들어 있다고 생각하니 오싹했다. 화장로의 좁은 문이 열렸다. 안쪽은 어두워서 잘 보이지 않았다. 쿰쿰한 바람이 새어나왔다. 모여 있던 사람들이 조금씩 뒤로 물러섰다. 머리 위로 서늘한 바람이 일었다. 나도 모르게 정수리 쪽에 손이 갔다.

직원들이 관을 향해 허리를 숙였다. 그들의 허리 위로 희끄무레한 그림자가 지나갔다. 할아버지였다. 화장로 입구로 할아버지가 쑥 빨려들어갔다. 순식간에 일어난 일이었다. 나는 두 팔을 허우적거리며 할아버지를 향해 달려들었다. 놀란 어른들이 내 몸 여기저기를 잡아챘다. 뒤로 나동그라지면서도 나는 할아버지에게서 시선을 떼지 못했다.

화장로의 입구가 닫혔다. 버튼에 빨간 불이 켜졌다. 불이 댕겼다. 기다렸다는 듯이 어른들이 화장장 밖으로 빠져나갔다. 아버지는 굴뚝 아래에 우두커니 서서 담배를 물었다. 굴뚝에서 허연 연기가 피어올랐다. 바람마저도 죽어버린 것 같았다. 연기는 하늘 높이 수직으로 솟구치다가 흐리마리 사라졌다. 나는 고개를 한껏 뒤로 젖혀 연기가 사라지는 모습을 오래 쳐다보았다. 연기가 사그라질 때까지 고개를 빳빳이 세우고 있었다. 뒷목을 붙잡고 서서 기어이 다 지켜보았다.

집에 돌아오자 토요일이었다. 아버지는 나를 뒷좌석에 태웠다. 나는 화가 났다. 교복에 아직도 향냄새와 바람결에 묻어온 재가 남아 있었다. 아버지는 아랑곳하지 않고 차를 실내 낚시터로 몰았다. 주차장에 차를 세웠다. 나무 그늘이 깊었다. 아버지는 담뱃갑을 챙겨 차에서 내렸다. 뒷문이 열리고 남자가 올라탔다. 문이 닫혔고 남자는 나를 보자마자 웃었지만 오래 웃어주지는 않았다. 나는 속으로 시간을 잿다. 일, 이, 삼, 사, 오. 남자가 차에서 내렸다. 십오까지 세던 나는 거꾸로 세기 시작했다. 십오, 십사, 십삼, 십이, 십일. 남자는 뒷문을 닫지 않고 서서 흐트러진 매무새를 정돈했다. 아버지의 발소리가 들렸다. 남자가 지갑을 꺼냈다. 아버지에게 지폐를 건넸다. 아버지가 소리 내어 돈을 셌다.

모자라잖아.

아버지가 말했다.

깎아줘요.

장난해?

어리지도 않던데.

남자가 나를 흘깃 쳐다보며 비아냥거렸다.

니가 보기엔 재가 어른으로 보이냐?

아버지가 나를 손가락질했다. 나는 몸을 일으켜 앉았다. 십, 구, 팔, 칠. 세면서 속으로는 나도 궁금했다. 내가 아직도 어른이 아닌지. 아버지는 남자의 손에서 뺏다시피 지폐를 가져갔다. 남자의 입에서 계속 욕이 쏟아져나왔다. 아버지는 대꾸하지 않았다. 앞문을 열고 운전석에 앉은 아버지가 룸 미러로 나를 쳐다보고는 담배를 꺼냈다. 갑자기 뒤에서 요란한 소리가 들렸다. 뒤돌아보기도 전에 차가 크게 뒤흔들렸다. 굉음이 귓전을 때렸다. 나는 뒷좌석 아래로 고꾸라졌다. 아주 오랫동안 밑으로, 밑으로 떨어졌다. 좀처럼 바닥에 몸이 닿지 않았다. 차는 끊임없이 앞뒤로 흔들렸다. 눈을 꾹 감고 버텼다. 육, 오, 사. 온몸을 둥그렇게 말고 잠자코 기다렸다. 자동차의 흔들림이 멈추고 내 몸이 바닥에 닿는 순간이 올 때까지 내가 할 수 있는 일이라곤 비는 것뿐이었다. 누구에게 빌어야 하는지는 몰랐다. 적어도 아버지는 아니었다. 잘못했어요. 다신 안 그럴게요. 그것은 내가 태어나서 가장 먼저 배운 말이었다. 할 수 있는 말을 다 하고 나니, 시간을 재는 일밖에 달리 할 게 없었다. 삼, 이, 일. 마침내 바닥이었다. 나는 뒷문을 열고 밖으로 빠져나왔다. 물속이었다. 몸이 저절로 떠올랐다. 간신히 물 밖으로 나왔을 때 주위엔 아무도 없었다. 나는 깨금발을 하고 귓속에 가득찬 물을 뺐다. 뜨거운 물이 주르륵 흘러내렸다. 살았다. 내가 태어나서 처음으로 한 말이었다.

언니의 십팔번

우리는 삼 인용 소파에 나란히 앉아 매니큐어를 바르는 중이었다. 오늘은 빨간색을 바르기로 했다. 삼촌은 카운터 안쪽에서 장부를 정리하는 중이었다.

마른오징어를 너무 찢었어. 냄새가 더럽게 뱄어.

손톱에 입김을 불다 말고 우리는 짜증을 냈다.

날씬하지도 않은 것들이.

새끼가 담배에 불을 붙이면서 이죽거렸다.

대가리에 피도 안 마른 게.

우리도 질세라 쏘아붙였다.

우리는 웨이터를 새끼라 불렀다. 새끼는 우리보다 나이가 많았지만 키가 작았다. 우리가 힐을 신고 서 있으면 새끼의 정수리가 보일 정도였다. 새끼의 말마따나 네 명이 앉아 있기에는 소파의 크기가 좀 작았다. 불편할 정도는 아니었다. 때때로 우리는 두 명씩 때로는 세 명씩 소파에 나란히 누워 짧은 잠을 청하곤 했다. 몸뚱이는 생각보다 잘 뒤틀리고 쉽게 꺾이고 함부로 구겨졌다. 그 상태로 잠을 잤다. 그런 자세로 꿈을 꾸었다. 불행하다고 말할 순 없었다. 적어도 불행에 대해서는 한입인 양 동시에 말할 수가 없었다. 우리는 불행하려고 모여 있는 게 아니라 불행하지 않으려고 계속 남아 있었다. 행복이라고 말하긴 그렇고, 좀 괜찮아지려고, 나아지려고 선택한 곳이었다.

진아를 봤다.

삼촌이 계산기를 두드리며 말했다. 모처럼 듣는 이름이었다.

진아 언니?

다 마르지 않은 매니큐어가 여기저기 처발리는 것도 모르고 우리는 같은 말을 또 동시에 했다. 정수기 앞에 서서 뜨거운 물을 받던 새끼가 뒷북을 쳤다.

진아 누나?

삼촌이 고개를 끄덕였다. 혀를 찼다. 한숨을 내쉬었다. 새끼가 커피잔을 들고 우리 옆에 털썩 앉았다. 소파가 밑으로 푹 꺼지는 바람에 우리의 앉은키가 확 줄어들었다.

진아 누나 잘 있어?

새끼가 종이컵에 담배꽁초를 떨어뜨렸다.

잘 산대?

우리는 소파 끝으로 엉덩이를 당겨 앉으며 다시 물었다.

언니를 마지막으로 본 그날 이후, 겨울이 지나고 봄이 지났다. 우리는 한 살을 더 먹었다. 손님들은 우리가 한 살을 더 먹었는지 덜 먹었는지 잘 몰랐다.

한쪽이 없어졌어.

삼촌이 계산기를 서랍에 던지며 말했다. 표정이 좋지 않았다. 진아 언니 때문일 수도 있고, 장부에 기입된 숫자 탓일 수도 있었다. 적잖이 우리 때문이기도 했다. 우리는 어제의 잔액이기도 하니까. 우리는 삼촌에 대해서 잘 아는 편이었다.

무슨 소리야?

툭하면 진아 누나 완전 보고 싶다, 입버릇처럼 말하던 새끼가 삼촌에게 바짝 다가갔다. 진아 언니는 웨이터를 잘 챙겨주는 편이었다. 새끼에게 팁 좀 주라고 대놓고 손님들을 들들 볶았다. 손님들은 대체로 언니의 말을 잘 들어주었다. 손님이 짜게 굴면 언니는 제 몫에서 새끼의 팁을 떼어줬다. 모르긴 몰라도 진아 언니가 챙겨주는 팁은 새끼의 월급을 훨씬 웃돌았을 것이다. 당연히 새끼는 우리보다 진아 언니를 더 잘 따랐다.

언니가 떠난 후, 새끼는 주머니가 궁해졌다. 툭하면 가게로 찾아와 떡볶이나 치킨, 왕만두 같은 간식거리들을 전해주던 녀석의 애인도 발길을 끊었다. 원래부터 우리는 새끼의 애인을 반기지 않았다. 언니들이랑 제가 다를 게 뭐 있나요. 녀석의 애인이 우리에게 잘 보이려고 하는 말이 제일 듣기 싫었다. 너만 모르는 거겠지. 우리는 함께 등을 돌리며 들으라는 듯 외쳤다. 우린 너랑 달라. 그 밤엔 마이크의 볼륨을 최대치로 키웠다. 앙코르가 없어도 노래를 연거푸 부르고 춤을 췄다. 그런 아침에는 새끼와 새끼의 애인이 먹다 남긴 닭 뼈다귀와 단무지를 치워야만 했다. 새끼야, 네가 먹은 건 네가 치워. 아무리 말해도 새끼는 듣지 않았다. 우리는 퇴근길에 새끼가 가게 밖에 내놓은 쓰레기봉투를 발로 찼다. 뾰족한 힐은 한 번에 봉투를 찢었다. 쓰레기가 쏟아지고 발 매트가 더러워졌다. 그때마다 길길이 날뛰는 새끼를 붙잡는 사람은 진아 언니였다. 누가 차도 찼을 거다, 쓰레기는. 언니의 말이 맞았다. 쓰레기를 발로 차고 발 매트에 침을 뱉는 놈들은 매일 있었다.

언니는 늘 술에 취한 상태로 퇴근했다. 자정을 넘기기도 전에 비틀거렸다. 아무리 술 마시는 게 일이라도 그러면 곤란했다. 새끼는 화장실에 다녀오는 언니를 붙잡아다가 우리 몰래 계란 프라이나 숙취 해소 음료를 먹였다. 우리는 다 그러려니 했다. 진아 언니는 테이블 밑으로 술을 버리지 않았다. 티슈에 뱉어내지도 않았다. 빈 음료수 깡통에 남몰래 술을 붓지도 않았다. 우리가 아무리 말려도 언니는 손님들이 주는 술을 모두 받아 마셨다.

나는 술이 맛있다. 하루종일 먹고 싶다.

손님들도 그걸 모르지 않아서 언니를 자주 옆에 앉혔다. 우리보다 언니에게 술을 더 많이 권했다. 진아야, 네 꿈이 여기 있다, 가득가득 있다, 생색내면서 따라주곤 했다. 새끼가 따로 진아 언니를 챙기지 않으면 우리가 나서야 할 판이었다.

진아 팔 하나가 없어졌어.

삼촌이 계산기를 서랍에 넣으며 한숨 쉬듯 말했다. 빨간 매니큐어가 바닥에 떨어졌다. 삼촌이 우리의 무릎 위로 걸레를 던졌다.

닦아.

우리는 새끼에게 걸레를 던졌다.

니가 닦아.

한때 경호는 우리의 사장이었다. 그전에는 길 건너에 있는 상가의 노래방 사장이었다. 상가 입주민들의 친목회가 있던 날, 경호는 처음 우리 가게에 왔다. 그날부터 경호는 진아 언니의 단골손님이 되었다. 그때 경호에겐 아내와 자식이 있었는데, 얼마 지나지 않아 이혼했다. 아내는 하나뿐인 딸을 데려가지 않았다. 경호는 초등학생인 딸을 제 여동생에게 맡겼다. 경호의 여동생은 신혼이었다. 새 가구의 냄새가 폴폴 풍기는 거실 한가운데 서서 경호는 동생에게 딱 한마디 했다. 네가 키워라. 그러곤 엉덩이를 뒤로 쭉 내밀고 서 있던 딸을 억지로 소파 위에 앉혔다. 딸의 짐은 책가방 하나뿐이었다. 경호는 자꾸 일어서려는 딸의 어깨를 내리누르며 말했다. 이제부터 여기서 살아. 곧장 떠나려는 경호에게 어린 딸이 화답했다. 예, 예. 그럴게요. 오랫동안 양치질을 못한 딸의 입에서 구린내가 풍겼다. 현관에서 신발을 신으면서 경호는 동생에게 부탁했다. 양치질만 똑바로 시켜줘라. 동생이 코웃음을 쳤다. 경호는 뒤돌아보지 않고 도망쳤다.

경호와 동거를 시작한 뒤에도 진아 언니는 계속 출근을 했다. 우리는 뭔가 이상하다고 여겼지만 이해 못할 일은 아니라고 생각했다. 몇 달 지나지 않아 경호가 우리의 사장이 되었다. 우리는 진아 언니도 알고 경호도 모르지 않았다. 그런데도 우리는 진아 언니가 사모님인지 우리처럼 아가씨인지 헷갈렸고, 경호가 진아 언니의 손님인지 우리의 사장님인지 구분하기 어려웠다. 우리가 보기에 경호는 진아 언니의 남편도, 사장도 아니었다. 언니는 여전히 일찌감치 술에 취해 가게 안을 돌아다녔다. 그런 언니를 챙기는 사람은 새끼뿐이었다.

경호를 챙기는 사람은 아무도 없었다. 경호는 약쟁이였다. 주사 한 대에 삼만원. 경호가 소매를 걷으면 벌건 주사 자국이 도드라졌다. 저게 다 얼마치야? 우리는 경호 모르게 팔뚝의 붉은 자국을 세곤 했다. 무료한 저녁 시간을 보내기엔 안성맞춤이었다. 늘 삼사십만원어치는 웃돌았다. 때때로 약에 취한 경호는 싫다고 도망치는 진아 언니의 팔에도 억지로 주삿바늘을 찔러넣었다. 언니는 껄껄대며 웃다가 가게 밖으로 사라졌다. 제정신일 때에도 잘 웃는 사람이었다. 굳이 약을 줄 필요가 없었다. 그렇게 사라진 다음날 저녁에도 언니는 어김없이 출근했다.

경호는 가게에 오다 말다 했다. 가게에 와봤자 빈 소파에 드러누워 헛소리를 하는 게 경호가 하는 일의 전부였다. 따지자면 진아 언니는 사장의 마누라니까 사장이나 마찬가지였는데도 계속 우리와 함께 노래를 부르고 술을 마시고 구토를 했다. 경호가 출근하지 않은 날엔 종종 2차도 나갔다. 우리는 진아 언니를 더이상 부러워하지 않았다. 팔자 폈네, 따위의 말도 꺼내지 않았다. 언니는 우리가 봐도 안됐다, 싶은 언니였다. 저러다 죽겠다, 싶은 팔자였다.

매일 밤 깡패들이 들락거렸다. 그들은 소파에 떼를 지어 앉아 경호를 괴롭혔다. 새끼는 툭하면 담배 심부름을 해야만 했다. 주방 아줌마는 과일을 깎다 말고 해장국을 끓였다. 경호는 삼만원에 산 주사를 깡패들에게 이만원에 되팔아야만 했다. 때론 만오천원에, 만원에 팔 때도 있었다. 대신에 깡패들은 약속이라도 한 듯 경호를 형님이라고 불렀다. 그들은 형님의 가게에 죽치고 앉아 밤이 새는 걸 지켜봤다. 사이사이 새끼에게 손님들이 남긴 술병을 갖고 오라고 소리쳤다. 새끼의 애인이 사온 만두를 다 처먹고는 코를 골며 잤다.

어느 날, 텔레비전에서 경찰들의 총기 사용을 허락한다는 뉴스가 떴다. 그걸 본 깡패들이 여기저기 전화를 걸고 난리를 쳤다. 형님, 큰일났습니다. 경찰들이 우리에게 총을 쏜답니다. 우리도 이

대로 있을 수는 없습니다. 그러곤 다들 총을 사러 간다며 우르르 가게를 빠져나갔다. 그날 이후 우리는 깡패들의 뒷주머니에 총이 들어 있는 건 아닌지 발목 근처나 팬티 안에 숨겨둔 건 아닌지 궁금해 죽을 지경이었다. 기분좋은 날이면 깡패들은 지나가는 사람들을 붙잡았다. 가게 입구 앞으로 지나가는 사람들을 다 불러 세웠다. 여기가 우리 형님 가겐데 들어와서 한 잔씩 하라는 게 요지였다. 이따금씩 느닷없이 룸에 들어와 술 취한 손님들에게 억지로 비아그라를 팔았다. 손님들은 하나둘 발길을 끊었다. 우리의 수입도 줄었다. 우리는 옆 가게를 기웃거렸다.

결국 경호는 망했다. 경호는 부모를 협박해서 뜯어낸 돈과 제 수중의 돈을 합쳐 시외로 튀었다. 거기서 개 농장을 하겠다고 했다. 우리는 개 농장이 어떤 곳인지 잘 몰랐다. 애완견들을 한데 모아놓은 그런 곳이리라, 짐작할 따름이었다. 물론 그게 아닐 수도 있었다. 그래봤자 사람 대신 개들을 데리고 하는 장사였다. 언니는 친절하고 다정한 개 주인이 될 거야. 우리는 언니를 격려하며 떠나보냈다.

삼촌은 수다스럽기는 해도 술 빼고 다른 무엇을 찾진 않는 사람이었다. 담배도 피우지 않았다. 환갑을 앞두고 바지사장이 된 삼촌은 우리에게 몸 아끼지 말고 열심히 돈 벌어서 빨리 이 바닥을 떠나라고, 자주 화를 내듯 말했다. 몸 아끼지 말라는 말이 듣기에 거슬리긴 했어도 우리보고 빨리 이 바닥을 떠나라고 말해주는 사람은 삼촌뿐이었다. 우리가 서로의 어깨에 팔을 걸고 퇴근할 때마다 삼촌은 등뒤에 대고 중얼거렸다. 얼마나 잘살아보겠다고. 그런 말을 들어도 기분이 아주 나쁘지는 않았다.

삼촌은 가게에서 생활했다. 우리가 모두 퇴근한 뒤에도 삼촌은 혼자 가게에 남았다. 그 바람에 하나뿐인 가겟방을 삼촌과 나눠 써야만 했다. 방의 한쪽 벽에 못 몇 개가 더 박혔다. 삼촌의 바지가 우리의 드레스와 뒤섞여 걸렸다. 우리는 재미삼아 삼촌의 바지 주머니에 콘돔을 집어넣거나 헌 팬티를 쑤셔넣고 들뜬 걸음으로 퇴근했다. 한참 후 다시 주머니를 뒤지면 그것들은 여전히 그대로 있었다.

삼촌이 우리 가게에 첫 출근을 한 날이었다. 그날 밤 진아 언니도 가게에 왔다. 다들 놀라서 웬일이냐고 물었다.

나 그만둔다고 말한 적 없는데.

언니는 어리둥절해하는 새끼를 끌어안고 배시시 웃었다. 하긴 언니가 뭣하러 개 농장을 가겠냐고 우리도 덩달아 웃었다. 우리는 신이 났다. 경호가 없으니 깡패들도 오지 않았다. 깡패가 없으니 손님들이 용감해졌다. 우리는 오랜만에 일렬로 서서 소녀시대 노래를 불렀다. 소원을 말해봐. 우리의 노랫소리에 흥겨워진 손님들이 술잔을 연거푸 비웠다. 우리는 끊임없이 건배를 외쳤다. 진아 언니가 폭탄주를 만들어 쉬지 않고 들이켰다. 손님들이 환호성을 내질렀고 우리는 술잔을 들었다.

갑자기 방문이 요란하게 열렸다. 삼촌이었다. 삼촌이 진아 언니한테 빨리 나오라고 소리쳤다. 우리가 꾸물거리자 삼촌이 진아 언니를 억지로 일으켜세웠다. 손님 중 하나가 욕을 했다. 뭐야, 이 새끼는. 그제야 문밖의 소리가 들렸다. 클랙슨 소리가 연이어 났다. 내다보니 가게 앞에 못 보던 트럭 한 대가 상향등을 켠 채 가게 안을 비추고 있었다.

경호 왔다, 빨리 나가라.

삼촌이 진아 언니의 등을 문밖으로 밀었다. 언니는 가지 않겠다고 버텼다.

진아야, 경호가 트럭으로 가게를 밀어버리겠다고 난리다.

거의 애원조였다. 진아 언니가 삼촌의 다리를 붙잡고 나 좀 살려달라고 울었다. 클랙슨 소리가 더욱 커졌다. 삼촌은 우리보고 아무데나 들어가 있으라고 소리를 질렀다. 삼촌도 제정신은 아닌 듯했다. 진아 언니에게 이건 내 가게가 아니라는 말만 연신 해댔다.

트럭에서 경호가 내렸다. 여전히 상향등을 켠 상태였다. 경호가 가게 안으로 들어왔다. 눈을 보니 또 약에 취한 게 분명했다. 우리는 방안으로 숨어들어갔다. 누군가 진아 언니를 구해줬음 좋겠다고 생각했다. 우리는 간절한 눈으로 손님들을 쳐다봤지만 그것들은 벌써 겉옷을 챙겨 입고 나갈 태세를 하고 있었다. 우리는 손님들을 잡아 앉혔다. 손님 중 하나가 또 욕을 했다. 우리도 욕을 했다.

일단 앉아 있으라고, 이 새끼야.

이대로 손님들을 보내면 우리도 공칠 게 빤하니 어쩔 수 없었다.

새끼가 형님 형님 부르는 소리가 들렸다. 너도 같이 죽여줄까, 경호의 목소리가 잇따라 들렸다. 한때 사장이었다는 이력은 참으로 유용한 거였다. 새끼는 경호에게 욕을 못해 울었다. 사장님, 사장님. 보다 못한 삼촌이 새끼를 우리가 숨어 있는 룸으로 들여보냈다. 우리는 기다렸다는 듯 새끼를 손님 옆에 앉히고 뛰쳐나갔다. 그 와중에 우리 중 한 명은 손님에게 사과를 했다.

오빠, 아까 욕해서 미안.

진아 언니는 벌써 가게 밖으로 끌려나간 상태였다. 비슷한 가게들이 줄지어 선 좁은 골목에서 언니는 반라 차림으로 길바닥에 내팽개쳐져 있었다. 경호가 구둣발로 언니의 배를 밟았다. 언니의 살굿빛 원피스에 경호의 구두 자국이 찍혔다. 우리는 동시에 비명을 질렀다. 언니는 일어서려고 했다. 그때마다 경호가 언니를 밟았다. 곧이어 사람들이 경호와 진아 언니의 주위를 에워쌌다. 다들 경호와 진아 언니를 모르지 않는 사람들이었지만 아무도 경호 앞으로 나서지 못했다. 경호야 그만해라. 누군가가 그런 말을 했다. 어떤 개새끼가 내 이름을 부르냐, 경호가 악을 쓰며 더욱 세게 진아 언니를 발로 찼다.

누구라도 약에 취해 있을 땐 건드리지 않는 게 좋다. 무슨 사달이 벌어질지 장담할 수 없다. 우리는 그런 말들로 서로를 말렸다. 너도 죽기 싫으면 가만히 있어. 우리는 귓속말을 나누며 서로의 팔을 붙잡았다. 진아 언니의 입에서 피가 흘렀다. 머리카락이 흩어졌다. 맨무릎이 찢어졌다. 하이힐이 벗겨졌다. 언니는 가끔씩 날카로운 비명을 질렀지만 대체로 경호의 주먹을 견뎠다. 언니가 뻗은 자리는 어제 술 취한 손님의 토사물이 말라붙어 있던 데였다. 출근하자마자 그 자리에 물을 끼얹은 사람이 언니였다.

웃어봐, 웃어보라고.

경호가 언니의 얼굴을 발로 툭툭 쳤다. 그 말을 듣자마자 우리는 우르르 경호에게 달려들었다. 웃어봐, 그건 우리가 제일 싫어하는 말이었다. 우리는 경호를 물기 시작했다. 경호의 사지를 꽉 물고 놓지 않았다. 경호가 버둥거리자 진아 언니가 경호의 무릎을 끌어안았다. 순간 언니의 눈이 우리와 마주쳤다. 언니가 웃었다. 새끼에게 팁을 쥐여줄 때처럼 살짝 눈을 찡그리며 웃었다. 그 모습을 본 경호가 진아 언니를 들어올리더니 바닥에 내던졌다. 언니의 머리가 바닥에 쿵 소리를 내며 떨어졌다. 언니는 잠잠했다.

경호는 늘어진 언니를 차에 실었다. 트럭은 우리 앞을 빠르게 지나갔다. 트럭의 후미등은 모두 깨져 있었다. 우리는 소리 내어 울었다. 이 개새끼야. 소리쳤다. 니가 죽어라. 쉼없이 욕을 했다. 그게 우리가 진아 언니를 마지막으로 본 날이었다. 그날 진아 언니의 두 팔과 두 다리는 아주 멀쩡히 달려 있었다.

우리는 경호가 진아 언니의 단골손님이던 시절을 기억한다. 그 시절 경호는 거의 매일 혼자 가게에 왔다. 한낮부터 입구에서 우리가 출근하기를 기다렸다. 보기에 나쁘지 않은 연애였다. 경호는 가끔 장미를 사오기도 했고, 커다란 곰이나 토끼 인형을 업고 오기도 했고, 향수나 액세서리 같은 선물을 들고 오기도 했다. 우리는 놀라면서도 불안했다. 새끼의 애인이 한 말처럼 우리가 남들과 뭐 다를 게 있나, 새삼 의심스러워서였다. 경호는 언니를 옆에 앉히고 술 대신 밥을 먹였다. 가방에서 김밥이나 초밥을 꺼내 언니에게 주고 자기는 양주에 딸려오는 실론티를 마셨다. 언니가 밥을 다 먹으면 그제야 술을 조금씩 나눠 마셨다. 가슴에 손을 찔러 넣지 않고 허리를 안거나 억지로 끌어당기지도 않았다. 술에 아주 많이 취한 날이면 종종 언니의 어깨나 허벅지에 얼굴을 묻었다. 그러다 가게의 닫힌 방문들을 모두 뚫어버릴 만큼 사랑한다, 사랑한다, 목청껏 소리를 질러댔다. 그때마다 언니는 자지러지게 웃었다. 우리 귀엔 언니의 웃음소리가 더 크게 들렸다.

경호는 언니와 주로 곡 번호 맞히기 내기를 하며 시간을 때웠다. 노래방 사장인 경호가 제일 자신 있어하는 놀이였다. 매일 수십 곡씩 노래를 부르는 우리도 지지 않을 내기였다. 진아 언니가 제목을 말하면 경호가 번호를 말했다. 대체로 경호의 기억력은 정확했다. 거꾸로 경호가 제목을 말하고 진아 언니가 번호를 말할 차례가 되면 언니가 맞힐 확률은 반반이었다. 언니가 손님들 앞에서 노래를 불러야 할 때마다 우리가 주로 곡 번호를 눌러준 탓이었다. 언니라고 생각해서 일부러 대신 해준 일이었다. 언니는 번번이 내기에서 졌다. 경호는 미안해했다. 그러면서 술을 마셨다. 미안해서요. 경호는 또 사과를 하고, 또 술을 마셨다. 한 번도 내기에서 져주지 않았다. 내기 종목을 바꾸지도 않았다. 내심 언니를 이기는 게 좋은 모양이었다. 그때 알아봤어야 했다.

보통 손님이랑 연애를 하면 다들 끝이 안 좋았다. 이젠 누구한테도 공짜로는 안 줄 거야, 다짐하며 다른 가게로 옮겼다. 다행히 언니는 다른 누구처럼 동네를 떠나지 않아도 되었다. 그게 문제라면 문제였다. 언니는 아무데도 가서는 안 되었다. 언니는 돈을 가질 수 없었다. 경호는 절대로 언니에게 돈을 주지 않았다. 언니는 모두에게 공짜였다. 언니는 방안에서 번 돈을 방안에서 모두 다 썼다. 방안에서 언니는 손님들보다 훨씬 부자였다.

개가 물었대?

경호 그 개새끼가 그랬지?

바닥에 묻은 매니큐어를 지우며 우리가 잇따라 물었다. 아세톤 냄새가 진동했다. 우리는 계속 티슈를 뽑았다.

삼촌이 우리를 내려다보며 말했다. 언니가 있던 곳은 개를 도살하는 데라고 했다. 수백 마리의 개를 한데 키우고 죽여서는 가 죽을 벗겨내고, 초벌로 한 번 삶아 손질하기 쉽도록 기계로 토막을 낸 뒤 보신탕 식당에 넘기는 곳이라고 했다. 매일 개가 남긴 오물들을 치우고 음식물 쓰레기를 들통에 담아 옮겨야 했다. 경호는 거의 모든 일을 진아 언니에게 맡겼다. 대신 경호는 매일 제 팔에 주사를 놓았다. 종아리에 놓을 때도 있었고, 제정신이 아닐 때는 사타구니에 주삿바늘을 꽂았다.

그러면 죽지 않나?

우리는 서로의 얼굴을 쳐다보았다. 벌게진 눈끼리 마주치자 재빨리 고개를 돌렸다.

그러지 않아도 죽는 게 사람 팔자다.

진아 언니는 묵묵히 경호가 하라는 대로 다 했다. 좁은 사육장 안에 삼사십 킬로나 되는 대형견들이 대여섯 마리씩 처박혀 있고 언니는 음식물 쓰레기를 끓여 개들에게 먹였다. 아무리 끓여도 음식물 쓰레기 냄새는 고약했다. 그걸 먹고도 개들은 무럭무럭 자라고 살도 부쩍부쩍 쪘다. 얼추 적당한 무게가 되면 개를 끄집어내서 죽여야 하는데 그래도 그 일은 경호가 했다더라, 그나마 얼마나 다행이냐고 말을 맺은 삼촌이 한숨을 내쉬었다.

뭐가 다행이야.

우리는 동시에 소리를 질렀다.

그날도 경호는 진아 언니를 사육장으로 내몰았다. 언니는 죽은 개를 솥에 삶았다. 다 삶긴 개를 통째로 들어올렸다. 개는 무거웠고, 언니는 팔이 아팠다. 술잔은 얼마나 가벼웠나, 마이크는 얼마나 가벼웠나. 언니는 절단기의 전원 버튼을 눌렀다. 개의 주둥이를 한 손으로 잡고 칼날 밑으로 개의 짧은 목을 스윽 밀어넣었다. 칼날은 단단하고 날카로워서 빼째 목을 잘라냈다. 토막 난 고기들이 언니의 발아래 한가득 쌓였다. 개의 대가리. 개의 앞다리. 개의 뒷다리. 개의 발바닥. 개의 배. 개의 가슴. 개의 꼬리. 개의 모가지. 언니는 개의 잔해들을 보면서 소녀시대의 노래를 흥얼거렸다. 언니의 십팔번 곡이었고, 언니가 마지막으로 우리와 함께 불렀던 노래.

소원을 말해봐. 소원을 말해봐.

노래를 부르다 말고, 다음 가사를 떠올리다 말고, 언니는 제 팔을 칼날 밑으로 쑤욱 밀어넣었다. 어쩌면 기계가 언니의 팔을 잡아당긴 건지도 몰랐다. 언니의 팔은 순식간에 깔끔하게 잘려나갔다. 병원에선 달리 방법이 없다고 했다. 절단된 팔을 도로 붙일 방법은 없었다. 개 피가 묻어서. 오염이 심해서.

언니는 잘려나간 팔 아래를 봉합하는 수술을 받았다. 이제 정말로 돌아가지 않아도 되었다. 굳이 보지 않아도 우리는 알았다. 마취에서 깨어난 진아 언니가 뭉툭해진 팔꿈치를 내려다보며 씨팔, 씨팔, 씨팔, 하면서 남은 팔을 간호사에게 내미는 모습을. 주사라면 지겹다, 씨팔, 하면서 다시 씨팔.

삼촌은 언니가 입원한 병원에 다녀왔다고 했다. 언니의 본명이 기억나지 않아서 팔 잘려나간 여자라고 했더니 간호사가 입원실 호수를 가르쳐주었다. 그러면서 삼촌에게 환자분과 어떤 관계냐고 물었다. 삼촌은, 삼촌이라고 말했다. 내가 개 삼촌이에요. 그러니까 작은아버지이지요. 삼촌은 뒷말에 잔뜩 힘을 주었다. 점심시간이 한참 지난 때였다. 환자복을 입은 사람들은 로비에서 텔레비전을 보거나 엉거주춤 병원 곳곳을 돌아다녔다. 삼촌은 언니의 이름이 적힌 병실을 발견했다. 입구에 다섯 개의 다른 네임 카드가 언니의 이름 아래위로 줄줄이 붙어 있었다. 병실 문은 닫혀 있었다. 삼촌은 문에 난 작은 유리창 너머로 안을 들여다보았다. 침대 몇 개는 비어 있었고 몇몇은 낮잠을 자는지 이불을 뒤집어쓴 채 꼼짝도 하지 않았다. 벽 위쪽에선 아무도 보지 않는 텔레비전이 계속 화면을 바꾸었다. 언니는 텔레비전 바로 아래의 침대에 앉아 있었다. 아무리 고개를 빳빳이 들어도 텔레비전이 보이지 않는 자리였다.

진아 언니는 침대 위에 양반다리를 하고 앉아 점심을 먹고 있었다. 두어 시간 후면 저녁식사 시간이었다. 언니는 한 손으로 숟가락을 쥐고 밥을 떴다. 부들부들 손이 떨렸다. 반 넘게 잘린 팔은 거의 움직이지 않았지만 가끔 저도 모르게 떨어진 반찬이라도 집으려는 듯 움찔거렸다. 밥풀이 툭툭 떨어졌다. 국물이 언니의 허벅지 위로 흘렀다. 그만 먹을 만한데도 언니는 하나뿐인 팔로 계속 수저질을 했다. 그 와중에 연신 욕을 했다. 씨팔. 언니가 욕을 할 때마다 다른 환자들의 이불이 들썩거렸다. 삼촌은 병실 문 앞에 잠시 서 있다가 돌아섰다. 깜빡하고 빈손으로 왔네, 혼잣말을 하면서 떠났다.

삼촌이 담배를 꺼내 물었다. 삼촌이 담배를 피우는 모습을 우리는 처음 보았다.

삼촌, 왜 담배 피워요?

삼촌이 시큰둥하게 대답했다.

내 마음이다.

우리도 담배를 꺼내 물었다. 우리가 담배를 피우는 건 우리 마음이 아니었다.

담배를 끊어야지.

우리는 매일 같은 결심을 반복했다.

근데 진아 언니 본명이 뭐였어요?

새끼가 물었다.

진아.

우리는 믿지 않았다.

오는 길에 삼촌은 경찰서에 들러 경호를 신고했다. 마약법 위반으로 잡혀 들어간 게 이번이 처음은 아니었다. 그때마다 경호는 금방 풀려났다. 누구를 해친 게 아니라는 이유로, 초범이라는 이유로, 단순 마약법 위반이라는 이유로 경호는 벌금을 물거나 두세

달 정도 감옥 생활을 하고 곧바로 집으로 돌아왔다. 그때마다 진아 언니는 도망칠 수 있었다. 그런데도 언니는 도망가지 않고 출근했다. 왜 그랬을까. 우리의 가장 큰 약점은 우리의 본명이다. 언니의 약점은 뭐였을까.

약속이라도 한 듯 우리는 저마다 핸드폰을 꺼냈다. 놀러와 이년들아. 혹시 진아 언니가 그런 문자를 보내지 않았을까, 전화를 걸지 않았을까 싶어서였다. 하지만 언니에게선 아무 연락도 오지 않았다. 삼촌이 핸드폰 꺼낸 김에 손님들에게 단체문자나 보내라고 했다.

오늘 오시면 양주 세트 할인해드립니다.

우리는 삼촌이 불러주는 대로 문자를 보냈다.

저렴한 가격으로 최상의 써비스를 해드리겠습니다.

문자메시지의 내용은 한결같았다. 토씨 하나 달라진 적이 없었다. 삼촌의 핸드폰에서 알림음이 울렸다. 핸드폰을 들여다보던 삼촌이 어이없어했다.

누가 나한테까지 문자를 보냈냐?

우리는 웃었다. 진아 언니에게도 우리의 문자가 도착했을 게 분명하다. 언니는 알고 있다. 우리가 보낸 메시지들은 새빨간 거짓말에 불과하다는 것을. 새끼는 모른다. 왜 자기한테는 안 보내느냐고 다그치는 것만 봐도 그렇다.

써비스가 뭔지도 모르는 것들이.

새끼가 또 지랄을 떨었다. 서비스가 뭔지 아는 사람은 진아 언니뿐이었다고 아쉬워했다. 삼촌이 고개를 끄덕이며 우리에게 또박또박 다시 일러주었다.

써. 비. 스.

우리는 삼촌의 말을 따라 했다. 우리에게 진아 언니는 팁을 주는 쪽이었지, 절대로 받는 쪽은 아니었다.

써비스는 공짜가 아니거든.

우리는 코웃음을 치듯 손톱에 후후 입김을 불었다.

조만간 진아에게 다 같이 가자. 술 한 병 들고.

삼촌이 말했다.

간호사가 우리한테도 누구냐고 물으면 어떡해?

동생이라고 하면 되지.

하긴, 그랬다. 우리는 모두 언니의 동생들이었다. 언니가 폭탄주를 만들어 돌리면 우리가 제일 먼저 마셨으니까. 적어도 우리만은 언니를 언니라고 불렀으니까. 진아를 진아라고 부르지 않았으니까. 핸드폰에서 벨소리가 울리기 시작했다. 우리는 황급히 자리에서 일어섰다. 삼 인용 소파에 새끼 혼자 남았다. 삼촌은 카운터 안쪽의 둥근 의자에 등을 지고 앉았다. 우리는 그렇게 모두가 혼자이도록 자리를 떴다. 진짜 써비스였다.

우리 연애의 미래

기계가 돼야 한다, 팀장이 아침마다 그러더라. 나는 그게 참 쉬웠거든. 기계에 대고 말하는 기계, 이래도 그만 저래도 그만 아니었을까? 근데 저쪽에서 날 너무 인간으로 대하더라. 너무 반말을 해. 싫어요 하지 않고 싫어라고 해. 됐어요 하지 않고 됐다니까라고 해. 날 안다는 듯이. 나 너무 오래 있었니? 내가 누구라는 걸 다 들 알 만큼?

나는 잠자코 오선의 국그릇에 김 가루를 뿌려주었다. 새해니까 떡국 먹자고 불렀는데 오선은 백수가 되었다는 얘기를 쉬지 않고 이어나갔다. 이래도 그만 저래도 그만. 오선이 자주 하는 말이었는데 이래도 좋고 저래도 좋다라는 뜻과는 아주 다른 말이어서 오선의 기분이 어떤지 맞히는 일은 늘 곤혹스러웠다.

이미 그만두고 왔으면서. 다 끝내버렸으면서. 왜 저쪽에 대고 할 말을 내게 할까. 내내 귀기울여 듣긴 했지만 속으로는 의아했다. 나를 이쪽에 세워두고 하는 말인지 저쪽에 세워두고 하는 말인지도 분간하기 어려웠다. '너무 인간'으로 대하는 것에 대한 문제였던 터라 대답할 엄두조차 쉽사리 나지 않았다.

작년까지 오선은 텔레마케터였다. 작년이라 해도 고작 사흘 전이었다. 꼬박 이 년, 하루 평균 이백 통씩 전화를 걸어 인터넷 TV 신청을 권유하고 성공하면 건당 만원을 받았다. 사도 그만 안 사도 그만, 매사 시큰둥한 성격과는 도통 맞질 않는 일이어서 도리어 버틸 만했다고 오선은 말했다. 성과가 좋을수록 앞날이 두려워지는 자리라고도 했다.

주말에는 주로 우리집에서 놀았다. 항상 흰 개를 데리고 왔다. 몰티즈치곤 몸집이 좀 큰 편이었다. 차가 없으니 개를 데리고 외출할 때마다 불편했다. 후줄근한 차림으로 동네를 산책하거나 야외 테이블이 있는 카페에서 음료수를 마시며 온라인 쇼핑을 하는 게 데이트의 전부였다. 그마저도 점점 줄어들어서 나중에는 아예 집에서만 놀았다.

오래전 오선에게 어쩌다 개를 키우게 되었냐고 물었다가 크게 혼쭐난 적이 있었다. 어쩌다라니, 너 진짜 인간 안 같게 말한다, 쏘아붙이더니 일주일쯤 지나서 들려주기로는 전에 살던 사람이 두고 간 개라고 했다. 텅 빈 집 한가운데 흰 개가 납작 엎드린 채 앞발에 조그만 얼굴을 얹고 빤히 쳐다보더라고 했다.

나보다 먼저 살고 있었잖아.

그래서 언니라 부르게 되었다, 오선은 말했다. 언니를 좋아하는 일이, 나는 고단했다. 일관되게 좋지가 않았다. 길에서 언니, 언니 하면 사람들이 다 쳐다봤다. 심지어 남자들도 뒤를 돌아봤다. 개는 툭하면 앞으로 달려나갔다. 오선은 개를 놓치지 않으려고 언니, 언니 부르면서 함께 달렸다.

개는 오선보다 앞장서서 걷기를 좋아하고, 수시로 오선의 몸을 밟고, 불러도 반응하지 않았다. 오선이 움직일라치면 발치에서 사납게 짖었다. 아무리 봐도 오선은 개보다 서열이 낮았다. 심지어 개는 나까지 우습게 보았다.

이게 다 개를 언니라고 불러서 그래.

내가 지적하면 오선이 바로 맞받아쳤다.

그게 아니라니까. 언니가 개라서 그런 거라니까.

깍두기를 집으며 오선에게 물었다.

저녁엔 뭐 먹지?

오선은 국물을 뜨다 말고 이거 남겼다가 또 먹자, 했다.

다 불어. 남기면 떡 돼, 떡.

오선이 킬킬 웃었다.

떡이 뭐라고.

딴은 챙겨주려는 마음으로 끓인 건데 오선이 실실 웃으니까 입맛이 떨어졌다.

먹기 싫음 남겨.

개가 귀를 쫑긋 세우고 밥상 쪽을 흘깃 쳐다봤다. 이게 뭐라고. 뭘 팔 때도, 뭘 살 때도 오선은 같은 소리를 했다. 기본급을 웃도는 월급을 받아본 적도 없으면서, 오선은 농담으로도 내게 상품 신청을 하라든가 회원가입을 하라고 요구하지 않았다. 애사심이 없으니 자부심도 없고, 구매욕이 없으니 판매욕도 없을 수밖에. 나는 그렇게 생각했다. 경력으로 삼을 만한 일은 아니지만 오선에겐 불가피한 이력이었다. 이러저러한 사정을 고려하면 그 일이 아주 나쁜 선택만은 아니어서 그만두길 바란 적도 없었다.

진짜 그만둔 거지?

밥상에서 물러나 앉으며 물었다.

더 그만할 것도 없다, 이제.

꿈쩍 않고 벽에 붙어 있던 개가 슬금슬금 밥상 쪽으로 다가와 오선과 나 사이에 앉더니 오선이 숟가락을 입에 가져갈 때마다 꼬리를 흔들었다. 오선이 또 음식을 남기면 모조리 쓸어다가 개에게 먹여볼까, 잠깐 그런 생각을 했다. 그랬다가는 두 번 다시 오선을 못 볼 텐데, 아직은 그러기 싫었다.

국물은 다 마셔라.

그러자 오선이 수저를 놓고 그릇을 통째로 들고 마셨다. 나는 잘했어라고 하려다가 잘하셨습니다라고 했다.

네, 고객님.

오선이 웃었다.

오선은 경미한 안면인식장애를 앓았다. 사람들에게 제때 인사를 못했다. 전전 직장에선 동료의 결혼식에 늦게 갔다가 혼자 신부측 하객석에 앉아 온갖 걱정에 빠져 있었다. 왜 아무도 안 올까. 다들 축하할 생각이 없는 걸까. 나는 왜 몰랐을까.

다행히 식이 끝나자마자 신랑측 하객석에 앉아 있던 동료들이 우르르 다가왔다. 식전에 빈자리를 좀 채워달라는 신부의 부탁으로 그들은 결혼식 내내 잘 알지 못하는 신랑의 지인들과 함께 앉아 있었다. 오선은 예식 내내 신랑측 하객들과 종종 눈이 마주쳤지만 단 한 명도 알아보지 못했다. 우릴 보고도 계속 거기 있더라. 동료 하나가 놀라워하며 말했다. 오선은 그날 있었던 일을 내게 들려주며 덧붙였다. 너무 다르게 생겨서 못 알아봤어. 비슷하게 생기면 알아보기가 더 쉽지. 표정이 가장 큰 차이니까. 언니는 안 보고도 알아. 내가 건물 현관에 들어서자마자 짖거든.

오선은 일하는 동안 내게 맡겨둔 개의 흰 등을 쓰다듬으면서 한숨을 푹푹 쉬었다. 개는 오선의 허벅지에 앉아 헉헉거렸다. 더워하는 것 같아서 이제 그만 바닥에 내려두라고 했더니 지금 이 얼굴은 언니가 웃는 표정이라고 내게 설명했다. 헉헉, 이건 언니가 웃는 소리라고 덧붙였다. 그 말을 들은 후부터 나는 가끔 오선의 앞에서 헉헉댔다. 그러면 오선이 혼자 웃었다.

보고도 몰라 혼자가 되는 경험을 두 번 다시 하고 싶지 않아서 고른 일이 텔레마케터였는데, 지난 이 년 동안 오선은 또 뭘 겪었던 걸까.

밤이 되자 오선이 결혼을 하자, 했다. 주민등록번호와 신용카드 번호를 불러주는 일이라면 모를까, 네 주머니에 만원이라도 떨어지는 거라면 모를까, 절대로 반말하지 않는 고객이 되라면 모를까. 좀 어이가 없어서 오선의 기분 따윈 나 몰라라 했다.

결혼 그거, 나는 할 수 없다.

그러면 헤어지는 수밖에.

안 해도 좋지 않을까?

결혼하는 거? 헤어지는 거?

둘 다.

우리 사이에 미래가 없다니.

한동네 사는 충무가 툭하면 나한테 하는 말이 있다. 앞날도 모르는 새끼들이 연애라니. 자신을 청자로 포함하고 던지는 말이어서 불쾌하긴커녕 통쾌했다. 서른을 넘긴 지가 옛날인데, 아직도 간신히 연애중이라니. 자조인지 비난인지 알 수 없는 말을 하고 나선 꼭 묻곤 했다. 넌 십 년 뒤에 뭐하며 살 것 같냐? 그때마다 나는 움찔했다. 충무 말고 다른 사람, 이를테면 오선이 물었다면 아마 죄지은 기분이었을 텐데. 분명 그랬을 텐데, 나는 얼결에 충무가 했던 말을 그대로 따라 했다.

십 년 뒤에 뭐하며 살 것 같아?

마흔여섯이네.

오선이 나를 빤히 바라보았다. 마흔여섯 살인 우리의 모습을 상상하는 듯했다.

나는 미래를 모르는 걸, 못 견뎌.

말하고 보니 실수였다. 내가 궁금해하는 미래엔 애초부터 오선이 없었다는 소리처럼 들렸다. 말을 잘못 꺼냈다기보다 진심을 들킨 기분이었다. 내가 이토록 나만 생각하는 놈일 줄이야, 나도 나를 몰랐다.

오선이 벌떡 일어섰다. 베개 위에서 잠자던 개를 끌어안고, 한 손에 빈 케이지를 들고 신발을 구겨 신었다. 나는 엉겁결에 현관문을 열어주고 혹 문이 닫힐세라 잡아주었다. 짖어라 짖어. 위태롭게 안겨 있는 개를 쳐다보며 속으로 중얼거렸다. 짖을 리가 없었다. 누가 집안으로 들어올 때만 짖는 개였다. 누가 나가도 짖지 않는 개였다.

충무도 애인이 있고, 충무 친구 동규도 애인이 있고, 동규 친구 병호도 애인이 있고, 병호 친구 진욱도 애인이 있고, 진욱 친구 만재도 애인이 있었다. 그들도 내게 애인이 있다는 걸 모르지 않았다. 그들도 나를 폴로하니까.

다들 비슷한 처지였다. 삶의 우선순위가 연애일 수 없고 그러면 잘못 살고 있다는 기분이 들 수밖에 없는 형편, 그런데도 다들 애인이 있었다. 연애야말로 예측 가능한 유일한 미래였다. 하지만 그게 나한테 달린 미래 같지도 않았다. 우리가 하는 연애가 그리 드문 경우도 아니라는 걸, 오선이라고 모를까. 따지자면 오선도 개를 키우지 않는가 말이다.

한참 이부자리에 너부러져 있다가 자정 무렵 부랴부랴 오선에게 전화를 걸었다.

무료 체험 기간은 끝났습니다, 고객님.

ARS 기계음 같은 목소리였다. 오선이 먼저 전화를 끊은 것도 처음이었다.

오선에게서 전화가 왔다. 두어 달 만이었다. 오선은 대뜸 언니를 좀 맡아달라고 부탁했다. 언니가 많이 아픈데 병원에 두자니 가두는 거나 마찬가지라서 도저히 안 되겠다고 했다. 나는 흔쾌히 그러라고 했다.

이른아침, 오선이 개를 끌어안고 찾아왔다. 그사이 개는 털이 듬성듬성 빠지고 갈비뼈가 드러날 정도로 삐쩍 말라 있었다. 오선은 개를 이불 위에 내려놓곤 옆으로 뉘어 네 다리를 쭉 펴주었다.

나는 곁에 앉아 개의 턱 언저리를 살살 긁었다. 보아하니 개는 스스로 움직이지도 못했다.

나랑 십 년 살았어.

오선은 개의 정확한 나이를 몰랐다. 십 년을 살았는데 또 십 년을 살 순 없었다. 개는 그렇게까지 오래 살 수 없다고, 이십 년을 사는 개는 없다고 오선은 자주 말했다.

십 년 뒤에 뭐하며 살 것 같냐고? 죽거나 살거나 둘 중 하나야, 개는.

아픈 개를 맡기면서도 오선은 내가 한 말을 잊지 않고 돌려주었다. 나는 충무가 십 년 후를 운운할 때보다 더 움찔했다. 오선이 개를 두고 개라고 말하는 걸 처음 들어서였다.

삼 개월 남았대.

언제부터 삼 개월인데?

지금부터.

삼 개월은커녕 한 달도 버티기 어려워 보였다. 오선은 3박 4일 동안 신입 연수를 받아야 하는데, 어떻게든 언니가 버티기만 바랄 뿐이라고 담담하게 말을 이었다.

언니가 너를 아니까 온 거야. 여기 있으면 내가 돌아온다는 걸 알 거야.

오선은 개 옆에 누워 머리부터 꼬리 끝까지 쓰다듬었다.

다녀올게, 언니.

개가 설핏 눈을 떴다. 새까맣고 동그란 눈동자는 여전했다. 오선이 우물쭈물 일어나 가방을 메고 신발을 신었다. 그 와중에도 계속 개를 보았다. 잘 지키고 있을 테니 걱정 말고 다녀오라고 장담하면서 나는 마지못해 현관을 나서는 오선의 뒤를 따라갔다. 검은색 코트 속에 정장을 갖춰 입은 오선의 행선지가 궁금했다.

어디에 취직했어?

오선이 묵묵부답이어서 나도 입을 다물고 뒤쫓았다. 골목길을 벗어날 때쯤 다시 물었다.

취직한 데가 어딘데?

지하철역에 다다라선 빽 소리를 질렀다.

어디냐고!

그제야 오선이 멈춰 섰다.

내 인생에 대고 짖지 마.

그 순간, 우리 연애의 미래가 누구한테 달려 있는지 또렷이 보였다. 더 묻지 않고 곧장 집으로 향했다. 현관문이 활짝 열려 있었다. 개가 보이지 않았다. 선 채로 집안을 둘러보았다. 없었다. 허리를 숙이고 개가 숨을 만한 곳을 뒤졌다. 최대한 몸을 낮추고 텔레비전 아래, 싱크대 아래, 침대 아래, 개가 기어들어갔을 만한 곳을 샅샅이 살펴보았다. 어디에도 없었다. 다시 집밖으로 달려나갔다. 차마 언니라는 말이 안 나와서, 나는 오선을 불렀다.

오선아, 오선아. 도대체 어딨냐고, 오선아.

지인의 말에 따르면

지인의 말에 따르면, 그의 아버지는 늘 그렇게 운을 뗐다. 거기는 여기보다 살 만하다더라. 서울에서 원주로, 원주에서 제천으로, 제천에서 경주로, 경주에서 포항으로, 포항에서 부산으로. 살 만한 곳을 찾아 식구들은 군말 없이 아버지의 뒤를 따랐다. 살고 못 살고는 전적으로 아버지에게 달린 문제라고 믿었던 시절이었다. 아버지의 지인들은 대개 군대에서 알고 지내던 사람들이었다. 하던 일이 잘 풀리지 않을 때마다 아버지는 병영 수첩을 뒤졌다. 부산에 터를 잡고 나서야 아버지는 지인들에게 전화 거는 일을 멈추었다.

부산은 아버지의 고향이었다. 고향에서 아버지는 그 누구와도 지인으로 지내질 못했다. 종종 아버지는 영도다리 앞에 앉아 어린 그에게 물었다.

아들, 우리 제주에 가서 살까.

그는 발끝을 세우고 수평선을 바라보았다. 무슨 이유에선지 물가에 갈 때면 아버지는 늘 그를 데리고 갔다.

제주가 어딘데요?

오륙도 건너에.

안 보이는데요.

배 타고 열두 시간만 가면 돼.

그렇게 먼 데에는 가고 싶지 않아요.

아버지는 그의 조그만 정수리를 내려다보면서 한숨을 내쉬었다.

넌 아들이란 놈이 전우애가 없냐.

그가 다시 제주를 떠올리게 된 것은 서른한 살 되던 해였다. 팔 년째 계약직으로 근무해온 회사에서 정규직으로 발탁된 해이기도 했다. 회사는 나날이 규모가 커져 분당에서 상암동으로 이전했다. 그를 비롯한 대부분의 직원들이 회사 근처로 이사를 했다. 그 역시 살 집을 구해야만 했다. 밤마다 컴퓨터 앞에 앉아 부동산 사이트를 뒤지는 날들이 이어졌다.

소식을 들은 여동생이 전화를 걸어왔다. 정직원이 된 걸 축하한다는 말과 함께 대뜸 물었다.

오빠, 돈은 좀 모았어?

응, 응.

그의 말도 빨라졌다.

빚도 없고?

그는 당연한 거 아니냐고 큰소리를 쳤다. 여동생의 축하를 계속 받고 싶어서였다.

얼마나 모았어?

동생이 속삭이듯 물었다.

삼천쯤 되나.

따지자면 삼천만원은 그의 수중에 있는 돈이 아니었다. 보증금을 위해 신용대출로 마련한 돈이었다. 정직원이 되자마자 빚을 졌지만 그는 신이 나서 실실 웃고 다녔다. 빚이 아니라 적금을 미리 탔다고 여겼으니까. 동생이 잠시 침묵하다가 말했다. 우리 버리고 가더니 나름 성공했네. 그가 할말을 찾지 못해 더듬거리는 동안 동생이 다시 입을 열었다.

오빠, 나 결혼해.

동생의 전화를 끊고, 그는 문득 제주를 떠올렸다. 부동산 사이트에서 제주의 매물들을 찾아보았다. 주로 구옥들이 올라와 있었다. 삼천만원으로도 충분히 매매가 가능했다. 경매에 낙찰만 된다면 더 싸게 구입할 수도 있었다. 대지 백 평, 주택 평수 사십 평, 게다가 귤밭을 덤으로 준다는 말에 혹하지 않을 수가 없었다. 영도다리 앞에서 아버지가 왜 제주에 가서 살자는 말을 했는지, 그는 비로소 이해했다. 고민 끝에 그는 엄마에게 전화를 걸어 제주에 집을 살까 한다고 넌지시 말을 꺼냈다. 넌 바다가 지겹지도 않냐라는 말이 먼저 돌아왔다. 곧이어 열심히 교통비를 아껴가며 회사를 다니다보면 제주에 이백 평짜리 집을 살 수도 있지 않겠냐는 훈계가 뒤따라왔다. 술에 취한 아버지가 전화기를 빼앗아 살 만하냐고 물었다. 그는 잠자코 고개를 끄덕였다.

하긴 너한텐 서울이 고향이나 진배없지.

초등학교 입학식을 서울에서 치렀으나 부산의 초등학교에서 졸업식을 한 그였다.

고향이라니요, 아버지.

그는 제주를 포기하고 연남동에 집을 얻었다. 출퇴근길에 툭하면 택시를 탔고, 밤이면 동료들과 집 근처 술집에서 저녁 대신 술을 마셨다. 제주의 집값은 나날이 올랐고, 그가 마시는 술의 양도 늘어났다. 더는 귤밭을 덤으로 준다는 말을 어디에서도 찾아볼 수 없게 되자, 그가 사는 삼천에 월 삼십짜리 원룸의 주인에게서도 연락이 왔다. 보증금과 월세를 좀 올려야겠다는 전화였다.

벌써 이 년이 지났나요.

그에겐 더 할말이 없었다. 이 년 사이 집 근처에는 공원이 생겼다. 건물 일층마다 카페와 편의점이 들어섰다. 그가 사는 건물의 일층에도 편의점이 들어설 예정이라고 했다. 승진을 하지 않는 한, 더이상의 대출은 불가능했다. 월세는 급등했고 건물주들은 앞다투어 외벽 공사를 했다.

계약 만료일을 일주일 앞두고서 그는 마지못해 이삿짐을 쌌다. 조립식 책상을 해체하고, 행어의 조임 나사를 모두 풀었다. 라면 박스에 옷을 담았다. 그러곤 당분간 묵을 데를 찾기 위해 대학원에 다니는 고향 친구에게 연락을 했다. 친구는 흔쾌히 수락했다. 대신 월세를 그가 모두 부담한다는 조건하에서였다. 그는 친구의 조건이 부당하다고 느꼈지만 딱히 다른 대안을 찾을 수 없어서 수락했다. 넌 친구라는 놈이 전우애가 없냐. 그 말이 목구멍까지 차올라왔으나 차마 꺼내지는 못했다.

안됐네요.

집주인은 혀를 차면서도 당장 보증금을 돌려줄 순 없다고 못박았다. 아직 세입자를 구하지 못했다는 게 이유였다. 그는 보증금을 돌려받지 못하면 다른 집을 구할 수가 없다고 사정했다. 집주인은 호락호락한 사람이 아니었다. 자기도 세입자를 구하려고 매우 애쓰고 있다고, 손해가 이만저만이 아니라고 죽는소리를 했다. 자신의 처지가 한심해서 그는 거의 매일 밤늦게까지 연남동에서 술을 마셨다.

퇴근길은 하염없이 길어졌다. 어느 날은 술에 취해 새로 생긴 공원의 개천에 핸드폰을 빠뜨렸다. 핸드폰을 주우려고 개천에 발을 디뎠다가 신발이 진흙탕에 빠져버렸다. 간신히 발을 빼냈지만 두 손으로 아무리 진흙을 헤집어도 신발은 잡히지 않았다. 하는 수 없이 맨발로 공원을 걷다 말고 살던 집의 창문을 올려다보았다. 주인의 말이 맞긴 한 걸까. 그가 살던 방의 창문만 불이 꺼진 채였다.

휴가를 내고 법원 민원실을 찾았다. 보증금을 돌려받기 위해 임차권등기명령을 신청할 작정이었다. 이른아침인데도 창구 앞에 사람들이 줄을 섰다. 줄은 당최 줄어들 기미가 없었다. 그와 비슷한 또래의 남자가 행패를 부리고 있었다. 직원이 자신에게만 불친절하게 군다는 이유였다. 다툼은 길어져 점심시간이 되었다. 보란 듯 민원실의 형광등이 모두 꺼졌다. 남자는 어둠 속에서 직원의 이름과 소속을 받아 적고 나서야 고래고래 욕을 지르며 떠났다. 직원은 한참이나 기다린 그를 위해 점심을 미뤘다.

이럴 땐 어떻게 해야 되는지 모르겠어요.

직원이 그를 물끄러미 바라보며 말했다. 그는 직원이 이런 일을 처음 겪는 게 아니라는 걸 알았다.

별일 없을 겁니다.

그의 장담에도 불구하고, 자신의 소속과 이름을 내어줘버린 직원에게 어떤 일이 닥칠지는 아무도 알 수 없었다. 울상을 하고 있는 직원의 얼굴을 보며, 그는 뒤늦게 자신의 삼천만원이 미리 받아낸 적금이 아니라 빚이라는 것을 깨달았다. 도무지 알 수 없는 것은 그 돈의 원래 주인이 누구냐는 거였다. 여전히 월급통장에선 원금과 이자가 꼬박꼬박 빠져나갔다. 돈은 집주인의 주머니에 있었지만, 집주인의 말에 따르면 돈의 주인은 새로운 세입자인 것만 같았다. 살고 못 살고의 문제가 누구의 손에 달려 있는지 도저히 알 수 없는 지경이었다.

저도 죽겠습니다.

직원의 말에 그는 묵묵히 준비해온 서류 뭉치를 내밀었다. 접수를 마치고 큰길가로 나왔다. 어디로 가야 할지 막막했다. 그는 새 구두를 내려다보며 한숨을 쉬었다. 연남동을 지날 때마다 잃어버린 신발이 떠올랐고, 돌려받지 못한 보증금이 그의 발목을 붙잡았다. 언제 다시 집이 생길지 예측하기도 어려웠다. 갑자기 핸드폰이 울렸다. 여동생이었다. 마지못해 전화를 받았다. 어느새 세 살이 된 조카의 목소리가 쩌렁쩌렁 울렸다.

삼촌, 토마스 사주세요.

토마토? 토마토?

그는 계속 물었고, 여동생이 답답했는지 전화 너머에서 토마스 사달라고 외쳤다. 그제야 말귀를 알아들은 그가 나중에 사주겠다고 하자 멀리서 여동생이 속삭이는 소리가 들렸다.

울어, 울어.

아무도 진짜로 죽지 않아

재하는 강에서 제일 가까운 동네에 살았다. 도시를 세로로 관통하는 강의 오른쪽 동네였다. 그곳은 인근에서 가장 가난한 사람들이 모여 사는 곳이기도 했다. 덕분에 재하에겐 친구가 별로 없었다. 바로 그 점이 내가 재하를 친구로 삼은 가장 큰 이유였다. 나는 주로 재하네 집에서 놀았다.

우리집은 강의 왼쪽 동네였다. 재하를 우리집에 초대한 적은 단 한 번도 없었다. 우리집은 오층짜리 아파트였는데 한 층에 스무 가구가 살았다. 스무 가구 중 절반의 아이들이 나와 같은 학교에 다녔고, 그중 절반은 나와 같은 학년이었으며, 그중 절반은 나와 같은 반이었다. 나는 그들과 친하게 지내지 않았다. 그들과는 무슨 놀이를 하건, 무슨 짓을 하건 빠른 속도로 부모의 귀에 들어갔다. 나는 그게 싫었다. 집을 비우는 건 부모인데 한나절 동안 무얼 하며 시간을 보냈는지 꼬박꼬박 고해바쳐야 하는 쪽은 늘 나였다.

혼자 집에서 책을 읽었어요.

그 말은 맞벌이를 하느라 자식 곁에 있어주지 못하는 부모의 양심을 찌르기엔 꽤 적합한 문구였다. 동시에 부모를 안심시키기에도 가장 적당한 말이었다. 부모가 내 말을 듣고 걱정할 것은 단 두 가지뿐이었다. 외아들인 내가 여느 아이보다 내성적이라는 것과 지나치게 똑똑하다는 것. 그것은 차라리 자랑과 안도에 가까웠다. 심지어 그들은 내게 친구가 없다는 사실조차 크게 괘념치 않았다. 내 부모는 정기적으로 책을 사주는 것 외에 내게 달리 신경쓸 일이 없었다. 각자의 업무에만 충실한 삶을 살아도 전혀 문제될 게 없었다는 소리다.

나는 정반대였다. 내 방엔 나날이 책이 쌓여갔고 내겐 그것들을 읽어낼 시간이 부족했다. 게다가 나에겐 책의 내용을 간추려 부모에게 전해야 할 의무가 있었다. 도저히 내 힘으로는 어찌할 도리가 없는 그 의무를 나는 재하의 누나를 통해서 지켜냈다.

재하에겐 누나가 있었다. 누나는 우리보다 세 살이 많았다. 누나의 방에도 책은 많았다. 재하의 부모는 가난했지만 맏딸에게 여러 종류의 문학 전집을 사주곤 했다. 재하의 숙모가 출판사 외판원이라고 들었다. 아마 재하 부모의 입장에서는 재하의 누나와 숙모, 둘 모두의 청을 거절하기가 힘들었을 것이다. 얼마 후 내 방에도 누나의 책과 똑같은 것들이 가지런하게 진열되기 시작했다. 재하 숙모의 수입도 점점 늘어났다. 날이 갈수록 재하의 부모는 더욱 가난해졌고, 내 부모의 퇴근 시각은 보란듯이 늦어졌으며, 나는 더욱 뻔질나게 재하네 집을 들락거리다가 중학생이 되었다.

누나는 고등학생이 되었다. 누나가 책을 읽는 속도도 더욱 빨라졌다. 하지만 누나에게 더이상 새 책은 주어지지 않았다. 그즈음 재하의 숙모가 출판사 외판을 그만두고 보험사에 취직한 탓이었다. 재하의 부모는 아직 책의 할부금을 다 갚지 못했다는 이유를 들어 보험 가입 권유를 모두 거절했다. 숙모는 가난한 부모일수록 사망보험 가입이 필수라고 핏대를 세웠지만 재하의 아버지는 향후 삼십 년간 우리집에 장례식 치를 일 따위는 없을 거라고 단단히 못박았다. 삼십 년이 아니라 사십 년이야. 재하의 엄마가 꾸짖듯 말했다. 누구를 꾸짖는 말인지는 알 수 없었다. 얼굴이 벌게지는 쪽은 언제나 재하의 아버지였다. 언니는 돈 욕심은 없으면서 명줄 욕심은 있나봐. 비아냥거리는 쪽은 당연히 재하의 숙모였다.

재하와 나는 서로 다른 중학교에 입학했다. 더이상 재하와 친하게 지내는 모습을 누군가에게 들킬까 염려하지 않아도 되었다. 내가 제일 두려워한 것은 내게도 친구가 있다는 사실, 그 자체였을지도 모른다. 재하는 시의 오른쪽 끄트머리에 있는 중학교에 입학했다. 공업고등학교와 붙어 있는 학교였다. 시에서 제일 역사가 길긴 했지만 해가 갈수록 평판이 나빠져 사람들이 꺼리는 학교가 된 지 오래였다. 나는 강의 왼쪽 동네에 신설된 중학교에 입학했다. 동네의 인구가 갑자기 증가하면서 새로 생겨난 중학교는 최신식 냉난방시설이 갖춰진데다 최초의 남녀공학이라는 이유로 인근에서 가장 유명한 중학교가 되었다.

중학생이 되어서도 나는 꾸준히 재하네를 찾아갔다. 일주일에 서너 번 난간 없는 다리를 오갔다. 가끔 다리를 건너다 말고 멈춰서서 물위를 떠가는 것들을 한참 동안 내려다보았다. 바위틈에서 하얀 거품이 부글부글 끓어올랐다. 종종 죽은 물고기들이 강가로 쓸려나오기도 했지만 그리 많은 수도 아니었고 자주 있는 일도 아니었다. 죽은 물고기는 부리가 긴 흰 새들의 몫이었다.

누나에게 그 새의 이름을 물어본 적 있었다.

나도 몰라.

누나는 이층침대의 아래 칸에 누워 대답했다. 재하와 누나는 한방을 썼다. 벽 하나를 사이에 두고 안방과 작은방이 붙어 있는 좁고 단순한 구조의 집이었다. 재하와 누나가 함께 쓰는 방은 이층침대 하나와 책상 하나뿐, 다른 가구가 놓일 여유조차 없었다. 하나뿐인 책상은 주로 누나가 사용했으나 거의 비어 있었다. 누나는 이층침대의 아래 칸에서 방안의 고요하고 답답한 시간들을 애써 견뎌냈다. 누나의 머리맡엔 두꺼운 양장본들이 어지럽게 흩어져 있었는데 이미 다 읽은 책들이었다. 누나는 어떤 책이든 두 번 읽기를 싫어했지만 버리지도 않았다.

학인가?

누나가 뒤이어 중얼거렸다.

그럴 리는 없겠지.

냉장고를 뒤지던 재하가 두루미라고 소리를 질렀다. 누나가 대꾸 없이 눈을 감고 잠을 청했다. 잠시 후 침대 아래로 가느다란 팔이 툭 떨어졌다. 그런 누나를 바라보고 있자니 슬슬 화가 났다. 내가 재하네 집을 들락거린 지 몇 년이나 되었지만 누나는 내게 좀처럼 곁을 주지 않았다. 내가 책의 줄거리를 꼬치꼬치 캐물을 때만 눈을 빛내며 길게 이야기할 뿐, 나에 대해선 전혀 궁금해하지 않았다. 누나가 내 이름을 알기나 하는지 캐묻고 싶던 적도 한두 번이 아니었다. 누나는 내 이름을 부른 적이 없었고, 설령 내게 무슨 말을 건네더라도 항상 재하를 불러서는 재하와 나 둘 모두에게 들으라는 듯 말을 이어나갔다. 재하와 전혀 상관없는 이야기를 던질 때도 누나가 부르는 이름은 언제나 재하였다.

우리 누나는 미쳤어.

재하는 툭하면 누나를 미친년이라고 불렀다. 아주 넌더리가 난다는 듯 굴었다. 한창 누나와 침대 문제로 신경전을 벌이는 중이었다. 재하는 이층침대의 위 칸에서 내려오기를 원했다. 부쩍 키가 자라기 시작하면서 몸무게도 하루가 다르게 늘어났다. 이미 낡을 대로 낡아버린 침대가 육십 킬로그램의 하중을 언제까지 버텨낼지 몰라 위험천만한 지경이라고, 누나를 설득했다. 누나는 재하의 말에 도리어 즐거워했다.

재하에 따르면 누나는 아주 어릴 때부터 시체 놀이를 즐겼다고 한다.

옛날엔 입가에 케첩을 바르고 아무데나 누워 있었다니까. 내가 아무리 엉덩이를 걷어차도 소용없어. 데굴데굴 구르면서 한참을 웃어대. 그나마 요즘은 매우 어른답게 죽는 편이지.

한번은 이런 일도 있었다고 한다. 누나는 빨간 포스터물감을 뜨거운 물에 풀어서는 이불에 뿌렸다. 목화솜으로 만든 아주 무거운 이불이었다. 재하의 엄마는 그 이불을 매우 아껴서 일 년 내내 요 대신 안방에 깔아두고 그 위에서만 잠을 잤다. 한여름엔 이불 위에 대자리를 깔았다. 긴 시간 녹록지 않은 노동에도 허리가 아프지 않은 이유는 오로지 그 이불 때문이라고 입버릇처럼 말했다. 누나는 바로 그 이불에 무럭무럭 김이 나는 빨간 물을 뿌리고 사지를 기이하게 뒤튼 자세로 엎어져 식구들이 돌아오기만을 기다렸다. 부엌칼을 안방 문 입구에 삐뚜름하게 던져놓은 채로.

누나는 죽을 만큼 맞았다. 등짝에 수십 개의 벌건 줄이 그어졌다. 그 주에 열린 백일장에서 누나는 장원을 했다. 그날부터 재하의 엄마는 딸이 들고 온 상장을 부끄럽게 여기기 시작했다. 누나의 상장들은 화장대 서랍 안에 차곡차곡 쌓였다. 재하의 엄마는 가끔씩 그것들을 꺼내 보긴 했지만 코팅을 한다거나 액자에 넣어 두는 일 따위는 하지 않았다. 이불 홑청을 벗기면 아직도 그 빨간 물감이 그대로 남아 있다고 했다. 그날 이후부터 재하의 가족들은 시시때때로 죽은 체하느라 바쁜 누나를 모두 모른 체했다. 되살아나기를 기다리지 않았다.

아무도 봐주지 않아도 누나는 죽은 체하며 보내는 시간을 꼬박꼬박 누렸다. 밤이 되면 책을 펴고 책상 앞에 앉았다. 그런 누나의 모습은 보다 그럴직한 시체의 자세를 골똘히 연구하는 사람처럼 보였다.

중학생이 된 후 처음 맞는 여름방학이었다. 우리는 낚시를 다니기 시작했다. 재하의 아버지가 쓰던 낡은 낚싯대를 내가 집 뒤꼍에서 우연히 발견한 뒤부터였다. 재하와 내가 낚싯대의 줄을 손보는 동안 누나는 어깨에 담요를 두르고 나와서 그 모습을 한참 동안 구경했다. 매우 무더운 날이었다. 누나는 금세 질렸는지 몇 분 지나지 않아 담요를 질질 끌며 집으로 들어갔다.

재하야.

집안에서 누나의 목소리가 들렸다. 재하는 못 들은 체했다.

재하야.

다시 한번 재하를 부르는 목소리가 들렸다. 내가 먼저 일어섰다. 재하가 마지못해 뒤따라 일어섰다.

보나 마나야.

재하가 툴툴거리며 앞장섰다. 누나는 침대에 누워 있었다. 재하와 나는 벽에 등을 붙이고 앉아 누나가 입을 열기를 기다렸다. 누나의 숨소리가 거칠었다. 죽어가고 있는 게 분명해 보였다. 적어도 그 순간만큼은 그랬다.

누나, 이러지 말아요.

내가 만류하자 누나는 다 죽어가는 목소리로 말했다.

재미없어?

보다 못한 재하가 하지 말라고, 그만하라고 고함을 질렀다. 재하는 금방이라도 누나에게 달려들 것만 같은 태세였다. 정작 누나의 죽음을 가장 두려워하고, 거짓 죽음일지라도 슬퍼하는 사람은 나뿐인데, 내가 하는 말은 전부 하나 마나였다. 남매의 다툼을 보는 것이야말로 가장 재미가 없었다.

누나는 우리 모두에게 관심 없다는 듯 돌아누웠다. 그 야윈 등이야말로 정말 죽은 사람의 뒷모습 같았다. 나는 숨이 곧장 끊어질 것처럼 가슴 언저리가 답답했다. 그날 이후, 누나를 떠올릴 때마다 가슴께로 번져나가는 둔통이 수시로 나를 찾아와 괴롭혔다. 자꾸 눈앞에 누나의 얼굴이 어른거렸다. 내가 없는 사이 누나가 죽어버릴지도 모른다고 생각하면 온몸이 욱신욱신 아파왔다. 나는 더욱 자주 재하의 집을 찾아갔다.

여름방학이 시작되고 한 달 남짓 지나는 동안 서너 차례 폭우가 쏟아졌다. 강물이 크게 불어났다. 재하와 나는 강에서 멀리 떨어진 곳에 자리를 잡고 앉았다. 모래밭 깊숙이 낚싯대를 꽂아놓고 수다를 떨었다. 고기를 잡는 일 따위엔 애초부터 관심 없었다. 낚싯대를 드리우고 강변에 궁둥이를 붙이고 앉아 지는 해의 그림자를 바라보는 것, 그 부동의 놀이를 우리는 즐겼다. 이 풍경 속에 놓인 우리에게선 어쩐지 어른의 냄새가 났다. 우리의 부모를 닮지 않은, 우리가 꿈꾸는 어른의 냄새.

재하와 나는 서로의 부모를 비교했다. 비교할 만한 게 딱히 없었다. 우리는 각자의 부모에 대해 아는 바가 적었다. 둘 중 어느 부모가 더 낫다고 말할 수 없었다. 그게 웃겨서 재하와 나는 서로의 어깨를 치며 자주 웃었다. 하릴없는 오후에 강가에 낚싯대를 드리울 수 있다는 사실 하나만으로 우리는 각자의 아버지보다 나은 삶을 살고 있다고 자신 있게 말할 수 있었다. 그렇다고 해서 내가 재하를 질투하거나 시기할 만한 점이 하나도 없었다면 거짓말이다.

우리 누나 싫지?

재하가 낚싯대를 발로 툭툭 건드리며 내게 물어왔다. 나는 아니라고 말하고 싶었는데 그러지를 못했다. 그저 고개를 두어 번 끄덕이고 말았다. 나는 헷갈렸다. 내가 누나를 좋아하는 것인지, 아니면 재하에게 누나가 있다는 사실을 부러워하고 있는 것인지 구분하기가 힘들었다. 그 둘을 구분해내지 않으면 어떤 대답이 진심에 가까운지 알 방법이 없었다.

때마침 재하의 낚싯대가 흔들렸다. 재하가 벌떡 일어나 낚싯대를 빼 들었다. 바늘에 미끼를 끼우지 않았으면서도. 재하는 빈 바늘을 향해 다가올 물고기는 없다는 걸 영 모르는 듯했다. 저만치 강 한가운데에서 부리가 길고 다리가 가느다란, 우리가 전혀 이름을 알지 못하는, 그렇지만 학이거나 두루미일 리는 없는 그 새가 나와 재하 쪽을 쳐다보고 있었다. 재하가 그 새를 쳐다보며 말했다.

저 새를 잡아볼까?

그게 얼마나 어려운 일인지, 노고에 비해 얼마나 쓸데없는 포획물인지 재하는 또 모르는 모양이었다. 나는 재하의 관자놀이를 가볍게 때리며 소리 내어 웃었다. 문득 재하가 날 웃게 만들기 위해서 일부러 바보 같은 소리를 늘어놓는 건지도 모르겠다는 생각이 들었다. 나는 아주 조금 더 오래 웃어주었고 재하가 뒤늦게 따라 웃다가 슬며시 낚싯대를 매만졌다.

문득 재하네 집에 처음 놀러갔을 때가 떠올랐다. 다리 끝에서 재하가 나를 기다리고 있었다. 회사원들을 태운 버스가 다리 위를 빠른 속도로 달렸다. 내내 바람이 불었다. 머리칼이 헝클어져 내 몰골은 볼품없었다. 재하가 나를 향해 손을 흔들었다. 나는 걸음을 빨리하려 노력했다. 바람도 점점 거세졌다. 다리 위를 벗어나기가 힘들 정도였다. 나는 고작 열두 살이었고 성장이 늦은 편이었다. 재하도 크게 다르지 않아서 우리 둘이 함께 다니면 애티가 더욱 두드러졌다. 좀처럼 바람에 맞서지 못해 더딘 걸음을 자꾸 의식하는 바람에 내 표정은 점점 굳어갔다. 재하 역시 안절부절못하는 얼굴로 나를 반겼다. 나는 재하가 내 표정을 따라 하고 있다고 여겼다. 보다 간절하게 친구를 필요로 하는 쪽은 내가 아니라 재하라고 생각하던 때였으니까.

우리는 좁은 강둑 위를 삼십여 분 걸었다. 강가 벌판에 비닐하우스들이 즐비했다. 사람이라곤 전혀 보이지 않았다. 동네 사람들은 전부 비닐하우스에서 일한다고 재하가 설명했다. 재하의 부모도 그 많은 비닐하우스 중 한 곳에서 온종일 품을 팔았다. 태풍 예보가 있는 날에는 그들의 일손도 더더욱 바빠졌다.

길 끝에 낮은 구옥들이 옹기종기 모여 있는 좁은 동네가 보이기 시작했을 때, 재하가 우물쭈물하더니 입을 열었다.

근데 집에 누나가 있어.

이미 알고 있던 사실이라 새삼스러울 게 없었다.

누나가 좀 이상해.

그제야 나의 방문이 실례일지도 모르겠다는 생각이 들었다. 하지만 이제 와서 되돌아갈 수도 없었다. 그럼 우리집에 갈래? 라고는 죽어도 권하고 싶지 않았다. 집 앞에 다다르자 재하가 멈춰 서서 말했다.

우리 누나가 죽어 있어도 놀라지 마.

재하는 나를 텔레비전이 있는 방으로 안내했다. 재하의 부모가 쓰는 방이었다. 남의 집에 가본 게 처음이나 마찬가지여서 나는 방안의 살림살이들을 신기한 눈으로 살펴보았다. 우리집 안방과 달리 재하네 안방을 채운 가구들은 모두 키가 작았다. 좌식 화장대 앞에 놓인 방석은 난생처음 보는 거였다. 우리집엔 방석이 없었다. 대신 쿠션 높은 의자가 여러 개 있었다. 나는 대자리가 깔린 솜이불 끄트머리에 앉아 재하가 오기만을 기다렸다. 이따금 재하의 목소리가 옆방에서 들렸다. 누나는 코빼기도 비치지 않았다.

잠시 후 재하가 안방으로 들어왔다. 누나에 대해선 일언반구도 없었다. 곧장 비디오테이프 서너 개를 텔레비전 장식장에서 꺼냈다. 학교 앞 대여점에서 빌려온 것들이었다. 재하가 뭘 보면 좋겠냐고 거듭 물어왔다. 나는 뭐든 좋다는 식으로 말했다. 자꾸 쑥스러운 기분이 들어서였다. 재하가 뱀파이어가 나오는 영화를 보자고 했다. 최근에 개봉한 영화라는 말도 덧붙였다. 비디오테이프를 투입구에 넣었지만 바라던 영상은 재생되지 않았다. 철컥, 소리와 함께 테이프가 투입구 밖으로 튀어나왔다. 나는 깜짝 놀라 소리를 질렀다. 재하가 테이프를 살펴보더니 어깨를 으쓱했다. 미리 되감기를 안 한 탓이었다. 테이프가 모두 되감아지길 기다리는 동안 재하가 영화의 줄거리를 두서없이 이야기하기 시작했다.

뱀파이어가 여자들을 막 죽여. 하지만 실제로는 아무도 죽지 않아.

나는 문득 재하에게 요즘 학교생활이 어떤지 물어봐야 하는 건 아닐까 싶었다. 하지만 어쩐지 그 질문은 내가 받아야 할 것 같았다. 힘들게 강을 건너온 손님은 바로 나였으니까.

아무도 죽지 않는다고 실망하지 마.

재하가 재생 버튼을 누르면서 말했다. 미안해하는 기색이 역력한 표정이었다.

해가 저물었지만 우리는 빈손이었다. 강둑을 따라 늘어선 비닐하우스에 차례차례 불이 밝혀졌다. 돌아가야 할 시간이었다. 재하가 낚싯대를 허공에 높이 치켜들고 빙빙 돌렸다. 낚싯대를 거두면서, 내게 내기를 하자고 말했다. 누나가 시체 놀이에 빠져 우리의 귀가를 기다리고 있을지, 아니면 짐짓 멀쩡한 체하며 책이나 읽고 있을지.

재하가 재빨리 누나는 분명 죽어 있을 거라고 선수를 쳤다. 나도 같은 생각이었지만 내가 고를 수 있는 선택지는 달리 없었다. 나는 누나가 침대에 엎드려 한 손으로 턱을 괴고 다른 한 손으로 책의 오른쪽 페이지를 만지작거리다가 종종 입술을 침으로 적시며 책을 읽어나가는 모습을 상상했다. 한 번도 본 적 없지만 닫힌 방문 안쪽에서 누나는 꼭 그러고 있을 것만 같았다. 누나의 머리맡에, 누나의 발치에, 누나가 팔을 뻗어 만질 수 있는 사정권 안에는 항상 책들이 난장판으로 뒤섞여 있었으니까.

내가 아무 말이 없자 재하의 말이 많아지고 길어졌다. 얼마 전엔 이런 일이 있었다고 했다. 누나는 아버지의 소주를 다 마셔버리곤 머리에 검은 봉지를 뒤집어쓰고 침대에 처박혔다.

사실 소주를 마셨는지 안 마셨는지는 정확하게 알 수 없어. 빈 소주병이 바닥에 놓여 있긴 했지만 누나는 원래 그런 연출에 도가 텄으니까.

잠결에 누나는 이층침대의 위 칸 바닥을 걷어찼다. 구부정한 자세 때문에 불편한 잠을 자고 있던 재하가 그 기척에 놀라 깼다.

일부러 찬 건지, 모르고 찬 건지도 몰라. 누나가 정말 죽으려고 그랬는지, 기발한 시체 놀이 중 하나인 건지 나는 이제 몰라.

놀란 재하는 상반신을 내밀어 아래 칸을 들여다보았다.

누나의 얼굴이 사라졌다고 생각했어. 목 아래만 있는 것 같았어. 밤이었으니까 말이야. 낮이었다면 검은 얼굴만 남아 있었다고 생각했을 거야.

재하는 누나를 연거푸 불렀다.

누나, 누나.

사라진 얼굴에서 바스락바스락 소리가 났다. 봉지가 콧구멍에 들러붙었다가 겨우 떨어지면서 나는 소리였다. 놀란 재하가 침대 아래로 풀쩍 뛰어내렸다. 검은 봉지를 잡아 뜯자 누나는 벌떡 일어나 책상 앞으로 가서 앉았다. 하지만 읽을 만한 책이 없었고 결국 누나는 찢어진 검은 봉지를 다시 주워들었다. 재하는 침대에 걸터앉아 누나가 하는 짓을 모두 지켜보았다.

이제 그만 올라가, 누나가 그러더라고. 그래서 올라가서 자는 체했어. 누나는 진짜 죽고 싶은가봐. 죽는 게 제일 재밌대.

나는 재하가 나의 유일한 친구라는 사실을 기억해냈다. 나 역시 재하의 유일한 친구라는 사실도 변함없었다. 따지고 보면 우리가 가진 것들은 다 유일했다. 유일한 아버지, 유일한 어머니, 유일한 친구. 하지만 재하는 유일하면서 혼자인 적이 없었다. 재하에겐 언제 사라질지 모를 누나가 있었으니까. 나는 누나의 마음을 알 것 같았다. 내가 더이상 빈집을 지키고 있는 유일한 사람으로 남아 있기를 원하지 않듯이, 사실 누나도 어딘가 갈 만한 곳을 찾던 것은 아니었을까.

재하가 먼저 집으로 들어섰다. 우리는 누가 먼저랄 것 없이 눈으로 누나를 찾기 바빴다. 누나는 보이지 않았다. 집은 좁았다. 오랫동안 누나를 찾을 필요가 없었다. 누나는 집안에 없는 게 확실했다. 재하와 나는 집밖으로 나갔다. 담장 없는 집의 가장자리를 샅샅이 살폈다. 재하는 당황했다. 누나를 찾으러 어디로 가야 할지, 누나가 있을 만한 곳이 어딘지 재하는 전혀 알지 못했다. 사색이 되긴 나도 마찬가지였다. 재하는 주춤거리며 조금씩 집에서 멀리, 멀리 나아갔다. 왔던 길을 천천히 되돌아갔다. 불 켜진 비닐하우스와 그 너머 불 꺼진 비닐하우스들을 바라보면서 우리는 한숨을 내쉬었다.

저기엔 없을 거야.

내 말에 재하는 쉽게 동의했다. 우리는 다시 강둑 위를 걸었다. 강둑의 가파른 경사면에 빽빽이 자란 갈대숲을 불안한 눈으로 쳐다보면서 나쁜 상상에 휘말리기도 했다.

여기에도 없을 거야.

재하의 말에 나 또한 크게 수긍했다. 우리는 집에서 멀리 나아갔다. 초조함은 커지는데, 발걸음은 점점 느려졌다. 길 끝엔 강 너머 동네로 향한 다리뿐이고, 누나가 다리를 건너갔을 확률은 매우 낮았다. 좀전까지 다리 아래에 낚싯대를 드리우고 있던 재하와 나였다. 다른 사람도 아닌 누나가 다리 위에 섰더라면 절대로 그 모습을 놓쳤을 리가 없었다. 재하는 강둑의 비탈면을 미끄러지듯 내려갔다. 모래밭에 서서 주위를 살펴보았다. 인기척이라곤 전혀 찾아볼 수 없었다. 강 너머 바위맡에서, 부리가 긴 흰 새들이 젖은 다리를 말리면서 깃털에 묻은 물기를 털어내고 있었다.

백로야.

얼빠진 얼굴로 강 건너를 바라보던 재하가 중얼거리듯 말했다.

뭐라고?

해가 아주 빠진 강가에 서니 윙윙거리는 소리가 자꾸 귓속을 파고들었다. 재하의 목소리가 잘 들리지 않았다.

저 새들 말이야. 백로래. 며칠 전에 누나가 말해줬어.

나는 백로, 백로, 하며 몇 번 따라 하다가 말았다. 왠지 그 또한 틀린 이름 같았다. 집으로 돌아가야 할 시간이 바투 다가왔다. 부지런히 걸어도 평소보다 늦게 집에 도착할 듯했다. 적절하지 못한 순간이다 싶으면서도 나는 결국 재하에게 그만 집으로 돌아가야겠다는 말을 꺼냈다. 재하가 내 어깨를 툭 치며 어서 가라고 했다. 내기의 결과는 다음에 알려주겠다고, 짐짓 미소까지 내보였다. 나는 어쩐지 먼저 돌아서고 싶진 않아서 재하에게 너부터 가라고 떼를 썼다. 누나는 벌써 집에 돌아왔을 거라며 억지로 재하의 등을 떠밀었다. 그 순간 귀를 찢는 비명이 들렸다. 재하와 나는 괴상한 소리가 난 방향으로 고개를 틀었다. 백로라는 그 새였다. 새는 커다란 날개를 한껏 젖히며 비명 같은 소리를 내지르더니 훌쩍 날아올랐다. 우리는 함께 강둑 위로 기어올랐다. 그러곤 등을 돌려 헤어졌다.

나는 다리의 가장자리를 따라 걸었다. 자칫 넘어지기라도 하면 아래로 떨어질지도 몰랐다. 나는 부러 주위를 두리번거리며 걸었다. 재하가 나를 보고 있을 것 같았다. 바삐 걷는 와중에도 누나를 찾고 있다는 걸 보여주고 싶었다. 나는 다리 한가운데 멈춰 서서 강의 오른쪽을 뚫어져라 바라보았다. 뭔가 작은 형체가 보이는 것 같기도 했고 아닌 것 같기도 했다. 불 켜진 비닐하우스를 바삐 오가는 사람들의 그림자만 뚜렷하게 보였다. 재하의 이름을 불러볼

까도 싶었다. 목청을 가다듬다가 말았다. 어차피 들리지 않을 것이다. 갑자기 누나가 그토록 불렀던 재하라는 이름이, 사실은 나를 불렀던 것일지도 모른다는 생각이 들었다. 재하, 부르면 내가 먼저 달려갔으니까. 어쩌면 누나도 나를 친구라고 생각했던 게 아닐까.

다시 발걸음을 떼던 참에 다리 아래를 지나가는 하얀 옷자락을 보았다. 뭔가가 강물 위를 떠다니고 있었다. 자세히 내려다보니 죽은 새였다. 양 날개를 펼치고 떠내려가는 흰 새였다. 흰옷을 입고 엎어져 죽은 사람처럼 보여도 분명 새였다. 나는 멀리 있는 재하를 소리쳐 불렀다. 이리 오라고, 여기 죽은 새가 있다고, 어서 와서 보라고 높이 뛰어올랐다. 재하가 팔을 높이 들고 흔들었다. 나는 크게 재하를 불렀다.

재하야.

재하가 나를 향해 뛰기 시작했다. 나는 다리 아래를 가리키며 재하를 더욱 크게 불렀다. 누나는 여기 없다는 걸, 우리는 여전히 서로에게 유일하지 않은 존재라는 걸 확인시켜주려고, 난간 없는 다리에서 껑충껑충 뛰어오르며 이름 모를 새의 죽음을 알렸다.

발문

-

최진영

(소설가)

이렇게 우리는 다행입니다

언젠가 언니*는 많이 아팠다. 너무 아파서 이불을 뒤집어쓰고 혼자 며칠을 앓았다.

아니, 언니, 그렇게 아프면 병원에 갔어야죠.

걱정이 된 나는 질책했고 언니는 대답했다.

병원에도 갈 수 없을 만큼 아팠거든.

언니는 이어 말했다.

며칠 앓았더니 몸이 좀 괜찮아진 거야. 그래서 병원에 갔지. 의사가 대상포진이라는 거야. 내가 깜짝 놀라서, 아, 그거 엄청 많이 아픈 거 아니에요? 물었어. 그러니까 의사가 많이 아픈 거 맞대.

* 이 글에 등장하는 '언니'는 모두 황현진 작가입니다.

근데 걱정 안 해도 된대. 나는 거의 다 나았다고.

대상포진에 걸렸는데 집에서 혼자 앓다가 병이 다 나을 무렵에야 병원에 갔다는 얘기를 들으며 나는 언니의 첫 소설 『죽을 만큼 아프진 않아』를 떠올렸다. 작가는 자기 책의 제목을 따라간다는 말이 있던가? 만약 그런 속설이 있다면 언니는 최소한 두 번은 살 것이고 장편 분량의 호재도 있을 테니 나쁘지만은 않은 것 같다. 아무튼 언니에게는 위와 비슷한 경험이 꽤 많을 것이다. 몸의 병이든 마음의 병이든 언니는 일단 혼자서 앓고 보는 사람이니까. 아, 그때 언니는 이런 말도 덧붙였다. 조금 아프다가 괜찮아질 줄 알았지.

병원에도 갈 수 없을 만큼 아팠던 사람에게 어째서 병원에 가지 않은 거냐고 되물을 수는 없었다. 그리고 언니의 짐작 또는 바람처럼 언니는 정말 아프다가 괜찮아졌다. 병원에 갈 만큼은 괜찮아져서 의사에게 괜찮다는 말을 들었다. 그런 경험을 웃으면서 전하는 언니에게 정말 대단하다고 말하기는 그렇고, 많이 아팠겠다는 말도 뒤늦은 것 같아서 나는 그저 언니를 따라 웃었다. 웃으면서 생각했다. 나는 아마 앞으로도 언니에게는 괜찮다는 말만 들을지도 몰라. 괜찮지 않을 때 언니는 아예 말을 안 할 테니까. 괜찮은 상태가 되어야 말을 할 테니까. 그런 상상은 무서웠고 못내 쓸쓸했다. 무언가를 다시 확인한 것만 같았다. 그래도 언니가 괜찮다면 괜찮은 걸 거야. 괜찮다는 말이나마 계속 들을 수 있다면 다행일 거야.

멀쩡한 둘과 터져버린 하나는 우리의 마음

언니와 함께한 일들 중 언니는 처음이 아닌데 나는 처음인 일이 여러 가지 있다. 그중 첫번째는 비행기 타고 제주도 가기. 2015년 겨울이었다. 언니에게서 전화가 왔다. 제주에서 작가들이 모여 며칠 동안 행사를 할 계획인데 거기 같이 가자고 했다. 나는 이렇게 대꾸했다. "언니, 나는 비행기를 한 번도 못 타봤는데요." 써놓고 보니 이상한 대답이다. 비행기를 못 타봤으면 어쩌겠다는 거냐. 가겠다는 거냐, 말겠다는 거냐. 아마 내가 진짜로 하고 싶었던 말은 이것이었겠지. '언니, 비행기를 한 번도 못 타본 내가 제주도에 갈 수 있을까요?' 써놓고 보니 이 역시 이상하다. 비행기 탑승이나 제주도 방문에 따로 자격증이 필요한 것도 아닌데…… 그때 언니는 "정말?" 하고 물으며 바람에 흩날리는 머플러처럼 웃었다. 그리고 우리는 한참 동안 다른(비행기나 제주도가 까마득해질 만큼 다양한) 이야기를 나누었다. 전화를 끊을 때쯤 언니는 말했다. "이번에 나랑 같이 비행기를 타보자."

언니를 따라 제주에 갔다. 언니는 할 줄 아는 일이 많아서 매일 매우 바빴고 할 줄 아는 게 거의 없던 나는 종종 언니를 찾아 두리번거렸다. 한적한 마을의 외딴 숙소에서만 머무른 우리는 서울로 돌아오는 날에야 제주 시내로 나올 수 있었다. 비행기를 타기 전까지 시간이 좀 남아서 일행을 따라 커다란 시장에 갔다. 그곳에서 언니는 말린 고사리와 미역을 샀다. 당시 나는 조금 가난했고 딱히 갖고 싶은 것도 없었기에 언니 뒤를 따라다니기만 했다. 언니는 나에게 이러저러한 것을 보여주면서 이런 건 여기 아니면 이 가격에 구하기 힘들다고 알려줬다. 내가 아무것에도 흥미를 보이지 않자 언니는 제주 감귤 막걸리 세 캔을 사서 내게 두 캔을 줬다. 너 술 좋아하니까 이거라도 가져가라고. 너 두 캔, 나 한 캔 갖자고. 고맙습니다 하고 받으면 될 것을 나는 무표정하게 대꾸했다. "언니, 나 가방이 꽉 차서 이거 넣을 데가 없어요." 언니는 막걸리 캔을 들고 망설이다가 그럼 일단 자기 캐리어에 넣어두었다가 서울 도착하면 내게 주겠다고 했다.

김포공항에서 일행과 헤어진 후 언니와 나는 같이 지하철을 타고 새절역에 내렸다. 언니가 아, 맞아, 막걸리, 막걸리를 가져가야지, 중얼거리며 대합실 의자에 앉았다. 그리고 캐리어를 열었는데…… 가방 속 물건들이 시큼한 냄새를 풍기며 젖어 있었다. 언니가 나에게 주려고 산, 내 가방에 넣었어야 했던 막걸리가 언니 가방 속에서 터져버린 것이다. 나는 아무 말도 못하고 가방 속을 멀거니 쳐다봤다. 그건 어떤 마음이 터져버린 모양 같았다. 언니 마음 한구석에도 그런 광경이 있을 것만 같았다. 언니는 망연자실

한 표정으로 가방을 뒤져 막걸리를 꺼냈다. 하나는 터져서 가벼웠고 두 개는 멀쩡했다. 언니는 멀쩡한 두 개를 내게 주고 터져버린 하나를 그 자리에서 마셔버렸다.

며칠간 합숙생활을 하는 동안 여러 사람과 부대끼며 많은 일을 했던 언니는 몹시 지쳐 보였는데, 나를 주려고 산 막걸리마저 언니 가방 속에서 터졌다. 그러니까 혼잣말이나마 짜증을 내도 이상하지 않을 상황이었는데, 언니는 김이 샌 막걸리를 먹어치우면서도 짜증 아닌 다른 표정을 지었다. '난감하다'거나 '곤란하다'에 가까운 표정. 나는 어서 언니와 헤어져야겠다고 생각했다. 언니는 무척 혼자 있고 싶은 사람처럼 보였으니까. 언니의 최선이 곤란한 표정을 짓는 거라면 **언니가 혼자이도록 자리를 뜨는 게*** 나의 최선 같았다.

언니의 소설에는 선의와 악의, 걱정과 욕심, 관심과 폭력, 불운과 불행이 경계 없이 아슬아슬하게 뒤섞여 있다. 조마조마한 마음으로 인물의 뒤를 따라가다 끝에 이르면 깔끔한 개념으로는 정의할 수 없는 새로운 감정이 남는다. 그건 마치 둘은 멀쩡한데 하나는 터져버린 마음 같고, 터져버린 하나가 나머지를 모두 적셔버리는 상태와도 같고, 멀쩡한 둘을 타인에게 주고 터져버린 하나를

---

* 이 글에서 진하게 강조한 단어나 문장은 황현진 작가의 소설에서 빌려온 표현을 그대로 쓰거나 약간 변용한 것입니다.

그 자리에서 먹어치우는 사람의 표정과도 비슷하다. 어째서 둘은 멀쩡하고 하나만 터졌나. 터진 것에게도 터지지 않으려고 버틴 시간이 있었을 텐데 어쩌다 그리되었나. 불행 속에 다행이 있고 행운 속에 함정이 있고 선의 속에 불행이 스미는 것이 인생임을 모르지 않으면서도, 나는 자꾸 내 마음 편하자고 나누려고 한다. 행복과 불행을, 선인과 악인을, 친절과 폭력을. 현명하게 판단하여 마음을 온전히 지켜내고 싶지만 나는 대체로 실패한다. 터져버린 하나에 온 마음이 젖는다. 젖은 마음엔 무언가가 들러붙기 수월하고, 때문에 타인의 삶을 갑자기 납득하게 되기도 한다. 그렇다면 하나라도 터진 게 다행인가. 그렇다고 멀쩡한 둘을 다행이 아니라고 말할 수는 없지 않나. 어리석은 질문으로 갈팡질팡하는 내게 언니의 소설은 이렇게 말하는 것만 같다. '내 보기엔 모두 다행이야, 친구.'

자, 이제 후회의 시간이다

언니는 처음이 아닌데 나는 처음인 일 중 두번째는 바로 해외여행. 언니를 따라 제주도에 처음 가본 것처럼 나의 첫 해외여행도 언니의 권유로 이루어졌다.

2019년 봄, 언니에게서 문자메시지가 왔다. 웹 사이트 주소가 첨부된 메시지였다. 사이트에는 몽골의 은하수와 노을 사진이 가득 있었다. "몽골 가세요?"라고 답장을 쓰자마자 언니에게서 전화가 왔다. 언니는 같이 몽골에 가자고 했다. 나는 또 이렇게 대답하고 말았다. "언니, 저는 여권이 없는데요." 역시 이상한 대답이다. 가고자 하는 마음만 있다면 여권은 만들면 되는데…… 언니는 "정말?" 하고 물으며 바람에 흩날리는 꽃잎처럼 웃었고 우리는 몽골이나 여권과는 상관없는 대화를 한참 나눴다. 전화를 끊은 뒤 언니에게서 문자메시지가 왔다. "우리 몽골 가서 후회하고 은하수는 보고 오자." 들을 때마다 반할 수밖에 없는 언니의 격언이었다. '이러저러해서 좋을 거야'나 '후회하지 않을 거야'가 아니라 '하고 후회하자'는 말. 나는 바로 좋다고, 가겠다고, 후회하겠다고 답장을 보냈다. 이어진 언니의 답장. "이미 후회가 반으로 줄었다."

언니와 몽골에 갔다. 열 명 가까운 사람이 함께하는 여행이었다. 지프차를 타고 광야를 달리고 산맥을 넘다가 잠시 지상에 발을 딛고 쉴 때면 우리는 나란히 앉아서 이 땅은 참 넓다, 참 끝이 없다는 이야기를 나누었다. 해가 지고 밤이 깊으면 맥주와 와인을 마시며 달이 참 밝다, 어쩌면 저렇게 크고도 환할까 두런거렸다. 그랬다. 우리가 몽골에 머무르던 때는 휘영청 보름달이 뜨는 시기였다. 보름달이 여위기 시작하면서는 밤낮으로 비가 내렸으니…… 은하수는커녕 별 하나 제대로 볼 수 없었다는 뜻이다. 그래서 우리는 별과 은하수 이야기를 하지 않았다. 우리는 지평선을 비추는 어마어마한 크기의 달과 광활한 밤하늘을 이야기했다. 비가 오면 비에 대해서, 꽃을 보면 꽃에 대해서, 말을 보면 말에 대해서 이야기했다. 우리가 보지 못한 것이 아니라 보고 있는 것, 갖지 못한 것이 아니라 갖고 있는 것, 하지 못한 것이 아니라 하고 있는 것을 나누었다. 그런 이야기만 나누기에도 시간은 충분히 부족했다.

몽골에서 보낸 어느 밤 언니가 해준 이야기가 있다. 좀처럼 화를 내지 않는 언니에게 누군가 심리 상담을 권유했다. 상담 센터를 찾아간 언니는 일단 여러 질문에 답을 적었다. 테스트 결과 언니는 스트레스 수치가 낮은, 비교적 행복한 상태였다. 전문가는 눈앞의 결과를 의심했다. 당신은 질문에 거짓으로 답했을 거라고, 당신은 이렇게 행복할 수가 없다고 말했다. 그리고 언니와 전문가의 핑퐁 같은 대화가 이어졌다. 아니요, 선생님, 저는 괜찮아요. 당신은 괜찮을 수가 없어요. 저는 비교적 만족해요. 당신은 만족할 수가 없어요. 아니요, 저는 정말 행복하다고요. 당신의 행복은 거짓이에요!

그 이야기를 전할 때 언니는 언성을 높이지 않았다. 밤이 깊고 어두워 내 눈에는 언니의 어스름한 실루엣만 보였다. 하지만 나는 분명히 느낄 수 있었다. 언니가 무척 화난 상태라는 걸. 언니의 행복을 거짓이라고 말하는 전문가에게, 혹은 타인의 행복을 경멸하는 방식으로 자신의 불행을 위안하려는 사람들에게 언니는 화를 내고 있었다.

언니가 소설에 쓴 문장처럼 **행복과 둔감은 같은 상태가 아니다**. **불행하려고 모여 있는 게 아니라 불행하지 않으려고 계속 남아** 있는 사람들이 있다. **행복이라고 말하긴 그렇고, 좀 괜찮아지려고, 나아지려고 선택**하는 순간이 있다. 나빠지기 위해서가 아닌 나아지기 위한 선택으로 삶은 진행된다. 그런데도 어떤 사람들은 상실을 겪거나 상처받은 사람은 절대 행복할 수 없으리라고 손쉽게 단정한다. 자기가 세워둔 기준에 따라 타인의 행복을 인정하거나 부정하는 사람도 있다. 좀처럼 화를 내지 않는 언니도 그런 사람에게는 화가 났던 것이다. 네가 뭔데 나의 행복을 판단해? 어째서 나의 행복을 거짓이라고 확신하지?

언니는 스스로를 기억력이 나쁘고 눈치가 없어서 행복한 사람이라고 말하지만 내 생각은 다르다. 언니는 누구보다 예민하고 눈치가 빠르다. 눈치가 빠르기 때문에 눈치 없는 척을 할 수 있다. 금방 잊는 게 아니라 잊은 셈 치는 사람이다. '하고 후회하자'고 말할 수 있는 언니는 행복한 사람이다. 언니의 소설 속 인물을 조마조마한 마음으로 따라가며 깨달은 또 한 가지. 후회하는 삶은 다행이란 것. 무언가를 시도해야 후회도 할 수 있다. 다시 나아가기 위해 잠시 멈춰 돌아보고 되새기는 마음이 후회라면, 후회하는 사람에게는 다음이 있다. 그렇게 우리는 둔감해서 행복한 사람이 아니라 예민해서 행복한 사람으로 살아갈 수 있다.

그건 우리가 후회할 영역이 아닌 것 같고

우리가 몽골의 광야에서 보낸 시간은 겨우 열흘이었지만…… 광야의 삶이 서울의 삶과 너무나도 달랐듯 광야의 열흘은 서울의 열흘보다 압도적으로 밀도가 높았다. 일상의 시간이 직선이라면 여행의 시간은 입체 같았다. 입체의 시간에 광활한 자연을 가득 담고 돌아온 우리에게 도시는 낯설고 건물은 답답했다. 아파트는 못생겨 보였고 건물의 벽은 불필요해 보였다. 동물 없는 거리는 기이했고 풀이 없는 땅은 불길했다. 여행이 끝난 뒤 언니와 나는 문자메시지로 이런 대화를 주고받았다. 별을 못 보고 와서 다행이라고. 만약 그곳에서 별을 봤다면 한국의 밤하늘까지 시시해질 뻔했다고. 밤하늘까지 시시해지면 정말 막막할 거라고.

은하수를 보자고 몽골에 가서 별은 하나도 못 보고 한국으로 돌아온 우리는 그래서 다행이었다. 왜냐면, 보름달이 뜬 그곳의 하늘은 우리가 후회할 영역이 아니니까. 동물의 길과 인간의 길에 구분이 없어 동물이 우리를 가로막으면 그들이 비켜주기를 순순히 기다릴 수밖에 없는 광야처럼. 저기 멀리서 동물떼가 다가온다. 그것이 불운일지 행운일지 우리는 알 수 없다. 불운이라면 지나가길 기다려야 한다. 기다리는 그 시간을 불행이라고 말할 수는 없다. 기다리며 우리는 다른 것을 할 수도 있다. 그러므로 어떤 사람은 그 시간을 다행이라고 말한다. 언니와 함께여서 다행이던 많은 순간들.

언니와 나를 이렇게 묶을 수도 있을까? 사랑을 신뢰하고 결혼 제도에 회의적이며 직장보다 직업을 추구하는 사람들. 좋아하는 것을 지속적으로 지켜나가는 삶과 행복은 다르지 않다고 여기는 우리에게 어떤 사람은 다수의 삶(가정을 이루고 아이를 낳아 키우며 안정적인 직장을 다니는)을 가리키며 **네가 원한** 건 사실 이런 게 아니냐고 몰아세울지 모른다. 남들이 바라는 것을 바라지 않는 너는 이상하다고, **왜 거짓말을 하지 않느냐**고, 거짓말을 하지 않는 너는 이기적이라고 비난할 수도 있다. 언니의 소설을 읽은 나는 이제 그런 말에 이렇게 답할 수 있다. **내 인생에 대고 짖지 마**.

몽골에서 언니는 밤마다 난로에 장작을 넣어 불을 피웠다. 언니는 불을 정말 잘 피웠고 잘 살렸다. 언니가 피우는 불은 연기도 많이 나지 않았고 아침까지 온기가 남아 있었다. 언니가 정성스럽게 불을 지켜주어서 나는 젖은 운동화와 옷과 하루의 피곤을 말릴 수 있었다. 눅눅하지 않게 새로운 여행을 시작할 수 있었다. 지금 지켜야 할 것을 소중하게 지키는 사람 곁에서는 보이지 않는 은하수 같은 걸 생각할 이유가 없다. 지금 내 옆에 이 사람이 잘 있듯 은하수 또한 그곳에 잘 있을 테니까. 어딘가의 밤하늘에서는 은하수가 보일 것이고, 그런 하늘이 경이로운 만큼 별이 보이지 않는 밤하늘 또한 경이롭긴 마찬가지니까.

비밀은 한 가지 무서운 마음

언니의 소설을 읽으면 언니의 '괜찮다'는 말이 떠오른다. 괜찮아질 줄 알았고 괜찮아졌다는 말. 나를 안심시키면서도 조금은 무서운 말. 소설 속 인물도 현실의 우리도 불확실한 미래를 걱정한다. 사람들의 오해 속에서 혼자가 되고, **망했다 싶은**데도 센 척하느라 일을 자꾸 키우고, 타인을 믿는 방법으로 자신을 지키려다 배신당하고, 선의를 가장한 폭력이나 악의 자체인 폭력에서 살아남으려다 외로워진다.

하지만

차라리 외로운 게 나을 때가 있고,

그래도

누군가가 불러주면 **먼저 달려간다**. 서운한 마음을 숨기지 않으면서 결국 만난다. 만나서 오해하고 **너는 정말 못됐다**고 말하다가도 **얼른 들어와, 여긴 따뜻하다**고 권한다. **미안함과 무서움**을 혼동하기도 하고, **우리가 얼마나 작아질 수 있는지 보여주려고 최선을 다해 움츠러들고**, 움츠러들지언정 화를 내지는 않기 위해 애를 쓴다. **아무도 진짜로 죽지는 않기를** 바라며, 상처나 결핍을 일부러 티 내지는 않지만, 내 상처를 빌미삼아 나를 짓누르면 가만있지 않는다. 그 모든 순간을 괜찮다고 말할 수 있는 이유는 알기 때문이다. 무서운 마음 너머에 있는, **잘 살아가려는** 마음을. 자기 안의 무서움을 아는 사람은 타인이 느끼는 무서움도 상상할 수 있고 타인의 잘 살아가려는 마음까지 상상할 수 있다. 그것을 지속적으로 오래 상상하는 사람 중에 어떤 이는 소설을 쓴다. 언니의 소설에는 무서워도 잘 살아보려는 사람들의 분투, 사람이 사람에게 저지르는 무수한 폭력 속에서도 마침내 보란듯이 행복하려는 **야망**이 담겨 있다. 삶은 무서운 일. 그럼에도 다행스러운 일. 네가 진짜 원한 거냐고 묻는다면 언니는 **쩜쩜쩜** 쉬었다가 대답할 것 같다. 잘 살아가고 싶은 나는 하고 후회한다고. **사랑하는 기억 말고 사랑하는 기분**으로 살아가는 중이라고. 다시 말해 다행이라고.

언니의 소설 중 두고두고 떠올라 마음을 데워주던 한 장면이 있다. 「내가 원했나봅니다」의 마지막 장면. **이른 새벽 뒷걸음질하며 눈 덮인 길을 쓸어내는 사람. 길을 만드는 사람. 한 문장을 쓰기 위해 다시 눈으로 덮일 길을 쓸고 다시 쓰는 사람. 무엇과도 닮지 않고 기다리는 미래**. 그 장면은 언니의 뒷모습과 닮았다. 밝고 따뜻한 불처럼 말없이 멍하니 언제까지고 바라볼 수 있는 그 모습. 낯선 사람, 낯선 땅, 낯선 경험 속에서 내가 많이 바라보고 따라가며 의지했던 언니의 등.

그리고 나는 자꾸 중얼거리게 되었다. 길을 걸으며, 창밖을 바라보며, 자려고 누워서도, 노트북 앞에 앉아 글을 쓰다가도 큰 숨을 내쉬듯 나는 이 말을 중얼거리게 되었다. **길 난 거 봐라**. 우리에게 남은 많은 밤 중 어떤 밤에는 무섭도록 고요하게 눈이 내릴 것이다. 돌아섰기 때문에 더 멀리 볼 수 있는 우리 앞에는 그때까지 우리가 쓸어온 길이 있을 것이다. 가까이서 언니의 목소리가 들리는 것만 같다.

작가의 말

모두가 허무로부터 다행입니다

* 계간 『문학동네』 100호 특별부록 『아뇨, 문학은 그런 것입니다』에 수록했던 짧은 산문으로 '작가의 말'을 갈음합니다.

어릴 적, 나는 창문을 열면 놀이터가 훤히 보이는 집에 살았다. 다른 동네에 사는 친구들이 일부러 찾아오기까지 하던 꽤 번듯한 놀이터였다. 코앞에 놀이터를 두고도 나는 거의 집에만 있었다. 대신 하루의 대부분을 이층침대의 아래층에서 책을 읽으며 지냈다. 어른들은 그런 나를 대견하게 여겼다. "어머니, 현진이가 학교 도서실의 책을 다 읽었어요." 담임의 말을 듣고 엄마는 단박에 백여 권의 책을 기증했다. 나는 그 책들을 빌려다가 집에서 읽었다. 그 시절을 떠올릴 때마다 부끄럽다. 아주 어릴 때부터, 나는 책을 훨씬 좋아했다. 사람은 그다음이었다. 한때는 나조차도 책을 끼고 사는 나를 자랑스러워했다. 거기까지 생각하면, 부끄러움이 쉽게 떨쳐지지 않는다.

불과 얼마 전까지만 해도 나는 내 삶을, 아버지가 죽기 전과 죽은 후로 나누어 생각했다. 정확하게 말하자면 1996년 5월 13일 이전과 이후.

서른여섯 살이 되던 해, 툭하면 혼자 중얼거리곤 했다. 이제부터 아버지 없이 살아온 시간이 더 오래인 삶이라고. 그러면서 가물가물했던 기억들이 까마득해지는 것을 비교적 담담하게 받아들였다. 시간이라는 그럴싸한 변명을 얻었으니까. 마침내 그리워할 추억들이 모두 바닥났다고 생각했다.

스무 살, 문예창작학과에 막 입학했을 땐 아버지가 죽은 지 고작 이 년째에 불과했다. 모든 게 죽음으로 귀결되는 이야기로 읽혔다. 1996년 5월 13일 이후부터 아버지가 어떤 식으로 존재하는지에 대한 힌트이자 단서 같았다. 나는 닥치는 대로 책을 읽었지만 정답을 알 길은 전무했다. 그래도 마음이 놓였다. 보이지 않게 존재할 수도 있다라는 가능성, 그것은 오직 문학을 통해서만 얻을 수 있었다.

가끔씩 엄마는 내게 묻곤 했다.

"우리가 정말로 네 아버지를 묻은 거니?"

땅에 묻기 전에 관을 열어서 한번 더 확인했어야 했다고 종종 덧붙였다. 나는 차마 무덤을 도로 파내자고는 말하지 못했다. 이제야 돌이켜보면 나는 진실을 몰랐던 게 아니라 끊임없이 부정하고 의심하며 버티는 쪽을 택했을 뿐이었다. 내가 가장 바랐던 것은 아버지를 알고 지내던 모두가 아버지의 죽음을 의심하는 것이었다.

'정말로 그가 죽었을까?'

그의 부재가 두려워서 의심하는 사람 말고 그의 부재를 의심하면서 두려워하는 사람을 찾아내고 싶었다. 아버지가 없는 삶을 두려워하는 나와 달리 아버지가 살아 있을까봐 두려워하는 사람. 그럴싸한 알리바이를 가졌지만 혐의는 그대로인 상태로, 그들은 매우 가까이 있었다.

진실을 탐문하듯 문학의 곁을 맴돌았다. 의심을 거두고 마지못해 아버지의 죽음을 인정하자니 꼭 인생을 건 싸움에서 지는 기분이었다. 끝끝내 이겨내지 못하면 죽음에게 집을 통째로 내어주고 삶을 강제로 압수당할지도 몰랐다.

정말로 죽음은 내가 처음으로 대면한 적이었다. 조그만 사각의 링에 죽음과 나, 둘만 있었다. 가끔 링 안으로 커다란 트럭이 들이닥치고 바윗돌이 굴러떨어졌다. 짓뭉개질 위기를 용케 피하고 나면 링은 더욱 좁아져 있었다.

다른 방식으로 존재하는 삶이 있다고 문학은 나를 가르쳤다. 나는 그 가르침을 남을 위협하는 데 썼다. 다른 방식으로 존재하는 삶의 주인공이 나이길 바랐다. 이를테면 귀신. 나는 간절하게 귀신이고 싶었다. 가위에 눌리는 사람 말고 다른 사람을 가위에 눌리게끔 하는 사람이고 싶었다. 그러면서도 혹 귀신의 다른 이름이 허무는 아닐까, 의심했다.

어떤 의심이 진실을 건드리는지 알고 싶어서, 의심에 의문을 더하는 일을 반복하느라 나는 좀 이상한 사람이었다. 툭하면 화를 냈지만 아무하고도 싸우질 못했다. 잘 웃었지만 따라 웃어주는 사람은 드물었다. 내가 너무 크게 웃으면 어떤 사람들은 불편해했다. 그때마다 나는 삶을 사는 것 같지 않고 삶을 쓰고 있는 듯했다. 손쉽게 함부로 썼다고 크게 혼나는 중인 것만 같았다.

다시 써.

실제로 강의실에서 그런 말을 듣기도 했다.

이건 버려.

그러면 버리는 수밖에 다른 방법이 없었다. 처음으로 돌아갈 수 없고 돌아가봤자 달라질 수 없다는 뜻이라서, 깡그리 지우고 다시 쓰라는 그 말을 듣지 않을 수 없었다. 그걸 못하면 다 포기하는 수밖에 없었다.

썼던 걸 지우기, 써야 했던 기억을 잊기.

주어진 과제를 착실하게 수행하는 동안 얼마 되지 않는 기억들마저 대부분 지워졌다. 다른 사람의 이야기를 듣고, 다른 사람을 주인공으로 삼고 나서야 나는 비로소 작가가 되었다.

어쩌다 한 번씩, 나는 그의 목소리를 듣는다. 어느 날에는 캄캄한 집의 현관문을 열고 들어섰더니 이제 오냐, 물어왔다. 방이 환하게 밝아서 베개에 얼굴을 묻고 있었더니 현진아, 하고 불렀다. 그러면 나는 아무 말도 않다가 하루쯤 지나서 대답하곤 했다.

응, 늦었어.

……

응, 늦겠어.

……

삼 년 전 엄마가 크게 아팠다. 수술일 이틀 전에 입원할 예정이었는데 좀처럼 병실이 나지 않았다. 간호사는 연거푸 전화를 걸어 침대가 날 때까지 기다리라는 말을 반복했다. 예정된 대로 일이 진행되지 않으니 불안했다. 이인실도 좋고 일인실도 좋으니 당장 가겠다고 해도 돌아오는 답은 하나였다. 병실이 전부 꽉 찼어요. 나는 발을 동동 구르며 조바심을 내다가 기어이 화를 냈다.

못 믿겠어, 의사도 간호사도 다 못 믿겠어.

장기간 입원을 위해 싸둔 커다란 가방 옆에 앉아 있던 엄마가 염려하며 말했다.

아무도 낫질 않았나봐. 아무도 퇴원을 못했나봐.

늦은 오후가 돼서야 간호사에게서 연락이 왔다. 타 병동의 병실이 하나 비었으니 어서 출발하라고 했다. 가보니 비뇨기과 병동의 일인실이었다. 더는 화가 나지 않았다. 겨우 한 사람만이 병을 털고 집으로 돌아갔다고 생각하니 착잡했다. 한 사람을 제외하곤 여전히 차도 없이 아팠다. 그게 진실이었다.

어느 날 엄마가 말했다. 그 사람이 나를 알아볼까. 내가 피식 웃자 엄마는 사실 그건 별문제가 아니라는 듯, 덧붙였다.

"내가
그 사람
참 좋아했어.

그렇게 좋아한 사람이
없어.

가고 없어도
내 마음속에는

계속 있어.

항상 여기 있지."

아버지를 사랑했고, 여전히 사랑하고 있다는 엄마의 말. 처음이었다.

이듬해 봄이었다. 거실 소파에 나란히 앉아 텔레비전을 보다 말고 "살면서 그만큼 사랑한 사람이 없어"라고 했다. 나는 꼼짝달싹 못했다. 가위에 눌린 사람처럼 바짝 얼어붙었다. 그 말이 나를 그만큼 놀라게 했다. 나는 구부정하게 무릎을 세운 채 한참 그러고 있었다. 얼어붙었던 몸을 서서히 움직일 수 있게 되기까지, 그 말이 나를 천천히 지나갈 때까지, 그 잠시의 시간이 흐르고 난 뒤 나는 전혀 다른 사람이었다. 이유는 모르겠다.

아빠와 엄마가 서로를 사랑하고 사랑했다는 이야기. 오래전 내가 책을 읽는 체하며 눈 돌렸던 모든 장면들이, 그 모든 불화들까지 실은 전부 사랑이었단 이야기. 모든 책의 결말이 다행으로 여겨지고, 세상에 대한 나의 집요한 혐의가 싹 사라지던 순간이었다. 여전히 이유는 모르겠고 이유를 알게 되면 어린애처럼 울 것 같아서 영영 모르고 싶다. 그저 내 이야기도 해피 엔딩 말고 다행한 엔딩이었으면 좋겠다.

이제부터 나는, 내 삶을 엄마가 그 말을 하기 전과 후로 나누어 생각한다. 모든 사람의 잠든 얼굴은 아름답다고 믿고, 한 사람의 마음 안에는 다른 사람이 살고 있다고 믿고, 몸은 사라져도 남은 목소리가 있다고 믿고, 죽음을 통해 지켜지는 사랑이 있다고 믿고, 기억은 미래에 남아 있다고 믿고, 우리 모두 혐의 없음의 상태로 가까이 있음을 믿고

같은 방식으로 존재하는 다른 사람들이 있음을 안다.

2021년 봄

황현진

문학동네 소설집
해피 엔딩 말고 다행한 엔딩

초판인쇄 2021년 3월 19일
초판발행 2021년 3월 31일

지은이 황현진
책임편집 정은진 | 편집 정민교 이상술
디자인 고은이 유현아 | 마케팅 정민호 이숙재 우상욱 정경주
홍보 김희숙 김상만 함유지 김현지 이소정 이미희 박지원
제작 강신은 김동욱 임현식 | 제작처 상지사

펴낸곳 (주)문학동네 | 펴낸이 염현숙
출판등록 1993년 10월 22일 제406-2003-000045호
주소 10881 경기도 파주시 회동길 210
전자우편 editor@munhak.com | 대표전화 031) 955-8888 | 팩스 031) 955-8855
문의전화 031) 955-3578(마케팅) 031) 955-8864(편집)
문학동네카페 http://cafe.naver.com/mhdn | 트위터 @munhakdongne
북클럽문학동네 http://bookclubmunhak.com

ISBN 978-89-546-7833-9 03810

www.munhak.com